小说创作基本技巧

情节和结构

HOW TO CRAFT
A GREAT
STORY

〔英〕克里斯·赛克斯 著 陈媛媛 译

海峡出版发行集团
海峡文艺出版社

图书在版编目（CIP）数据

小说创作基本技巧：情节和结构 /（英）克里斯·赛克斯
著；陈媛媛译. -- 福州：海峡文艺出版社，2022.5（2024.2重印）
ISBN 978-7-5550-2936-6

Ⅰ.①小… Ⅱ.①克… ②陈… Ⅲ.①小说创作—创
作方法 Ⅳ.①I054

中国版本图书馆CIP数据核字（2022）第055821号

How to Craft a Great Story: Creating perfect plot and structure
First published in Great Britain in 2013 by Hodder Education. An Hachette UK company.
Copyright © 2013 Chris Sykes
The right of Chris Sykes to be identified as the Author of the Work has been asserted
by him in accordance with the Copyright, Designs and Patents Act 1988.

本书中文简体版权归属于银杏树下（北京）图书有限责任公司
著作权合同登记号：图字13-2022-017

小说创作基本技巧：情节和结构

［英］克里斯·赛克斯 著　陈媛媛 译

出　　版：海峡文艺出版社　　　　　　出版人：林　滨
责任编辑：陈　瑾
地　　址：福州市东水路76号14层　邮编 350001
电　　话：（0591）87536797（发行部）
发　　行：后浪出版咨询（北京）有限责任公司

选题策划：后浪出版公司　　　　　　　出版统筹：吴兴元
特约统筹：王　顿　　　　　　　　　　特约编辑：张莹莹
营销推广：ONEBOOK　　　　　　　　装帧制造：柒拾叁号

印　　刷：天津中印联印务有限公司　　经　销：新华书店
开　　本：880毫米×1092毫米 1/32　　印　张：13.25
字　　数：233千字
版次印次：2022年5月第1版　2024年2月第2次印刷
书　　号：ISBN 978-7-5550-2936-6
定　　价：62.00元

关 于 作 者

在克里斯·赛克斯的职业生涯之初，他先后取得了伦敦大学的教育学士学位和教育哲学文科硕士学位，随后便以写作和教书为生，广泛地参与了高等教育工作。在过去的三十年中，他在英国和美国发表过许多诗作，创作过三部舞台剧，为电台撰写过各类稿件，也曾短暂地做过体育评论员。他在英国重点大学教授创意写作课程，如华威大学、牛津大学、伦敦城市大学和萨塞克斯大学，也在伦敦城市文学学院讲授各种写作入门课程。

克里斯·赛克斯是《你的夜校课程：创意写作》和《写作者的资料书》两本书的作者。对于如何教人入门写作、如何培养讲故事的必备技能、如何创造真实可信的人物以及展开叙事，他十分精通，并且有许多学生紧接着就发表了个人作品。目前，他和妻子以及一条深褐色的拉布拉多犬住在东萨塞克斯郡的刘易斯，他常到南部开阔的丘陵区散步，他写作、打保龄球、弹吉他和钢琴（当然不是一起弹）。他还是萨塞克斯大学国际暑期学校的负责人。

致　　谢

我想向西沃恩·博耶和保拉·郑二位致以谢意，他们读了本书的多版手稿，敏锐发问，给出了建设性的评论和建议。

第十一章的所有诗歌均为克里斯·赛克斯所作。

图表12.3到图表12.15基于西沃恩·博耶的原作。

其他所有图表均基于克里斯·赛克斯的原作。

献给 G. 奈特·博耶（1937—2009）

序　言

最成功的故事拥有最出色的结构；反过来说，创作出了问题大多可归因于结构的失败。然而我们常常忽视作品的结构。我们迷失于眼前之所见——作品的血肉，直至意识到作品出了问题，我们才对故事的骨架有所察觉。不论是有意为之还是无心插柳，优秀的结构都能取悦于人，散乱的结构则惹人不快。出色的结构能为良好的受众体验打下基础。我们常常通过直觉认识和理解结构，这对听众和读者理解、欣赏作品而言至关重要，对作者而言亦是如此。我们本能地喜欢平衡而和谐的作品，喜欢有模式和形式的作品。但什么是结构呢？什么是形式呢？什么是情节呢？结构与情节相同吗？结构比情节或形式更重要吗？

为了回答以上问题，有必要学习一些理论。这本书有一个前提：对不想浅尝辄止的严肃作家来说，理论至关重要；作家想要学习和进步，掌握理论必不可少。因此有必要以新颖的方式引出创意写作的理论支撑。但这本书又远非一本理论书籍，理论知识将会以十分具体又实用的方式呈现，并附有大量的实际应用和练习。这会让你积极参与其中，而不只是被动阅读；会帮助你培养知识和技能，让你能够透过作品的血肉看到极为重要的骨架，同时掌握创意写作的理论基础。

许多写作新手以及写作类书籍都将注意力集中于书的血肉而忽视骨架。但不论是否以诗歌、歌曲、剧本或者戏剧的形式表达出来，故事都需要一个模式和结构。它们需要一副骨架，把讨喜的字词血肉悬挂其上。结构赋予作品系统性，好的结构同时可以带来平衡与和谐。写作时结构看似无趣，但懂得如何建立结构、运用形式，对任何想要有所成就的写作者来说都极为重要。写作者需要知晓形式和结构既有区别又有联系。成功地处理形式和结构，会使你对自身技能有全新的把握。你写得越多，就会对结构越感兴趣、越在行。这本书是写给那些已经到达或是想要到达这个阶段的人的。

这本书是写给想要讲好故事的严肃作者的。创作好故事时需要什么，好故事的结构、形式和情节是怎样的，这是本书的内容。但是，好故事是怎样的呢？"好"是一个被滥用的字，已至将近失去它的意义，不过依然能让我们认识到：不管是书籍、电影、诗歌还是戏剧，好故事就是能让我们乐在其中的故事，能让我们思及自身并在一段时间内保持信服。好故事能触动人心，引人深情回顾，会让人一遍遍重温。它有着令人赞叹的文字，有着惹人爱、招人恨、令人欢喜或恐惧的人物；它的开头扣人心弦，结尾激动人心；它创造了一个迥异的世界，让我们置身其中，尽管我们仍坐在客厅的椅子上读书，思维却飞跃到了另一个大洲、另一个世纪或宇宙。好故事使人全身心沉浸其中，甚至予人教益。不够好的故事不会让人感兴趣，不会让人有代入感，也不会使人信服；它无法触及我们内心最深处，不会达到预期效果，就像是在给我们提供劣质食物还让人食物中毒，我们一时间不想再读。好故事让我们铭记在心，差劲的故事也会被我们放在心上，却是因为它的臭名。

构建优秀的结构是一项艰巨的任务，即使我们的故事无法尽善尽美，但我们相信越向其靠近，作品便会越完善，我们对其他作家作品结构的理解就更进一步。在本书中，我们将会探究故事如何发挥作用，从中学习经验和教训、结构和技巧，以创作出更好的故事。不管是好故事抑或其他，人物和背景都是核心所在，人物与情节的关系作者在先前的《写作者的资料书》中已经有所阐释，也提供了大量关于人物发掘和塑造的练习；背景也该受到应有的重视。而在本书中，我们将集中精力探讨情节的作用机制以及结构，并且运用与结构和情节相关的最新理论。

本书目标极其简单，这是给写作者的，我们会细究故事写作的结构要求和技巧，并且为创作好故事提供大量的策略和练习。

目　录

第一章

故事的基础知识

你将从本章学习以下内容：

- ➤ 所需准备工作
- ➤ "故事"的定义
- ➤ 故事的具体要素
- ➤ 如何写一篇五十个词的故事
- ➤ 修改的重要性

若你想要写作，那无论去何处都应该随身携带一本笔记本，可以放在你的口袋、书包或手提包里。你应该习惯性地将东西记录下来，如无意听到的交谈中的只言片语、故事构思或描述。毫无疑问，你已经有了纸张和书写工具，但如果还没准备好，那就给自己找一个专用于写作的小笔记本。笔记本将和这本书配合使用，因为接下来你需要做一些思考和写作的练习。此外，随时准备好记录你的所见所闻或脑中涌现的点子。谁知道这些细微的想法和观察将通往何处呢？所以，一本用来书写的笔记本和一支钢笔或铅笔，这是你每天都需要随身携带的。

什么是故事

埃德加·爱伦·坡曾说，短篇小说应是可以一口气读完的。他的这句话印证了短篇小说的"短"，但并未言明其本质或特点，毕竟玉米片包装袋背面的信息也是可以在早餐时间内读完的。另一个常见的故事定义由来已久，是由亚里士多德在他的著作《诗学》（约公元前335年）中提出的，故事是一篇文章，是"开头、中部和结尾兼具的整体"。这个定义道出了故事的一些形容，但一篇小作文甚至一场足球比赛都有开始、中间过程和结局，却与故事相差甚远。

此外，故事并不局限于创意写作。律师在法庭上讲故事，犯罪嫌疑人对警察讲故事，妻子或者丈夫又一次下班归家迟了，或许也要讲一个故事解释一下去了何处。在创意写作领域，故事并不局限于虚构小说，故事也远非如此。故事对戏剧和电影剧本来说也极为重要，许多诗歌和歌曲中也讲述故事。

故事在人类诞生之初就存在了，先于当前书写形式和视觉形式的故事几千年。石洞壁画以图片形式展示了我们祖先的生活故事；远在能够写故事之前，人类已经在互相讲故事了。为认识到故事之于我们何等重要，为了解古代故事的形式和结构何等丰富，以及同我们当前所讲故事的种种相似之处，承认我们对过去的责任与同过去的关联变得重要起来。要想理解当下故事对我们有何意味，理解如何写出有吸引力又影响深远的好故事，那么知道我们从何处而来至关重要。

关于"故事"的定义，《钱伯斯二十一世纪大词典》中的几项词条如下：

　　a. 对一件事或一系列事件的真实或虚构的书面或言语描述。

　　b. 一则谎言。

"故事是谎言"这一观点旋即令创意写作者没了拘束。

➥ 关键点

　　故事是谎言，这一事实意味着我们可以编造、想象和虚构。

在写故事和讲故事的过程中，我们应对的是一件或一系列亦真亦幻的事件。即便是真实的，我们照样可以对其进行捏造。还有哪些准则助长了这一反社会行为呢？

　　让我们从这部词典对故事的定义开始，看看我们能否就其展开，分离出故事的某些共有成分。

待　　售

　　有一则极短的故事。"待售：童鞋，未穿。"这则故事通常被认为是海明威所作，但只是传闻不足为凭。

　　这则故事令人难以置信，但确实仅有六个字。[1] 如果

---

[1]　这则故事英文原文为六个单词，译为中文亦为六个汉字。

它能被称作一则故事，我们来细究一下原因。再读一遍。
"待售：童鞋，未穿。"

➲ 试一试

　　现在，拿出你的笔记本，在一页的顶端写下这六个字。做完之后，问自己以下几个问题：

　　» "待售"是一则故事吗？如果不是，为什么？

　　» 如果你认为是故事，为什么？是什么让它成为故事的？

　　» 它让你想到了哪种类型的故事？

　　» 其中涉及人物吗？

　　» 人物是谁？列出。

　　» 你认为这则故事讲了什么？

　　写下这个故事带给你的想法，不论何种想法涌现在你脑海，都可记下。此时的看法并无对错之分，字词、感觉或随意的笔记，什么都可以写下来。也不必是规整的句子，因为这份笔记只是给你自己看的。做完之后，继续读本书。但现在，合上书，思考"待售"这个故事。

　　你写了什么？再次提醒，没有对错之分，只是你想到了什么。

☑ 或许你做了以下笔记

» 长度有限，六个字，每组两个。

» 悲伤。悲剧。死去的孩子。

» 这是一则故事吗？是的。为什么？因为"未穿"这两个字。

» 什么故事？失去了孩子——死亡或者计划收养但最终落空。

» 语言零碎代表压抑的悲伤？

» 人物？母亲，双亲，婴儿？

» 试图继续前行？选择不再生育或者收养？

» 谁在卖鞋子？鞋子是在房屋大扫除中发现的吗？为什么"未穿"？

就笔记而言，这些已经足够了。你会有自己的想法，但或许你简短的笔记、想法或观察会与以上内容有重叠。

让我们通过自己的笔记，从以下几个方面来审视一下这则六字短故事：

» 故事和引子。

» 人物——冲突和视角。

» 语言、文风、意义和主题。

» 基调和体裁。

故　　事

　　根据"未穿"两个字将其界定为故事，是这样吗？这两个字确实带来了冲击，但是它们让其成了一则故事吗？让我们试试：如果不说"未穿"，而用不一样的结局呢？如果改为："待售：童鞋，稍旧。"这样会更好吗？这样有趣吗？不，并不会；这只是寻常的衣物循环，父母把孩子穿不下的衣物传递下去。我们预料到它们会变旧，这样的结局是人们熟悉的，并不出彩。

引子或转折

　　"未穿"两个字成为这则故事的关键实属必然。为什么？"未穿"暗示了一件意料之外的事，而意料之外在故事中却是佳音。为什么？它们使故事转折，别开生面，摆脱平庸。故事中的"转折"激发我们（也就是读者）的兴趣，引人入胜，让人欲罢不能。"转折"是出乎意料的事件，它提出问题，吸引我们；吸引读者是所有作者都想做到的事。我们将在之后的章节详细地探讨"转折"这一概念及其在故事结构中的重要性。但这里吸引读者的是"为什么"这一问题，为什么鞋子没有穿旧？这些字背后隐藏着什么可能的事件呢？这几个字使其成为一则故事，是因为其中暗含叙事。

✖ 请牢记 ∙∙

意料之中的、可预测的、显而易见的事情让人思维闭塞，然而意料之外的、不那么显而易见的、无法预测的事情却使人打开心扉，准备好接受和想象。出乎意料的事情对故事而言乃益事。它们拥有让故事"转折"的能力，而故事中的"转折"能够吸引读者。

⬎ 关键点 ∙∙

给你的读者惊喜；寻找吸引他们的方法；养成不走寻常路的习惯。

人　　物

这则故事中有人物吗？他们是谁？谁在卖鞋子？为什么这些鞋子待售？为孩子买新鞋子暗示了这里有一个计划事件，例如新生或者生日；父母或者准父母的存在已透露出来。由于种种原因，孩子并未到来。为什么？如果是怀孕了但又出了问题或者收养成了泡影，准父母决定不再收养了呢？是单亲还是双亲？父母两人都想卖掉鞋子还是只是其中一位？如果只是其中一人，是否意味着这一位比另一位更能忍受悲痛？为什么？这表明这对父母在这个问题上有冲突；而冲突是有趣的，因为它能够吸引读者。

冲　　突

　　现实生活中，我们或许总想避免冲突，但写故事时，则对它欢迎之至。从冲突中生出活力、渴望和问题；而问题正是我们想要以及需要笔下人物去面对的。这里失去孩子对父母间的关系有何影响？它是否造成了鞋子体现的冲突？如果问题是关于出售鞋子的广告呢？

　　或者，如果把鞋子摆出来售卖并非出于悲痛呢？如果还有其他人物参与其中呢？如果鞋子是被另外什么人——亲戚或者不那么亲近的人——拿出来卖的，是谁给孩子买了这双鞋，但现在没法送出去了呢？是什么原因阻碍某个人把买来的一双新鞋送给孩子呢？如果是一位奶奶或者继母买来这双鞋作为礼物，但是现在或因收养落空或因婚姻破裂，这份礼物似乎不合适了或者只是多余了，抑或不可能送出去了呢？如果是二手店或贸易商在卖这双鞋子呢？若是如此，这个贸易商是哪类人？鞋子又是如何转到他们手中的呢？它们是被丢掉的或者被找到的，抑或皆有可能？所有这些问题的核心才是关键所在——为什么鞋子从来没被穿过？

❈ **请牢记**

　　我们需要对自己创设的情境和人物进行提问，这是发现故事和人物的必要复杂性的方法。前期，问题的答案并不重要，重要的是我们提出问题，并且大量提问；我们想到的答案越多越好，这些答案能帮我们塑造更有趣的人物，设计更有意思的剧情梗概。我们脑中涌现和过滤出的想法越多，就越有可能构想出吸引读者的不同寻常的人物和故事。

视　　角

这些问题又引出了关于角度和视角的讨论。这是谁的故事？这是写任何故事都需要解决的最基本问题。我们（读者或者观众）通过视角人物的眼睛体验故事。

这个故事是准父母或者与他们有关的人的故事吗？是继母或者二手衣物贸易商的故事吗？或者是鞋子自己的故事？有大量关于物品的佳作，比如红鞋子、木马、自行车和红气球。如果是孩子呢？如果这则故事是以从未出现的孩子的视角讲述的呢？思考这些与你所记笔记之间的关联。结果并无对错之分，但你认为这是谁的故事呢？要是你来写这个故事，你会围绕谁来写？

↘ 关键点

任何故事的创作都需要解决的基本问题之一：这是谁的故事？创设视角以及一个或多个视角人物，并始终保持一致，不随意转换视角，视角转变是造成故事反复无常的主要原因之一。

....

语言、文风和意义

　　这则故事中所用的语言是什么样的呢？你会觉得匮乏吗？这则故事没有试图用形容词浓墨重彩地描绘（形容词可能会让鞋子卖得更好或做出更详细的说明），这也是它被认为是欧内斯特·海明威所作的原因，海明威擅长使用清晰、简洁和朴素的语言。这则故事的文风高度凝练，统共只有六字长。试想创作出这么精简的故事的困难程度。如果是按字收费的电报或者报刊广告，字数限制情有可原，但有限的字数对这则故事有何影响呢？它迫使作者以尽可能少的字数完成重要信息的传达。这则故事简洁而清晰，对任何写作来说，这两个极佳特质都需要牢记在心；但同时也意味着某些要素无法诠释清楚，会被隐藏。

　　所以，简洁明了地写作吧！用柯勒律治的话来说：寻找合适的词语，然后按恰当的顺序排列。想想意义是如何传达给读者的——通过语言以及词语的意思，但同样也要通过结构传达，它们经由此方式组织起来，最终才使影响得以显现。"未穿"便是这些词语最终的导向，是煞风景的结局，是出乎意料的转折。

↘ 关键点 ···

> 在句子、段落或者故事的结尾（而非开头）留下冲击
> （或重击）总是好的。结尾应是你想导向之处，而非你写
> 作中一直规避的。如果吸引人的部分都集中前面，那就
> 是虎头蛇尾了。

···

这则故事的结构的另一要素是两字一组——"待售""童鞋""未穿"。两字一组或许暗示着一对夫妻，他们一直期待着孩子，但是最终失去了。从另一个维度来看，这个故事使用的语言更像诗歌而非散文。诗歌中语言的作用不只是传达信息。词语解锁了声音的韵律和共振，激荡起隐含之意或者引发新的含义，从而实现彼此之间的共振。在适合的语境中，散文作者同样可以利用这些效果，不过当散文只是用来传递信息或者引出事实时，我们对词语的共振就不再那么感兴趣了。

这则故事中的六个字几乎不共振，但作为整体却有共振效果。它不单是为传递观点或者信息而创作，暗含的意义从中辐射出来，恰如一首好诗，大部分意义都是暗示或者隐含的。许多戏剧和电影剧本也都以隐含的意义作为创作理念。在戏剧和电影剧本的创作过程中，呈现和留白同等重要。因而电影剧本也曾被形容为几百首俳句的结合体。什么是俳句？它是日本的一种诗体，正好由十七个音节组

成。就创作和主题而言，俳句有许多传统的规则，但核心是凝练。它是一瞬间的浓缩之景，正是精练感和经济性使它与电影剧本的类比说得通了。目前一切写作形式如诗歌、散文、歌曲等，或许彼此之间均有差别，但若是进行探索，会发现存在有趣的融合和相似性，给我们的写作提供了有益的经验启示和可能的结构。

↳ 关键点

　　并非所有东西都必须写在纸面上——故事中重要的元素可以是隐含的，通过结构和含意呈现出来。身为作者的你需要知道这些隐含要素，它们必须存在，但不一定非得清晰地陈述出来，暗示也可以。

主　题

　　所有故事都有主题。但是主题是什么？它是故事的意图、要旨或者寓意。简而言之，就是这个故事讲了什么。通常来说主题具有永恒性和普适性，嵌在特定的人物和事件中，经由它们暗示出来。《罗密欧与朱丽叶》的主题是什么？或许是"稚爱多舛"。开始构思故事主题，一个实用的方法就是选取一则谚语，例如：

　　» 闪光的并不都是金子。

　　» 骄兵必败。

» 朵朵乌云衬银边，处处黑暗透光明……

然后，写一篇故事"证明"这个观点。如果你觉得这个观点有趣，那就开始写吧。

○ 试一试

回到我们的六字故事上，它的主题是什么？你觉得是关于失去吗？或是希望化为泡影？或者是其他什么主题？你能想出一则与之匹配的谚语吗？思考一下，然后将你的想法写在笔记本上。

基调和体裁

不要让体裁（genre）这个词拂去了你的兴趣，它是法语派生词，不过是"种类"或"类别"的意思。当问到故事的体裁是什么，其实就是问它是何种类型？它是爱情故事、爱情喜剧、凶杀疑案故事、历史故事、战争故事还是儿童故事？

我们一直在思考的"待售"这则六字故事呢？似乎暗含悲伤、损失、悲剧的情感基调，看起来是一个严肃的故事。乍一看，确实不像是能令人发笑，但它能变成幽默故事吗？或许有可能，你需要站得离这些文字传达的核心失落感再远一些。

考虑以下可能性：如果一位风流成性的前男友以为孩

子是他的，买了鞋子想要和女友重归于好，却发现女友正和孩子真正的父亲在一起呢？听起来挺伤感，但或许也可以是滑稽的。取决于我们从什么角度看待这则材料。如果这个男友跟小说的主角相像呢？尼克·霍恩比的电影《家有正太》里，有个人为了能和年轻的单亲妈妈发生关系，假装自己也有一个孩子。我们也能为这则六字故事创造一个人物，他也在假装自己有一个孩子，为了接近孩子的母亲而买了鞋子。可以想象他失败了，然后不得不将鞋子转手。

✴ 请牢记

　　当然，你会根据第一想法开始写作，但别被局限了。将你的观点更深入推进一步，看看会涌现什么新颖的点子，出现什么新的角色癖好，形势和情节主线又将如何发展。不要满足于表象或者因显而易见的东西而欣喜。但一开始直奔显而易见的东西是完全正常的。例如，在这个案例中，我们很自然地将这则故事当作一个失去孩子的悲剧，但再挖掘、思索多一点点，不那么明显的内容就会显现。

　　尽管"待售"这则故事表面上显得悲惨和伤感，但换个角度看，它可以变得轻快甚至滑稽。从不同的角度、以不同的方法研究你的素材，让它变得出乎意料、不同寻常、引人入胜。

○ 试一试

你的任务是写一篇跟"待售"一样言简意赅的故事。要求六个词[1]似乎太严苛，五十个词如何？

» 选择体裁——滑稽小说、言情小说、间谍小说、儿童文学、西部小说等等。

» 确认主题——关于爱情、死亡、悲伤、偏见、傲慢或者金钱？

» 为你的主题想一则谚语，如"欲速则不达""永不言弃""迟到总比不到好""煮熟的鸭子飞了"。

» 塑造一个或者多个人物。

» 构思人物可能做出的行为或发生的事件，并用情节将其串联。

» 现在，写故事。

你可以单独设一个标题，但最多十五个词。由于你要用五十个词完成整篇故事，相比之下这个标题似乎也算是史诗级的了：用它吧。最终目标是刚好用五十个词完成你的故事，不多不少。至少包括一个人物，要有开头、

---

[1]　此处指英语单词。如无特别说明，本书中对作品字数的限制或说明均指英文单词数。

中部和结尾。但为了让你看到写作会有多矛盾，写第一稿的时候，不要考虑字数限制。不要压缩、精简或者阻挡你的想象力。尽情写吧！写一百个词，用一分钟就能完成删减。

当你写完稿子之后，检查并编辑，看看在保留你想要表述的核心内容的前提下能删减什么。为了能帮到你，请通读以下的示例。

下面是五十个词的故事的首次尝试，仓促写成。

第 一 稿

尤金·格林的帽檐倾斜，遮盖了一只眼睛。他骑着自己忠实的坐骑——"闪电"，穿过于他而言卧室地毯般的大草原，奔向与其他大篷马车围成一个圈的流动餐车。从他的六发左轮手枪里释放出的滚烫铅弹，径直射向围着马拉篷车队喊叫的阿帕切人。面对气势汹汹的他的枪口，他们就像太阳下的雨一样四散而去。

"接招吧！你们这些惹是生非的人。"他一边吼叫一边开枪，直到一个面色苍白的人拦住了他。

"你是谁？"

"我是利特尔·特里。"她说，用套索套住了他的心，把他从马背上拽了下来。

这则故事成文共有九十三个词。我们现在要进行删减和编辑。下面是我们的第一版修改稿。

第 二 稿

> 怀尔德·鲍勃骑着"闪电"飞驰穿过于他而言卧室地毯般的大草原，奔向与其他大篷马车围成一个圈的流动餐车。大喊大叫的阿帕切人开枪了。
>
> "没打中，没打中。"
>
> "你死定了。"一个扎着辫子的姑娘喊着，像是用套索套住了他的心，把他从马背上拉扯下来。
>
> 怀尔德·鲍勃抬头看着利特尔·特里，他看到了欢乐的狩猎场。

相比之下这版短了一些，但还是过长，所以再删减一次。你对自己的故事也进行同样操作。

第 三 稿

> 怀尔德·鲍勃骑着"闪电"飞驰穿过于他而言卧室地毯般的大草原，奔向围成一圈的大篷马车。大喊大叫的阿帕切人开枪了。
>
> "没打中，你们没打中。"
>
> "你死定了。"一个扎着辫子的姑娘喊着，用套索将他

从马上拽了下来。

　　怀尔德·鲍勃抬头看着大笑的利特尔·特里，他看到了欢乐的狩猎场。

　　这一稿是五十个词。修改你的稿件，一直到你对内容感到满意，并且恰好五十个词。但是别以为只是删减到五十个词就结束了。删减之后，看看是否有些粗糙或者不必要的词。为把这篇故事讲得更好，能否再做些什么？为了更好地讲述故事，这里的示例又被修改了一次。

第　四　稿

　　怀尔德·鲍勃骑着"闪电"飞驰穿过于他而言卧室地毯般的大草原，奔向围成一圈的大篷马车。大喊大叫的阿帕切人开枪了。

　　"你死定了。"

　　"你没打中。"

　　"你死定了。"扎着辫子的姑娘重复了一次，用套索将他从马上拽了下来。

　　怀尔德·鲍勃抬头看着大笑的利特尔·特里，他看到了欢乐的狩猎场。

　　现在这篇故事聚焦到两位人物的美妙时刻，仍然恰好五十个词。现在需要一个题目，"永不言弃"如何？

我们对这篇故事满意了吗？我们让它变得更好了吗？评价标准因人而异。原稿中有一句被我们丢掉的很妙的表达："用套索套住了他的心"。这句话丢掉了可惜，让我们再修改一次。

第　五　稿

怀尔德·鲍勃骑着"闪电"疾驰穿过于他而言卧室地毯般的大草原，奔向被阿帕切人包围的篷车。那些印第安人开枪了。

"你死定了。"

"没打中。"

"你死定了。"扎着辫子的姑娘重复了一次，拽他下马，她的套索却套住了他的心。

怀尔德·鲍勃抬头看着大笑的利特尔·特里，看到了欢乐的狩猎场。

为配合我们青睐的那句表达，现经过微调和删减，我们有了一个五十个词的版本。我们将这篇简短的故事——"永不言弃"——修改了四次，或许你会将自己写的那篇修改上百次或者更多次。编辑工作敏感而微妙。一旦你的注意力集中在所用语言上，你会惊讶地发现，你认为所需要的其实并不是必需的。看似有作用的词，结果却完全没必要。没有它们，这篇故事反而更简洁有力。

➥ **关键点** ⋯⋯⋯⋯⋯⋯⋯⋯⋯⋯⋯⋯⋯⋯⋯⋯⋯⋯⋯⋯⋯⋯⋯⋯

　　　不要害怕修改，而是要时不时修改。如果最终发现还是最初的想法好，也不要害怕一切恢复原样。

⋯⋯⋯⋯⋯⋯⋯⋯⋯⋯⋯⋯⋯⋯⋯⋯⋯⋯⋯⋯⋯⋯⋯⋯⋯⋯⋯⋯⋯⋯⋯⋯⋯⋯

　　这样的短小故事被称为"迷你传奇"或"闪小说"。在小口消化信息的网络时代，这种简练的小说形式再合适不过。其他术语还有小小说、明信片小说、瞬间小说、微型小说、微型故事、微小说、超短篇小说。规则各式各样，字数长短不一，从七到一千个词之间皆可，或读或写都能从中得到乐趣。如果在本章节练习中创作五十个词的故事时你很享受，加把劲完成你的故事，看看你能把它塑造成什么样子，然后再多写一些。网上也有很多范例，在搜索引擎中输入"迷你传奇"或"闪小说"，去找到它们吧！

✕ **请牢记** ⋯⋯⋯⋯⋯⋯⋯⋯⋯⋯⋯⋯⋯⋯⋯⋯⋯⋯⋯⋯⋯⋯⋯⋯⋯⋯

　　　现在作品诞生了，不过它仍需要被滋养。修订对梳理你的创意作品至关重要。

⋯⋯⋯⋯⋯⋯⋯⋯⋯⋯⋯⋯⋯⋯⋯⋯⋯⋯⋯⋯⋯⋯⋯⋯⋯⋯⋯⋯⋯⋯⋯⋯⋯⋯

　　写作源于一霎间的灵感闪现。不管为了创作什么，你都需要碰碰运气，让创造力自由生发。你需要"随波逐流，任它而去"，随它显现。之后，理智地思考你所创作的内容是否有意义，然后赋予它条理或形式。通过写作练习和游戏让你的大脑活跃起来，从而得到多种类型的创作材料。这种方式能够产出素材，然后这些素材需要被精心而巧妙地雕琢。技巧也并非现成的，写作技巧需要通过刻苦努力学习得来，通过不断摸索、犯错得来；它也不会猛然间出现，需要通过大量的学习和练习。所有艺术形式通常都是灵感、技艺和技巧的混合。灵感、直觉和天赋，不论多么重要，只有它们都是不够的。

本章以一个问题开篇：什么是故事？但是这本书的意图是帮你写故事，而不是为定义而苦恼。这事儿留给别人吧！一开始先强调一些故事的组成部分，这是一个很实用的方法，我们已经讲了许多，足够表明故事的含义远不限于开始提到的词典里的定义。我们介绍了重要的概念，如转折、引子、冲突、人物、视角、主题、语言、意义、基调以及体裁。这些概念贯穿全书，我们会再次见到，但无法涉及所有相关概念。在其余章节中，我们还会谈及一些其他的概念。

♥ 聚焦点

本章中我们单列出了几个要素，这些要素通常是故事的关键：

1. 叙事：吸引读者的一系列口头讲述或者文字形式的故事。

2. 人物：故事中的人，他们相互之间的关系以及产生的冲突。

3. 视角：是谁的故事？不单单是讲故事的人，还有我们是通过哪个人物的视角来经历这个故事的。

4. 主题、语言运用和意义：它是哪种故事，该故事或者作品是如何向我们传递意义的？

5. 基调和体裁：是什么类型的故事。

....

↳ **下一步** ....

下一步需要思考关于情节的想法从哪里来以及如何推动情节发展。我们将进行故事构造的练习并探究情节的积极作用。

....

第二章

发现与构造情节

你将从本章学习以下内容：

- ➤ 什么是情节
- ➤ 发现情节的方法
- ➤ 构造情节的方法
- ➤ 情节与人物的关系
- ➤ 令情节愉快而有趣的要素

本章将以另一个定义开篇。《牛津英语词典》将情节定义为"戏剧、小说、电影或者类似作品中由作者设计并呈现的一系列相互关联的主要事件"。设计情节或者构思情节，就是"编排（戏剧、小说、电影或者类似作品中）事件的顺序"。

对作家来说，"构思"主要是做动词，一个正在进行的词。当一个作者说"构思是一个动词"时，他的意思是其中包含"行为"。写作者的第一堂课就是：情节是会动的，它们不是静止的。如果我们把《牛津英语词典》的释义同作家的定义结合，即可得到以下概念：情节是由作者设计出的活跃的、相互关联的一系列事件。你或许认为行为是隐含其中的，而事件是"正在发生的事"，因而是活跃的。若有助于紧扣要点，过分强调并没有坏处。

身为作者，你怎么创造"活跃的、相互关联的一系列事件"呢？也就是说，你如何创设情节？约翰·加德纳在他备受好评的《小说的艺术》（1991）一书中写道，作者设计情节的方式有三种：

1. 借用现有的情节或行为。

2. 由故事情节中的转折点回溯。

3. 由初始情境向前摸索。

加德纳对此做了进一步阐释。方法一是借用别人想出来的现有材料。该方法始自希腊人，历经莎士比亚直至今日，历史久远。许多好莱坞电影和音乐剧都是基于已存在的材料创作的。

加德纳用"行为取自真实生活"来形容方法二和方法三。想必意思是行为源于真实发生的事情，例如亲眼看见、亲身经历的事或者上报纸的事等等。他总结说，在雕琢情节的过程中，既可瞻望，又可回溯。

其实发现情节极其简单。这实际上意味着你既可以发现情节也可以创设情节。以下就是这两种方法。

1. 从现有情节取材（如莎士比亚作品、希腊悲剧），稍稍修改或添补使它成为你自己的情节，例如将你创造的世界或人物空降到其中去。

2. 开发自己原创的情节主线：

（1）设计原创情节并将人物嵌入其中。

（2）设计原创人物和情境并从中衍生情节。

　　你既可从开头也可从结尾写起，向前推进或者向后回溯。你或许会发现自己所认为的结尾最终却成了开头，或是你所认为的开头最终成了中部。你必须从某处写起，所以这一课是——开始写吧。

如何发现情节

　　将现有的情节应用于自己的作品似乎是最简单的方法。这种方法在结构上并无太多创新，更多的是对众所周知的素材的偏爱。乍听起来可能不道德，但是这种方法却有体面的历史。古希腊剧作家的戏剧基于神话创作；莎士比亚根据先前的故事创作戏剧；好莱坞依样回敬，将本就改编自已有故事的莎士比亚戏剧又制作成几部好莱坞版本。《奥赛罗》《仲夏夜之梦》《亨利五世》等多部莎士比亚戏剧都被改编成了电影，但其他那些作品被改编得更彻底，几乎成了全新的故事。例如，1956年的电影《禁忌星球》就是莎士比亚《暴风雨》的一个版本；1999年的电影《我恨你的十件事》是根据《驯悍记》改编；当然，《驯悍记》也是音乐剧《刁蛮公主》的基石；2006年的爱情喜剧《足球尤物》据《第十二夜》改编；1955年的《黑吃黑》是《麦克白》的现代重现，其背景是二十世纪三十年代罪恶的黑社会；《麦克白》同时也成了1985年的日本电影《乱》的改编依据，黑泽明和小国英雄担任编剧；《西区故事》的改编依据是《罗密欧与朱丽叶》；《哈姆雷特》对《狮子王》产生了巨大影响。

要说给好莱坞提供故事的作家，莎士比亚并非唯一。1995 年的电影《独领风骚》大致是根据简·奥斯汀的《爱玛》写成的。约瑟夫·康拉德的小说《黑暗的心》成了《现代启示录》的根源。我们前面提到《西区故事》源于《罗密欧与朱丽叶》，而《罗密欧与朱丽叶》很大程度上取材于奥维德的《皮剌摩斯和提斯柏》。舞台剧《皮格马利翁》则源于希腊神话，经由萧伯纳之手变为《卖花女》。以上都是艺术变革的证据，而它由来已久。

除了改编或改写整个故事，作家们采用的另一个方法是从他人的故事中借来人物，并为他们编造新故事。艾丽斯·兰德尔的《飘逝》（2002）是玛格丽特·米切尔《飘》（1936）的续篇，其中《飘》的视角人物是奴隶与主人的混血女儿。《飘逝》与《飘》不同，它批判原作中的种族歧视，并借由男同性恋阿什利·威尔克斯引入了同性恋情节。《君臣人子小命呜呼》是汤姆·斯托帕德创作的一部戏剧，借用了莎士比亚《哈姆雷特》中的两位次要人物，围绕他们出现的场景展开。在斯托帕德的剧中，我们可以看到这两个人物在自己的故事中处在了舞台中央，由其他人驱动的事件现在已经退场。

人物与情节的关系

从现存的作品中借用元素并对其改编以适合自己的需要，需要娴熟的手法，身为作者的你不必感到害怕。但是发现情节和创造情节有共同的特征。如果拿来别人的故事，你需要让它仍然行得通；如果是从其他作品中借鉴基本结构，那么重要的是设计背景和增添自己的人物。两种方法有一个关键问题——你的人物与情节之间有什么关系？这里有两种极端情况：

1. 情节驱动型写作，往往会不那么重视人物的可信度。
2. 人物驱动型写作，对情节不甚关注。

罗伯特·陆德伦创造了杰森·伯恩这一角色——前美国中央情报局暗杀者，围绕其展开的书和电影随故事进行变得越来越倾向于情节驱动而非人物驱动。在《谍影重重》（2002）中，情节推进依赖缓缓出现的人物；而《谍影重重3》（2007）以及后续的故事似乎花在人物塑造上的时间极少，而情节、节奏和行为耗时很多。像《谍影重重》系列、《虎胆龙威》系列或《007》系列的动作影片，对人物感兴趣，但兴味不浓，毕竟它们是动作影片，因而动作情节还是首要的。故事中人物和情节之间的权衡是常有的，在动作故事中，人物往往退居其次。人物必须随时配合动作情节的需要，否则情节有滞后甚至脱轨的危险。

↘ 关键点 ···
　　情节驱动型的故事就是与人物的需要相背而行。情节正在推进，人物必须赶上。
···

人 物 路 杀

　　人物失真无法避免，因为在情节驱动型故事中人物的塑造很少甚至没有，并且人物必须因情节需要而执行失真的行为。如果人物想要做出的行为或者说出的话会拖延情节或使情节扭曲，不会被容忍；这个人物会立即被从故事中驱逐或者在持续行进中被粉碎，有点儿像路杀。情节驱动型故事在前行过程中残忍无情。它们必须如此，如果拖延，就意味着结束。人物冒着被轧得比卡车下的刺猬还平的危险，他们无足轻重而非真实可信，这就是他们的问题所在。

情节少些，人物多些

　　如果要创造人物和情境，然后从中衍生出情节，这时利用现有情节将会更加困难，因为人物有着各式各样的目标，而人物执着于各自的目标意味着其行为会使故事踏上意料之外的方向。如果为了适应情节对人物进行修整或缩减，会破坏人物的完整性；相反，真正注重人物或关系的故事极少出现行为，而且情节几乎缺失，这种情况常见于"文学小说"这一写作类型。这些小说是会获文学奖的，如布克奖或柑橘小说奖。这类作品往往节奏慢得多，通常也不会发生太多故事，或者发生的可能是安静而低调的故事，但影响往往远超其本身。这类故事中遍布人物和关系的微妙细节，因为它们阐述的是作者感觉重要的主题。我们或许能从中了解到人物和他们的生活以及很多重要的话题或主题。亨利·詹姆斯的《丛林猛兽》（1903）就是一个很好的例子。《丛林猛兽》几乎没有情节，但是时间对两位人物——约翰·马尔谢和玛丽·伯特伦的影响巨大。

对《结果》（2007）这部小说而言，时间和过往同样至关重要，作者是英国小说家佩内洛普·莱夫利，常围绕人物和人物关系来写故事。在《结果》中，她关注的是三代女人的生活，以及她们之间的联系如何揭示人类生存的模式和意义。维系整个故事的并非快节奏情节，而是人物的微妙变化以及它所揭示的过去和当前。

约翰·厄普代克的小说《恐怖分子》（2006）的情节多于《结果》。一个十八岁的恐怖分子有一个使命——在纽约引爆一枚炸弹。尽管故事以"他会不会这么做"推向高潮而结尾，但最终的冲突解开侧重于人物而非行为，关于探索驱使人物实施恐怖活动的是何物，关于通过人物互动揭露社会问题，而非讲求情节设计。当今，言胜于行。

现在的人们生活节奏快，这种类型的故事似乎读起来更加困难。约翰·厄普代克和佩内洛普·莱夫利有很好的读者群体，但许多人急于知道正在读的故事的后续发展。受电影叙事的浓缩性的影响，读者在小说中寻找同样的节奏、行为和情节。这些概念对类型小说更为重要。

✖ 请牢记

如果你正在写一个情节更活跃的故事，你确实需要关注一下人物，而且你必须关注。但是关注到什么程度则要看情节的需要和规定。人物是为情节服务的，而非情节服务人物。要是出现冲突，比如，有时足球队老板和球队经理对峙，最后总是经理离开，有钱的留下来。在这里，情节就是有钱人。

如果你正在写一篇以人物或者主题为中心的故事，例如时间对不同世代的影响，你很可能对情节的兴趣并不高。因此，你或许会因松散的框架而难以构建出紧凑的情节。你可以通过一系列模式让故事连贯。我们之后会讨论其他可能的形式，但是方法并无对错，现在说明这一点很重要。采用的方法取决于你自己，取决于你的性情、目标以及想写的故事。练习中不同方法的差别不甚明显。理想情况是在不容辩驳的情节和可信的人物之间取得平衡，最好的故事就落在这两个极点之间。

↘ 关键点

人物和情节的关系是动态的，或平衡或失衡。其公式可用下面的等式表达：

多些人物塑造 = 少些情节设计

多些情节设计 = 少些人物塑造

这个等式表示的是确实存在的情况，而不是想当然。不管你用的是借来的情节还是独创的素材，构思和组织材料的方法都有许多共同点。即使是在改编故事，你仍旧需要构思；即使全都摆到了你面前，在练习中你还是必须决定事件的顺序，什么应该纳入进来、什么省去，详细阐述什么、忽略什么。从现在起我们要研究这一问题，以情节构思练习开始吧！

情节生成器

你必须从某处开始写，一个简单易行的建议就是从平常的人物和故事开始，通过恰当的提问，展开一个简单但动态的叙事。以从平常到不平常的转变去建构场景和故事的方法已经成熟，在接下来的练习中，一起来看看如何将一个平常的开始扩展成不止一个（而是三个）可能的情节。

首先，我们需要一个人物，又不单单是一个人物。我们需要一个情境中的人物，尤其是平常的情境。这个练习中我们不需要饱满的人物，简单点明年龄和性别即可。我们也需要给他点儿事情做或者让他参与其中。我们需要行为。

✘ 请牢记

故事中的人物需要做事情。他们必须是活跃的，而不能只是"存在"，否则故事没了动力，就会停滞。

人　物

接下来的练习是来自科林·海登·埃文斯的《为电台写作》（1991）里的一个构思。比方说有一个四十岁的女人，我们再假定她是周末在家忙碌的职业女性。

我们让她做些什么好呢？人物会做什么平常举动呢？譬如说，我们的人物正努力做着忙碌的工作日她没时间完成的各种活儿。

» 去购物？

» 擦窗户？

» 清理花棚？

比如说，一个四十岁的女人正在清理花棚。为展开这一点，我们得提出一系列问题。第一个问题是为什么。为什么她在做这件事？让我们给出能够展开这个故事的答案。

1. 一个四十岁的女人正在后花园清理花棚。

为什么？

她正在找花园躺椅，收起来过冬。

一定程度上够合理了，但是我们需要更多答案。为使这个想法扩展，我们需要再问一个问题。

一个四十岁的女人正在后花园清理花棚，找花园躺椅。

然后？

她找到了……

不，不，不。为什么这对故事展开没帮助？因为如果她立即发现了正在寻找的东西，这就真的没意思了。再糟糕一些，任何可能的故事发展都被截断了。更多的趣味可以来自哪儿呢？来自没有发现躺椅。她一直寻找的过程会给我们延迟，会给我们悬念。如果她没有发现椅子，或许能发现其他有故事潜力的东西。我们再来问一次。

> 一个四十岁的女人正在后花园清理花棚。
>
> 为什么？
>
> 她正在找花园躺椅。
>
> 然后？
>
> 她发现花棚里住着一窝狐狸。

好些了！让我们继续提问。如果她准备赶走狐狸，锁起花棚，那么这件事再一次完结了。要想让故事持续发展，你就得让这件事一直保持开放。

↘ 关键点 ....

　　让故事中的主要事件对发展一直保持开放，作为抓住读者兴趣的引子。你一把它封锁起来，问题就解决了，故事的趣味也就完了。

....

我们让这个想法继续展开。

2. 一个四十岁的女人正在后花园清理花棚。

为什么？

她正在找花园里的椅子。

然后？

她发现花棚里住着一窝狐狸。

然后？

其中一只幼崽口吐白沫。

所以？

她拉走了她的狗，叫来了兽医。

然后？

兽医警告说不要让狗接近，她自己也要避开。

但是？

她的狗很好奇。在努力让狗远离时，她和狗都被咬了。

所以？

她赶忙把狗放到车上。

但是？

路上，她因被咬伤产生了速发反应，晕倒了。

天啊！这个女人刚开始还行为如常，突然就到了一个迥异的情境中，这是因为我们没有把故事封锁起来，而是用更多的问题让它一直开放着。

　　她一开始是在清理花棚，最终却被可能患有狂犬病的狐狸咬了，她的狗也被咬了。看得出她的世界已经变了。这并不是故事的结束，但我们已经有了戏剧性的开始。让我们再一次扩展，让它变得不平常。

　　2. 一个四十岁的女人正在后花园清理花棚。

　　为什么？

　　她想找个地方放自行车。

　　然后？

　　她找到了高科技设备和一架天线。

　　然后？

　　她发现设备开着，而且正在传播信号。

　　所以？

　　她给丈夫看了，丈夫又生气又戒备。

　　然后？

　　她丈夫把花棚锁起来了，把钥匙放进衣袋，还命令她远离那里。

　　但是？

　　那天晚上她被噪声吵醒了，发现丈夫不在床上，花棚里透出了光亮。

然后？

她偷偷溜进了花棚，往里仔细瞧。

但是？

她的丈夫在花棚里，一个女外星人的触手缠绕着他。

天哪！现在发生了什么？让我们先把这个星际三角恋放在一边，继续第三次尝试。

3. 一个四十岁的女人正在后花园清理花棚。

为什么？

她准备拆了这个老旧的、摇摇欲坠的花棚。

然后？

她发现了一笔秘密贮藏的现金。

然后？

她数了数，有将近五万英镑。

所以？

她拿给丈夫看，丈夫同她一样震惊。

然后？

她的丈夫想要用这笔钱买一辆新车。

但是？

她说不能这样，他们必须向警察报案，丈夫不同意。

所以？

她丈夫把钱藏到了衣柜里。

但是？

当晚有两名男子在花棚里翻找。

现在的这篇变得严肃起来了。如果这两个人发现他们（可能）藏在那里的钱不见了，会发生什么呢？他们会追查下落，这对夫妻将会陷入大麻烦中。

所有这些构思都需要进一步扩展。它们也会引出问题，问题又进一步推动情节发展，将其从日常中抽离，转向非日常。这很棒！

↘ 关键点

提出一系列简单的问题，然后找到可靠又开放的答案，这能使一个故事的构思从平常的世界和行为向拥有更多戏剧性可能的世界发展，在这个世界里，男女主角将会有更多的麻烦和考验。可靠的答案和行为能推动故事发展。

冲　　突

说到麻烦，它是你所需的；或者更确切地说，你的人物需要麻烦。麻烦在故事中是必需的，通常被称为冲突。

为了能够产生冲突这一要素，我们需要把人物置于险境。在后面的章节中我们会更加详细地对冲突加以讨论；但现在需要记住关键点——人物需要陷入麻烦中去。他们需要借助其他人物以及情境考验自己，并从中发现自我。如果你的人物一直一帆风顺，一直待在他们安静的平凡生活的鸭塘里，如果那个女人发现了折叠躺椅，或者给她的自行车腾出了地方，或者轻易拆掉了花棚，那就没有戏剧、没有行为、没有发展了。在每个例子中，如果冲突立即得到了解决，叙事发展的可能性也就终止了。拒绝化解行为冲突，拒绝封锁情境，你就会看到女人开始时平凡的一天突然变得不平凡了。这里的每一个构思都有潜在可能，如何发展取决于你。或许你一个都不喜欢，而是希望有自己的构思。若是如此，你的机会来了。

➲ 试一试

就像上面那样，以一个简单的、小型的、平常的场景作为开始。想出一个人物，仅仅给出性别和年龄，让其做出一个简单的、普通的行为。构思可以是洗车、购物、挖坑、化妆或你能想起的任何事。使用公式：为什么？然后？然后？所以？然后？但是？所以？但是？提出这八个问题，然后用三种不同又出奇的方式扩展这个小事件。

你想出了什么？你成功地用三种方式扩展了吗？其中

哪个有写成故事的可能吗？若是有，写吧！将这个开始
或者骨架写成一个五百至一千词的短篇小说。将你想出
的事件作为故事写作途中的标志，这意味着你应采用这
个骨架作为指引。

➲ 试一试

　　回到我们的第一个故事（女人和狐狸幼崽）。以女人
来到花棚清理作为开头，试着写写故事的开始。简单描
写一下她、花棚或者花园，体现出她在寻找花园躺椅。
她把东西挪开，发现了一把椅子，拉出椅子后住在花棚
里的一窝狐狸露了出来。她做出反应，狐狸也做出反应，
她看到其中一只幼崽口吐白沫。将它写下来。

　　然后进入下一阶段。这样写故事时你就有了一幅地图
或一个计划。你按照计划进行，就如开车跟着地图走一
样，在每个目的地停一会儿，之后前往下一个地点。

这个故事构思始于平常的开端，平常的世界并不只是
一个有意思的构思，可以让我们基于此进行写作练习，它
对故事的讲述也至关重要。

📖 案例研究：《星球大战》(Star Wars)

　　1977 年的电影《星球大战》也是以平常情境中的人

物开始。好吧，其实它始于一场在"反抗军封锁穿越者号"飞船上的战斗，这并不是日常事件，但我们很快就见到了即将成为故事主角的人物——卢克·天行者，他在叔叔欧文的农场工作，这确实是平常的情境。

《星球大战》是一部科幻电影，但并非这种题材让它或者卢克步入的世界变得不平常。在科幻领域，卢克住在我们熟悉的世界中，尽管像所有公认的主角一样渴望着冒险，他想要从自己的日常世界中走出去。他想要冒险，想要证明自己。一个名叫卢克·天行者的年轻人注定不会成为农民，而是为了更伟大的事业而生，哪位观众或读者会不知道呢？

对卢克的描述是：穿着农场干活的衣服，给他叔叔打工，对自己的生活状况感到沮丧。他特别嫉妒朋友比格斯，比格斯从学院毕业并得到了星际飞船上的大副这一职位，很快他将参与到自由世界和帝国持续的交战中。当然，很快情况就变了。卢克被牵扯到行动中，不久他便成了那些为自由而战的人的希望。他对梦想的探索是电影的核心所在。

✕ 请牢记

你需要在故事开始时建构起平常的世界。但为了故事发展的可能，开头的情境必须要变化，并且迅速变化。

📖 案例研究：《西北偏北》(*North by North West*)········

　　在阿尔弗雷德·希区柯克导演的电影《西北偏北》
（1959）中，从加里·格兰特饰演的主角罗杰·桑希尔离
开办公室与同事会面开始讲述。这是纽约一天忙碌的结
尾。他太忙了，他的秘书不得不跟着他草草记录口述内
容。他们一起打了辆出租车，路上他向秘书口述，除了
商务信函，还有一封给一位经常见面的女士的简短告别
信。这些都是平常行为，与这位平凡而繁忙的广告主管
身份相一致。正如我们之前所说，开头的一段使人物立
足在他平常的世界、普通的背景中，直到某件事使其发
生改变，这在故事中常见，在电影中尤为常见。但是情
境一旦建立，并不停留在这里；它也不能停留在这个水
平，否则故事无法进行下去。

　　快速而简洁地建立起罗杰·桑希尔的平常世界后，希
区柯克迅速变换情境，使它转移到另一个不一样的世界。

　　桑希尔到酒店酒吧见到同事后，意识到他忘了联系母
亲。这位男主角还是跟妈妈绑得太紧，他需要走进成年
人的世界，在那个世界里他能以成年人的方式跟除母亲
外的女人联系。这一转变从桑希尔招手问信童他能在哪
儿给母亲发封消息开始，恰巧同一时间，信童在呼叫一
位卡普兰先生。让信童呼叫卡普兰的两名监视打手错把
桑希尔认成了卡普兰。桑希尔在"旧世界"呼叫母亲的

行为将他猛地掷到了"新世界"，他母亲没法帮他了，因为当他去打电话时，两名男子持枪绑架了他，把他推搡出酒店，进了一辆车里。

之后故事中的主角不再是罗杰·桑希尔——广告主管、跟同事见面、依赖妈妈，而是罗杰·桑希尔——受害者、未来的英雄。目前他在跟一股黑暗未知的力量较量，为自己的生命斗争。在这个身份错认的时刻，平凡的桑希尔陷入了不寻常的冒险中，其中有谋杀、特工、圆滑的间谍、缩微胶卷以及一位性感的金发女主角。

这跟女人清理花棚的情境没什么不同。她那天起床了，计划清理花棚，但各种事件合力使这个简单行为成了不寻常冒险的开始。

✖ 请牢记

开头平常，但结尾要不寻常。以平常的人物和情境开始，以不寻常的人物和情境结尾。这样人物和故事都有了转变，你的读者和观众将会享受这一过程。

♥ 聚焦点

1. 构思是个动词；情节是活的，会生长和发展；生长和发展是构成故事前进驱动力的关键。

2. 人物和情节的关系是动态的，这种关系能处于平衡中，也能失衡。公式是：人物越多，留给情节的空间就越少；情节越多，留给人物的空间就越少。达到平衡吧！

3. 以平常的人物和平常的情境开始，但要让情节发展，要转变为不寻常的情境，进而让人物也变得不寻常。

4. 对你的人物进行提问能够得到立得住的情节发展构思。

5. 千万不要太早地封锁你的故事构思，否则将面临终止故事、扼杀叙事的风险。

↳ 下一步

下一章中我们将探究如何把节奏和活动结合在一起。

第三章

构思有节奏和渐变的情节

你将从本章学习以下内容：

> ➤ 如何构思有节奏和渐变的活跃且出人意料的情节

> ➤ 情节创作中自由、自发和灵活的重要性

> ➤ 关于情节设计中修改和编辑重要性的更多讨论

本章我们将通过练习将节奏和渐变融入作品中。重点是建立情节步骤，以及展示如何遵循给定的框架创作一篇充满活力、情节丰富的作品。

⊃ 试一试

　　取一张中等大小的纸，将其对折并沿折线撕开；将两张纸叠在一起，再对折撕开。重复这个步骤，直到有八至十六张小纸片；每张纸写上一种职业的名称，如：

　　　　会计、汽车修理工、警察、政治家、夜总会的艺人、律师、医生、记者、垃圾工、临时保姆、肉贩、作家、教师、运动员、演员、赛马骑师、医生、卖淫者、法官、邮递员、模特、赛车手、检验员、花匠。

（添加你想出的职业。）

　　在小纸条上写好职业之后，把它们全都放到一个帽子或者盒子里。把它们打乱，然后在不看的情况下取出一张小纸片。你的任务是以纸片上的人的视角写作。过程中，遵循下面标有 a、b、c 的指令，但现在不要去读那些指令。迫于时间，你会写得很快，所以拿一个闹钟、厨房定时器或者手表放在身旁。时间压力下增加的写作维度可能很有趣，能助你写下平时不大可能有的惊艳想法。这样可能写出劣质的东西，但也可以是金子，因为能产出意外有趣且可能有用的内容。

实际开始写之前，花时间想想你抽到的职业。显然，你不能以一份工作或者一个职业的视角来写，所以你需要构思出一个人物，作为该岗位的代表。如果你抽到了"教师"这个词，想想你在中小学或者大学认识的老师；如果你抽到的词是"医生""临时保姆"或者"汽车修理工"，再想想你认识的某个人，或者思考一下这个职业的要求。如果你不认识任何符合你所选职业的人，或者你完全不了解这个职业，那么可用你在书中读到的或者电影电视上看到的人物。思考他们在工作中可能遇到哪种类型的问题，想象一下他们可能与哪种类型的人接触。在你的脑海中，鼓励个性鲜明的人物向你自荐。再想想这个人的外形：高还是矮，年轻还是老？他们结婚了还是单身？最重要的是给他们取个名字。姓名能够界定真实生活中的人，也能界定虚构世界中的人物。给人物命名也能帮助身为作者的你开始与角色拉近距离，使该人物愈加真实。

当你准备好开始写了，一定要看看下面给出的第一个指令。先别写！但你写的时候，阅读指令，然后按照要求去做。不间断地写，但是如果你确实要停下来思考，不要停太久。依照每个新的指令写一些句子，然后继续，保持写作速度。当你觉得写得够了，快速转到下一个指令，直到结束。写作的过程中，你可以略微提前想想故事的可能走向，但要意识到可能碰到意想不到的指令，所以保留选择的余地是明智的。但是想得不宜太远，遵循指示，紧跟指令。一共有十六个指令，如果在每个上面花两分钟，你总共需要三十二分钟。

现在，设定一个三十至三十五分钟的闹钟，或者留意你手表上的时间。将下面一列指令用一张纸或一本书遮住，只露出指令a，然后开始写作。

你的职业人物：

a. 走得很快（写几句话来描述他们如何走路，然后露出指令b……）

b. 致意（写几句话，然后露出指令c……）

c. 遇到一个女人

d. 争吵

e. 读

f. 跑

g. 快速转移（例如步行、骑自行车、跑步、开车——取

决于你）

　　h. 遇到一个男人

　　i. 吃

　　j. 饮

　　k. 吻

　　l. 脱衣服

　　m. 触摸某个东西

　　n. 到地下

　　o. 穿衣

　　p. 微笑

写作停止。从头至尾读一遍你想出的故事。然后再读下面的第一稿。

构 建 情 节

　　下面的这个示例是在完全相同的要求下完成的，也用了上述一系列行为。这里呈现的是相对粗糙的第一稿，跟刚写好时完全一样，逻辑和语法都没有修改或梳理。

政 治 家

　　（走得很快）托尼·派克快速穿过走廊，脸上的表情就像是闻到了什么怪味儿。这是大家熟悉的表情，说明有人要遭殃了。尽管是匿名的，他也准确地知道那个人是谁，跟之前与他作对的是同一个人。这事闹了有段时间了，是时候敞开谈谈了。（致意）经过那座赠予公司的创始人——亨利，也就是后来的普莱斯托勋爵——的大雕像时，他停了下来。"你绝不会让这事在你的生命中发生，亨利勋爵，"他想，"而我，你的接替者，现在步你后尘的这个人，同样不会让这事发生。我会采取行动，就像你会做的那样。"继续走之前，他来回打量了走廊两次。看到没人走近，他并拢脚跟，立正致意。（遇到一个女人）听到脚步声时，他的手仍横在眼前，转身看见她顺着走廊朝他走来。他迅速把手放下，准备交锋。（争吵）似乎她已准备好和他对峙，几秒之间，战火熊熊。后来这件事成为公司的传奇之一，大家说，墙上的漆都要被两人交锋的热焰融化了。他很惊讶，实际上是她引发的争吵，她正在和他对峙，而且丝毫没有让步的迹象。（读）她将一份文件塞到他手里，他不屑一顾。

"读！"她说，"就读一下它。"

"我不想读，我不需要读。"

"读，你个混蛋！"

"你在骂我吗？"

"没错。就读一下，可以吗？"

"不，我不。"他惊讶地发现，当她不停把文件塞给自己时，自己在退缩。她是不会让他走的。

"读，读，读。"她说，将他逼退到角落里。（跑）最后他还是跑了，他还是转身逃离了她。他隐约察觉到走廊两旁办公室里探出的头——这一场景所有的目击者，但是他更专注于逃离她这件事。但是她仍然在追。（快速转移）他跑进快速电梯，猛按下降按钮，退后倚靠在了墙上。

"我他妈才不想读！"他大喊了出来，同时快速地下降、下降、下降，逃离她。（遇到一个男人）下了几层楼之后，他才意识到电梯里并不只有他自己。站在他身后阴影中冷着脸的不是别人，正是亨利·普莱斯托勋爵的鬼魂；他对托尼没有一丝友善。

"亨利勋爵？"（吃）托尼倒抽了口气，双手举到面前，几乎啃到了指尖。"是您吗？您想让我做什么？"（饮）他喘着粗气，饮尽了老人眼中的愤怒。

（吻）亨利勋爵抬起一只手，托尼·派克前倾吻了他的手。他吻了勋爵手上的戒指，低垂着头寻求原谅。

（脱衣服）"衣服脱下来。"亨利勋爵命令他。

"我的衣服？"

"脱！"

"好，好。"托尼回答，艰难地褪去衣服。

"全部！"亨利勋爵命令道。

"全部？好，好。"他赤裸地站着，用双手和手臂遮住自己。

（触摸某个东西）"拿着这个。"亨利勋爵命令他，递给托尼一个闪光的小东西。

他接过来。

"这是什么？"

（到地下）电梯突然停下，门开了。他们到了地下停车场，在办公大楼下很深的地方。

"穿上它。"

（穿衣）托尼穿上了，在他黑色汽车的玻璃上看到了自己的倒影，（微笑）然后笑了。

这篇故事跟它刚写出来时一模一样，完全未经编辑，每个新的部分都是由一个出人意料的新指令启发而来。我们再一次按照抽取顺序列出了这些指令：

走得很快，致意，遇到一个女人，争吵，读，跑，快速转移，遇到一个男人，吃，饮，吻，脱衣服，触摸某个东西，到地下，穿衣，微笑。

完善这篇作品的方法有很多，但是一篇完美的作品并不是我们当前的目标。此练习旨在构想出一篇有活力、节奏和

渐变的故事，显然这篇已经包含以上所有要素。它总体的渐
变是好的；它从一个地方开始，在另一个截然不同的地方结
束；人物有变化，故事整体上也有渐变。尽管它边角毛糙，
但作为开始并不赖。接下来则需要进行下一个步骤：修改和
润色。

　　你或许在想，这篇故事的人物跟政治家有什么关系。
写作开始前，作者花了些时间去思考他可能认识或见过的
政治家，立马意识到他其实一个也不认识。考虑这个问题
时，他意识到，自己"认识"的所有政治家都是经过电视、
报纸等媒介过滤之后的，或是通过与朋友讨论那些媒体塑
造的形象筛选出来的。他拥有的是人们对许多政治家的普
遍观点，实际上并没有自己的独到见解，他并非真正了解
那些他关注过的政治家。

　　他查阅词典，发现政治家被定义为"参与政治的人，
尤其是议会成员"。他注意到定义说的是尤其而不是全部。
然后他又查了"政治"一词，发现被定义为："获取权力或
达成目的（如商业中）的手段和策略。"因而，参与政治的
人未必在政府供职。于作者而言，这离想法实现更近了一
步。"政治家"这个构思被拓宽了很多，并且变得愈加真实
了。现在作者胸中已有他在工作中认识的某个人；某个为
了获得权力耍手段玩策略的人，也是他做了惹作者伤心的
事。他在脑海中刻画这个人，这时另一件事发生了：一个

要报复这个人的想法诞生了。他准备好开始写了。

➥ 关键点 ···

　　要有自己的观点。在任何写作中，都不要接受现成的东西。围绕它进行思考，直到能为你所用。如果你能切入并全面掌控材料，这个人物或主题你就能游刃有余了。

···

动　　机

　　以上示例的背景有种公司政治学的意味，同时也存在自我冲突。作者可能本打算更多地展现这些方面；而实际写作中出现的情况是，这次练习被他当作了一个跳板。针对某个人的牢骚促使他下笔，但按照指令，他最终完成了一篇不一样的故事。如果最终呈现的作品跟原本打算不同，随它去吧。写任何东西都不简单，所以任何促使你写作的事都是可接受的，只要把字写到纸上就足够了。当你把东西写下来之后，就可以对它进行完善了。

　　像这样的练习可以让你开始下笔，给你提供材料去思索、编辑与修改。最终距你的原始出发点有多远并不重要。这次练习之后，作者可能再也不会用到这篇作品了，也或许这篇作品会对他的写作产生无法预测的影响，但他还意识到自己把东西写到了纸上；这就是本次练习的意义所在。

他是一位作家了，他在写作；作家写作。

对作者来说，他也有了满足感。他开始写某个人，而这个人几年前让他的生活感到痛苦。他打算报复，对作家来说，报复有时是甜蜜的，但最后写作的乐趣占了上风，他就随它去了。

↘ 关键点 ···

　　与编辑和修改截然不同，当你创作时，要保持作品的开放和灵活，跟随你的想象随意而至，这些都很重要。你之后总是可以编辑的，但创作时，千万不要阻碍或抑制创造性过程。让想法涌现，跟随它们。

···

像这样的练习意义在何处？首先，它可能产出令人惊喜的好作品，你在别处也能用得上。其次，如果你因情节而焦躁，或者老想着描写和背景，而不是推进故事，这或许是个很好的热身练习。如果路边树上的每片叶子或者裙子上的每个亮片你通常都会描写，那么这样一个练习——迫使你快速写作、持续前行或突然拐进奇怪的走向——能够让你松弛下来。

它能助你推动故事持续向前发展，这也是保持情节活跃的要求。

修　改

回顾你的整篇习作，然后修改。写作过程中，遇到困难的同时无疑也会有惊喜，主要是你不知道接下来会出现什么，因此当新指令出现时，你的写作就会转到另一个方向。对此你怎么处理呢？又该如何应对各个部分的衔接问题，让其协调连贯呢？你的写作有什么惊人之处呢？并非一切都非得无懈可击，叙事有漏洞有时也不是坏事，因为漏洞会迫使你去思考。

✕ 请牢记

如果特别努力地让一切都恰到好处，我们的写作就乏味了。为了写出一篇逻辑清晰的完整故事，我们只能沿着一个方向写。如果作品不走向乏味，这是可嘉的。如果情况相反，你不知道接下来会出现什么，不得不转换方向，你的写作就会变得有自发性、变得出乎意料。如果你能保持其中的自发性和意外，即使修改无数次，读者也会享受并愿意分享。

➲ 试一试

为使这个小练习中的转折顺畅，你需要费很多脑筋，希望你通过了考验。现在为了修改再读一遍你的习作，看看你是否构思出了一篇有趣的故事。

当你检查自己所写的作品时，找找能够弥补的漏洞，梳理写作所要求的方方面面。完成之后，你可能发现自己有了一篇完整的故事，或者发现可在另一篇中用上其中一两个情节元素或变化。你也许已经发现了人物的某方面可以用于别处。如果中部行得通，开头和结尾效果却不行，那么拿出开头部分，看看能否用于别处或另一个故事。中部又能否成为另一篇故事的开头或者结尾呢？

↘ 关键点

将你的写作视为流体。从中取出几段各处移动。你所写的开头部分可能作为中部会更好，中部作为开头的效果会更好。写作并不是固定的、一成不变的；一种情境中写的东西能够移动并运用到另一种里去。

↘ 关键点

你给人物取了什么名字？名字很重要。赋予人物恰当的名字，他们立马就会在舞台中央引人注目；取了不恰当的名字，他们则会一直默默无闻、无人注意，待在舞台两翼。

修　改　版

　　作者就这样进入到下一个阶段，并修改他的创作。对比这一版本与第一稿，思考小小的修改是怎么使一篇故事更加完善的。

　　（走得很快）托尼·派克快速穿过走廊，他那张长脸上的表情就像是闻到了什么怪味儿。这是公司里的人熟悉的表情，说明有人要遭殃了。尽管文章是匿名的，他也准确地知道是谁藏在背后，跟之前与他作对的是同一个人。这事闹了有段时间了，是时候敞开谈谈了。（致意）经过那座赠予公司的创始人——亨利，也就是后来的普莱斯托勋爵——的大雕像时，他停了下来。"你绝不会让这事在你的生命中发生，亨利勋爵，"他想，"而我，你的接替者，现在步你后尘的这个人，同样不会让这事发生。我会采取行动，就像你会做的那样。"继续走之前，他来回打量了走廊两次。看到没人走近，他并拢脚跟，立正致意。（遇到一个女人）听到脚步声时，他的手依然横在眼前，就像过去在国防义勇军部队训练时一样，转身看见她顺着走廊朝他走来。他迅速把手放下，准备交锋。（争吵）几秒之间，战火熊熊。后来这件事成为公司的传奇之一，大家说，墙上的漆都要被两人交锋的热焰融化了。（读）她塞到他手里一份文件，他甚至不屑一顾。

"读！"她说。

"我不想读，我不需要读。"

"读，你个混蛋！"

"你在骂我吗？"

"没错。读一下，可以吗？"

"不，我不。"他惊讶地发现，自己在退缩。她仍旧把文件塞给他。为什么她不能让他走呢？

（跑）"读，读，读。"她说，将他逼退到角落里。

最后他还是跑了。他隐约察觉到走廊两旁办公室里探出的头——这一场景所有的目击者，但是他更专注于逃离她这件事。但是她仍然在追。（快速转移）他跑进快速电梯，猛按下降按钮，退后倚靠在了墙上。

"我他妈才不想读！"他大喊，同时快速地逃离她。（遇到一个男人）下了几层楼之后，他才意识到并非只有自己一个人。站在他身后电梯阴影中的不是别人，正是亨利·普莱斯托勋爵的鬼魂。

（吃）"亨利勋爵？"托尼倒抽了口气，双手举到面前，几乎啃到了指尖。"是您吗？您想让我做什么？"他喘不过气，（饮）他跪倒在地，饮尽了老人死寂的眼窝中的阴影。

（吻）亨利勋爵抬起一只手，托尼·派克前倾吻了他的手，吻了勋爵手上的戒指，他低垂下头。

"请原谅我，阁下。"

（脱衣服）"衣服脱下来。"亨利勋爵命令他。

"我的衣服？"

"脱！"

"好，好。"托尼站着，艰难地褪去衣服。

"全部！"亨利勋爵命令道。

"全部？好，好。"他赤裸地站着，用双手和手臂遮住自己。

（触摸某个东西）"拿着这个。"亨利勋爵命令他，递给托尼一块叠起来的布料。

他接过来。

"这是什么？"

（到地下）电梯突然停下，门开了。他们到了地下停车场，在办公大楼下很深的地方。他冷得哆嗦。

"穿上它。"

（穿衣）托尼展开了那块布。（微笑）在他黑色汽车的玻璃上看到了自己穿着黑色短裙的倒影，托尼笑了。

逐行仔细检查修改稿耗时太长，不妨看看你是否能够发现哪里做出了改变，以及你是否同意这些变化。你会修改什么？你会试图完善什么地方？作者修改是为了使文章更清晰，增添的细节和收尾一笔（女人的裙子）是为了使故事更明晰。作者确实考虑过将亨利勋爵给的东西留白，但最终做出了决定，读者看到、感受到这个东西会更好，这样读者更能置身其中。该故事的细节需要清晰易懂，女人的裙子符合这一要求。作者也考虑过那是一块粗麻布，但是这会让故事沿着不一样的路径发展，不一定能与故事前面的部分衔接。那块布是女人的裙子，这一想法与故事接下来的部分联系更紧密。有个男人完成了军队训练，现在是一家公司的领导，他是大男子主义者，很显然跟一个女人对峙令他不开心。因此，剥掉男性外衣、剥离雄性让他变得脆弱。丢掉了既定的人格面具，他才能够穿上女人的裙装——他女性一面的象征，感到如释重负或舒适自在，所以他微笑了。结尾聚焦到这一点上，这篇故事现在才有了意义；若是没有聚焦，它就可能会是空白的、空洞的。你或许会喜欢，或许不喜欢，但至少你能做决定了。

请牢记

让你的读者来决定你写的是什么，这是在逃避。如果你不知道自己在写什么或者你试图表达什么，怎么能期望你的读者知道呢？究竟为何要把决定权留给读者呢？如果你必须在谋杀案中自证清白，你会不顾一切允许别人硬替你辩说吗?

➲ 试一试

　　再尝试一次这个练习,看看你能否自己想出一套指令。

　　拿出一张中等大小的纸,将其对折并沿折线撕开;将两张纸叠在一起,再对折撕开。重复这个步骤,直到有八至十六张小纸片。每张纸写上一两个跟上述练习中相似的词。让它们动起来很重要,还要简洁,例如"吃""睡""快走""打电话""倒下"等等,但最重要的是每个词都是一个动作,是人物做的事。这些行为将会推动故事发展,使其活跃,防止拖沓或卡壳。

　　在每片纸写上一个行为之后,将纸片放到帽子、盒子或者袋子里。再准备个盛有写着职业纸片的盒子或袋子。(如果你愿意,可以增加新的职业。)现在你应该有两个袋子了,一个里面装的是可供选择的职业,另一个装有可供选择的行为。从第一个袋子里面抽出一个职业;在做其他事之前,花几分钟思考这个职业的代表人物。

　　当你准备好了,设定一个三十至三十五分钟的闹钟,从第二个袋子或盒子里抽出第一个行为,并开始计时。写上个大概两分钟,完成之后,从第二个指令盒子里取出另一张纸片,再多写一些。继续写下去,直到十六片纸都用完了。你拥有三十至三十五分钟来完成这套指令。遵循规则和时间限制，看看你构思出了什么。

将第一稿写到纸上之后，修改并努力完善你的故事。

↳ 关键点

修改会使你更强大、使你对作品的各方面更自信，这是它的一个有益的"副作用"。将一篇作品拆开，再以不同方式重组，这种能力并不是你立即就能拥有的。这是随练习和时间增长的一门学问，通过反复摸索努力使故事变得更好，你才能掌握修改能力。但你修改得越多，你修改的能力就越强，你的作品就会变得更棒。

♥ 聚焦点

1. 建立故事的情节步骤能够助你推动作品进展，并赋予它节奏、力量和渐变。

2. 有自己的构思。如果你能深入一个主题并让它成为自己的东西，你会写得更好。

3. 给自己惊喜。乐于接纳新鲜、意外的想法。

4. 写的时候就写，编辑的时候就编辑。

5. 修改，修改，修改。不要害怕修改，它是你的朋友。

✍ **下一步** ....

下一章中我们将进一步探讨故事步骤的建立和情节进展。

....

第四章

情节梯

你将从本章学习以下内容：

> ➤ 如何利用情节梯生成情节

> ➤ 如何规划你的人物行程

> ➤ 起始行动在情节中的作用

> ➤ 情节中人物发展的重要性

制作情节梯

本章中，我们将制作一个情节梯。该想法源于第三章的练习，我们将用完全相同的方法制作情节梯——随机抽取一个人物和一系列行为。为保持一致性，我们同样会使用一套指令和职业集合，但会选择不同的职业。练习结束时，我们将写成一篇所用材料相同但人物不同的习作。人物和起始点的变化会使同样的材料得到全新的演绎。

↳ 关键点

不同背景中的不同人物，都有他们自身的想法、需求和态度，不会以相同的方式看待同一行为，因此，即使从同一地方开始，你的故事也会是与众不同的。

↰ 试一试

重复第三章中的练习，选择新的职业名称，随机抽取同一系列行为。现在开始做。

职业的变化是如何影响你的作品的呢？

第　一　稿

让我们一起看看这个变化是如何影响作者的，上一章中我们看过这位作者的作品。这次练习中抽取的职业是"演员"，下面是作者争分夺秒快速写完的第一稿，跟前一章练习的做法完全一致，随意抽取新情节。

演　　员

苏（到地下）用头巾裹紧了头，顺着楼梯冲到地铁站里。她知道做这件事的唯一办法就是低下头，不与任何人有眼神交流，不停地走。她看起来越普通，越不容易被人认出来。她并不担心被认出，而是忙于思考计划的可行性。她随身携带化妆包，她知道要去化妆间，化好妆，穿上戏服，然后在开幕之前做开嗓练习。地铁到达后，她冲向车厢中唯一的座位，拿出了她的书。（遇到一个男人）不巧的是她发现旁边坐着这个世界上最差劲的粉丝。他一直盯着她瞧，显然没有被头巾和眼镜糊弄住。

"苏？"他问。

（读）她把书举到脸前，埋头看书，表现得像是没有听到。任何正常人都会作罢。显然他不是正常人。

"是你。"

他开始戳她，戳了胳膊两次，戳了侧身一次。

"大家看，这是苏。"他朝整个车厢喊出来了。

苏环视车厢中所有注视着她的眼睛。（微笑）她疲惫地笑了笑，并耸耸肩，像是在说"我碰到了疯子"，然后继续看书。

意识到快要到下个车站了，（穿衣）她戴回手套，把书塞进了包里。车到站车门打开的瞬间，她从座位起身，（走得很快）快速走下站台。还好他没有跟来。

"苏，苏。"他喊道。

她快速穿过人群。回头看他在哪儿时，（遇到一个女人）她径直撞上了一个女人，把人撞倒在地。

"啊！"女人在尖叫，摔倒的地方接近站台边缘。

"啊，原谅我，很抱歉。"她说，弯下腰试图帮女人起身。

这个女人头晕目眩，她躺在涌动的人群中间，靠近站台边缘，处境危险。

"你还好吗？对不起，我得走了。"苏试图向女人道歉，同时从那个地方离开。

"发生了什么事？"一位铁路警察赶到了。

"她摔倒了，警官。"苏（致意）抬头看着这位穿制服的人，她给自己找了个致意的理由。

"她想把我推到车下面去。"女人哭号。

"我没有。有个人在跟踪我，我回头找他的时候，就撞到了她。"

"什么人？"

警察回头扫视人群。

"就是那个人，他刚才在那儿。"苏说。（触摸某个东西）"我确实撞到了她，"她碰了碰警官的胳膊，"但是个意外，警官。你知道的，不是吗？"她甜美地一笑，取出一块薄荷糖，快速地咬碎吃掉了。（吃喝）她拿出了总是带着的那瓶水，喝了点儿水把碎薄荷糖送下去。（脱衣服）发觉热得无法忍受，她就取下手套，拉开了上衣。地上的女人还在叫喊："她把我推倒了。她想要杀了我。她想要杀了我。"

"别傻了，这是个意外，有人在追我。"

"那里没有人。"警察说。

（争吵）"他刚刚就在那里，你在说我是骗子吗？"

"不，当然不是的，夫人。"

"我不是夫人。"苏说，（吻）"但你有点儿可爱。"她上前去亲了他。

警察呆若木鸡，就在这时，苏在车门即将关上的时候上了车。（快速转移）她向警察和喊叫的女人挥手，地铁迅速驶离车站。

"大家看，那是苏。"有个声音道。

转身，她看到了他，就在不到两英尺远的地方。（跑）苏转身跑开。

下面是按照抽取顺序从上到下排列的行为：

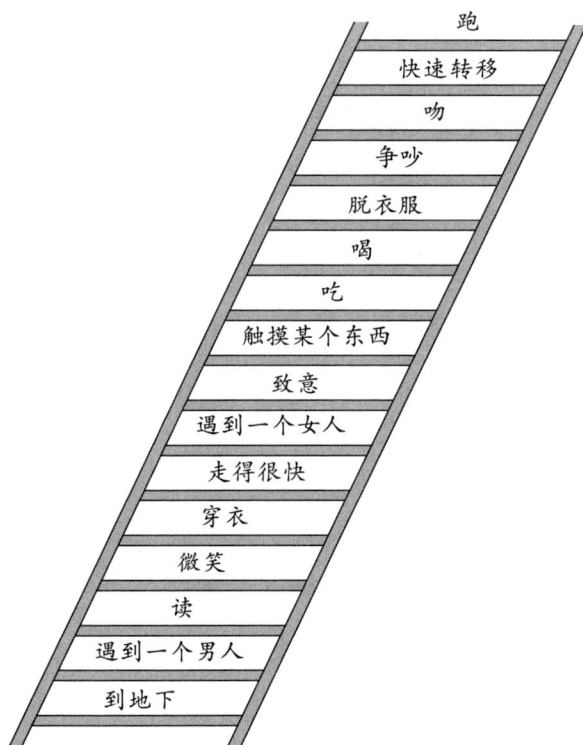

图表 4.1

像这样摆放就能形成一架情节梯。跟爬梯子类似，故事需要从最底下一阶开始首个行为——"到地下"，爬到顶部的台阶——"跑"这个行为。在我们检查自己的习作之前，请记好这是第一稿。第一稿给你提供的是故事的架构。架构仍然可用，但简单的修改能使故事取得更大的进展。在接下来的修改稿中，你会看到作者改了人物名字，身份也从演员变成了歌手。修改版本不过多涉及细节，而是聚焦于故事如何逐渐达到高潮。作者一直牢记梯子这个想法，他的修改增强了事件走向结尾的渐进感。

上一章的练习是关于如何给作品嵌入变化和节奏的。变化和节奏在平地上也能实现。就像在平地赛跑中，有人从 A 点到 B 点，没有上坡，但节奏越来越快。不过对故事而言，我们还是希望材料能够得到升华。

✖ 请牢记

我们想要自己的故事有渐进感。我们不只是想要故事前进，还想要它向上走。关于写作的书经常提到"起始行动"，它促使故事向高潮渐进或攀升。习惯上高潮总是在将近结尾出现，这是故事最精彩的部分。在接下来的章节中，我们将详细地探究起始行动和故事高潮的概念。

起始行动精辟地概括了故事发展和渐进到高潮的概念，就像是爬梯子。规划好发展和渐进是情节构造的一个重要部分，从修改稿中可渐渐显现出来。这是修改的重点。以下是第二稿。

第　二　稿

歌　　手

　　"布朗迪"用头巾裹紧了头，顺着楼梯冲到地铁站里，由于光线变暗，她摘掉了墨镜。跟往常一样，不被注意到的唯一办法就是低下头，不与任何人有眼神交流，不停地走。她看起来越普通，越不容易被人认出来。地铁到达后，她冲向车厢中唯一的座位，脱掉了黑色长手套，拿出一本书，埋头看书。不巧的是她发现旁边坐着这个世界上最差劲的粉丝。他开始盯着她瞧，很快她意识到家庭主妇的头巾和眼镜都没有糊弄住他。

　　"布朗迪?"他问。

　　她把书举得离脸更近了，像是没有听到他的话。

　　"布朗迪?"他继续问，"布朗迪? 就是你。"

　　她没有反应，期待着他是个正常的人，会就此作罢。显然他不是正常人。他开始戳她，戳了胳膊两次，戳了侧身一次。

　　"嗨，大家看，这是布朗迪。布朗迪。"他朝整个车厢喊道。

　　"布朗迪"环视车厢中所有注视着她的眼睛。她疲惫地笑了笑，并耸耸肩，像是在说"我不是'布朗迪'，我只是一个碰到怪人的女人"。然后继续看她的书。

当地铁驶入下个车站，"布朗迪"将手又滑进了手套，把书塞回书包。车到站车门打开的瞬间，她从座位起身快速走下站台。不幸的是，他还在尾随。

"布朗迪，布朗迪。"他在人群中喊道，"我买了你所有唱片。给我们唱首歌吧。这是布朗迪啊，大家看！"他开始唱她现在大热的那首歌。

"天啊，为什么她不听经纪人的话去坐豪华轿车？"她试图从推搡的人群中挤过去，回头看那人离自己有多近时，她重重地撞上一个女人的胸部，把人撞倒在地。

"啊，原谅我，很抱歉。""布朗迪"说，弯下腰帮女人起身。

头晕目眩的女人躺在涌动的人群中间，靠近站台边缘，处境危险。"我的包在哪儿？我的包在哪儿？"女人开始叫喊。

"你还好吗？对不起，我得走了。""布朗迪"试图向女人道歉，同时从那个地方离开。

"退后，退后，发生了什么事？"一位铁路警察从人群中挤了过来。

"这个女人把她推倒了。"人群中传出说话声。

"她摔倒了。""布朗迪"抬头看着这位穿制服的人，她给自己找了个致意的理由。

"我被抢劫了。我被抢劫了。我的包在哪儿?"

"这是个意外。""布朗迪"说。她转头看到了女人的包,把包塞进她手里。"我被人尾随了。"

"尾随?"警察问。

"被一个男人。他尾随我下了地铁。"

"什么男人?"警察努力回头扫视人群。"他在哪儿?"

"他刚才就在那儿。""布朗迪"说。

"现在没人在那儿。"

"他刚刚就在那里,你在说我是骗子吗?"

"不。冷静,夫人。"年轻的警察说。

"我不是夫人。""布朗迪"说,"有个人在跟踪我,我回头找他的时候,就撞到了她。"

"他为什么跟踪你?"

"因为……""布朗迪"叹气。她拿出了总是带着的那瓶水,色情地将它插入湿润的双唇间,用她表演时惯常的似要吃掉麦克风的方式吮吸瓶口。然后像是热得无法忍受,她取下手套,解开头巾的结,猛拽掉一头浓密的黑色长发,露出她标志性的光头,同时拉开了上衣。现在有一圈崇拜者围着她,享受她性感的舞台动作特写。舞蹈和乳沟总能起作用。她伸出手去触摸警察,让身体紧贴着他,让嘴唇扫过他的脸颊。这位警察目瞪口呆,

　　就在这时，"布朗迪"听到车门将要关闭，一跃上了车。车门关上，地铁立即快速驶离车站。"布朗迪"叹口气，重新戴上头巾和眼镜。

　　"大家看，布朗迪。"她身后有个声音道。

　　转身，她又看到了他，距离不到两英尺。

　　"哦，不。"

　　"是布朗迪，是布朗迪啊，大家看……"

　　她转身跑开。

分　　析

　　你会看到作者在努力地引出故事的高潮。高潮是在站台上时，"布朗迪"取下手套、头巾和假发，表演了一通她的舞台动作。初稿中，她只是拿出了一块薄荷糖和水瓶并拉开了上衣，之所以如此是因为这些动作是连着抽到的，并无实际缘由。而现在整套动作相关性更大。这套动作是她舞台表演的一部分，在站台上通勤者的包围下表演这套动作宣告了她的身份。做这套动作的过程中，她迷住了观众，使警察目瞪口呆、心思分散，她把握时机跳上地铁逃走。现在这是故事中的"重大"时刻。我们无法确定当初那个蹦蹦跳跳走下站台、带着头巾和墨镜的年轻女士是否会这么做，所以改变了人物。修改强调了这一点，让我们讨论的这个时刻更"重大"、更激烈。与初稿相比，修改稿对这一幕着墨更多，现在故事的其余部分都在推向这个揭露身份的时刻。再完整地读一遍故事，全面领会这些变化的影响。"布朗迪"认为她逃脱了，却发现她重新上了那个讨人烦的粉丝所在的那趟车，这一事实使故事在结尾处进一步转折。

↘ 关键点

使人物从 A 点走到 B 点在情节和故事的发展中很重要，不仅仅体现在外表层面，还有心理层面和情绪层面。进展比向前运动更为复杂，理解这一点也很重要。故事不仅仅要向前进，行为和兴趣还要向上去。通常你可通过对故事进行细微修改，调整故事的发展和重点。

⊃ 试一试

回到本章开始你写的那篇故事，看看你是否能以同样的方式修改，就像我们前面做的那样——思考故事节奏，将行为提升到更高层次。

人 物 变 化

在修改后的"布朗迪"版的故事中，开始和结尾时的歌手并不一样。结尾时她很乐意向公众揭示自己的身份，而不是藏在墨镜和假发之下。作家经常谈论人物身上的"变化"或者人物在故事进程中产生的"变化"，也讨论人物由一个情境和心理状态转向另一个的变化过程。我们在之前的章节中提到了《星球大战》中的卢克·天行者，在电影中，卢克不得不经历从农场男孩到绝地武士的转变过程。在前面讨论过的《西北偏北》中，加里·格兰特这个人物也经历了从广告主管到间谍、从妈宝到男人的转变过程。

↘ 关键点 ....

　　故事的过程通常也是人物从一个状态向另一个状态转变的历程。这个人的故事通常也是一本书、一部戏剧或电影的故事。

....

⊃ 试一试 ....

　　选取一个你想写的人物，然后提问：在火车、飞机或电梯里，缠上该人物的可能人选中最坏的是谁？最坏的人能够极大地考验你的人物。最"坏"的人未必总是糟糕的人，也可以是一位朋友，出于善意支持主角去跟人暧昧，或是做完三支病变心脏搭桥手术之后去跑马拉松。对人物提问，如在结尾时他或她能做什么不能在开头做的事？现在他们能否投入到之前无法投入的行为中去呢？如果可以，整个人物遭遇都会发生变化，因而人物活动也发生了变化。请写一些笔记或一篇随笔，也可以是你的人物和"最坏的人"之间的对话（三五百词）。

难易程度如何？行为和人物渐进变化困难吗？让我们试着将其分解。

构造情节梯

我们准备构造一个情节梯，可使人物从一种情境或心境转换到另一种中去。为此我们将从人物开始，更确切地说，从一系列人物可能拥有的特征开始。

人 物 特 征

人物特征是与人物相关的外貌或行为特点。下面是一些例子：

有野心的、愤怒的、羞愧的、大胆自信的、勇敢的、愤愤不平的、沉着的、谨慎的、聪颖的、笨拙的、残酷的、果断的、意志消沉的、绝望的、精力充沛的、凶猛的、愚蠢的、滑稽的、慷慨的、平和的、有魅力的、内疚的、快乐的、诚实的、满怀希望的、无能的、纯真的、睿智的、妒忌的、幸运的、吝啬的、顽皮的、乖顺的、乐观的、平静的、悲观的、儒雅的、积极的、后悔的、自责的、腼腆的、惯坏的、顽固的、有自杀倾向的、感激的、轻信他人的、善解人意的、沮丧的、热心的、虚弱的、邪恶的、担忧的。

这是一个不完全列表。还有许多其他的词语可以用来描述人物，但以上是一个可供我们使用的列表。

人物特征或人物特点有助于描绘和构思人物。简单的、一维的人物可能仅有一个性格特点。多维的人物有多个人物特征，例如一个有雄心壮志的人物也可能懦弱或谨慎，这会使人物变得复杂甚至模棱两可；一个精力充沛的人物也可能是笨拙的，可能成为喜剧故事中的一个滑稽人物。不同特点的对立可将矛盾引入到人物中去，使得人物更有趣。

利用人物特点和情节梯的概念，我们写点儿与电影剧本分场大纲有相同特点的东西。分场大纲是电影剧本作家用于描述故事的详细大纲。它将故事逐步分解、详细阐述，使作家将一个故事改编为电影剧本成为可能。尽管它是电影剧本创作中使用的工具，但对小说作家来说也很实用。

↘ 关键点··

电影剧本作家研制了他们的独特工具，但小说家也可以利用这些工具。就像螺丝刀可以用作撬杆、锤子甚至警棍，你的作家工具箱里工具的用途也可以不止一种。

···

✖ 请牢记··

情节梯中的一"步"实际上意味着一个"事件"。一个事件包含不止一个行为，也可以包含多个行为；它也不止于一个场景，可由多个场景组成。它也可以包含对人物交流甚至对话的说明。"步"这个字也恰好契合了情节梯的概念。情节梯用于逐步地规划故事，但这并不意味着过程中不需要修改；几乎可以肯定需要修改很多次，但这并不影响一开始对情节梯的需要。

···

在我们的练习中，使用情节梯的目标是让人物逐步从一种心理状态转变为另一种，同时我们还希望情节梯能将故事推进到高潮。

我们将以一个人物开始，并从上面列表中选择一个起始特点，通过情节梯将其带到另一种状态。这个练习中，我们将让一个愤怒的人经历一个变化过程，直到最后归于平静。以下是情节梯的十二个步骤，其中几个阶段是这个人物到达故事结尾必须经历的。这里的步骤都是从以上列表中随机选择的，将人物的行程细致地规划了出来，从底部的横档一开始，爬到顶部的横档十二。

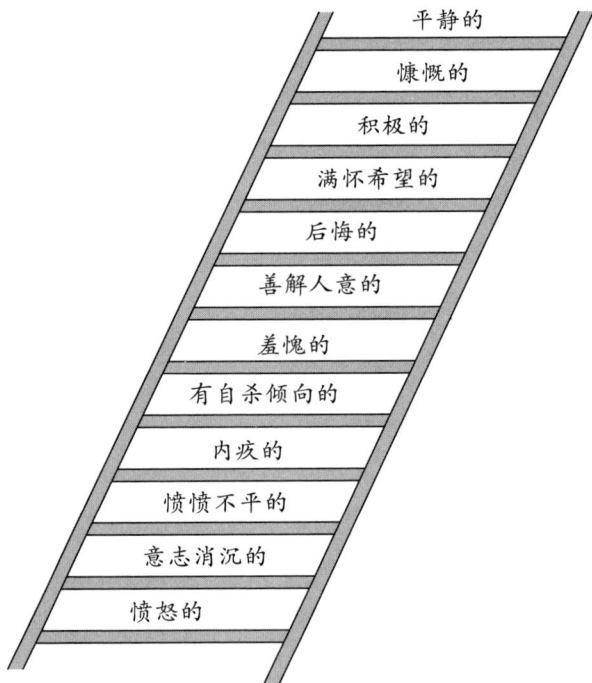

平静的

慷慨的

积极的

满怀希望的

后悔的

善解人意的

羞愧的

有自杀倾向的

内疚的

愤愤不平的

意志消沉的

愤怒的

图表 4.2　十二步情节梯

如你所见，我们的目标是使愤怒的人物经历愤怒、抑郁、愤愤不平、内疚等阶段最终达到平静的状态。为此我们需要写一个简单的场景大纲来描述这十二个状态。这些场景不需要很长，它们不过是一些步骤。我们将给愤怒的人物起名为皮特。下面是十二个步骤的示例：

1.（**愤怒的**）无比需要钱的皮特正努力结清一项陈年旧债。欠他钱的那个人不愿还清欠款，所以皮特用拳头打了他。警察来了。皮特逃走了。

2.（**意志消沉的**）皮特向女朋友卡萝尔借钱。卡萝尔一点儿都不愿给他，皮特陷入郁闷中。

3.（**愤愤不平的**）皮特不开心，在床上躺了一整天。卡萝尔恳求他去寻求帮助。他拒绝了她的建议。卡萝尔离开了他。

4.（**内疚的**）皮特努力寻找卡萝尔，但无论他到哪里去问，都没有人见过她。皮特强行闯入一家商店偷取现金。他一无所获。

5.（**有自杀倾向的**）绝望中的皮特试图走进车流中自杀，但所有车都避开了他。皮特晕倒了。有人叫来了警察和救护车。

6.（**羞愧的**）因心脏衰弱，皮特在医院接受治疗，并且因人身损害罪、入室盗窃罪被逮捕。卡萝尔出现了。皮特拒绝见她。

7.（**善解人意的**）医生告诉皮特他的血压很高，如果他不平静下来，就会害死自己。医生想让皮特知道他离死亡有多近。如果他想自杀，医生无法阻拦，但是卡萝尔仍在等着见他。不值得为她活下去吗？

8.（**后悔的**）只要卡萝尔回来，皮特保证一定会改变。

她还没准备好回到他身边。不过如果他参加愤怒管理课程，她会考虑回到皮特身边。他答应了。

9.（**满怀希望的**）皮特获得保释，决心改变自己的生活。他参加了几节愤怒管理课程，想好好表现，但发现很困难。他很焦虑，会因为很小的事发脾气。

10.（**积极的**）因人身损害（第一步）以及入室盗窃而受到指控，皮特不得不上法庭。他满怀希望，但最终被送进了监狱。

11.（**慷慨的**）皮特开玩笑说，有一件事是好的，他心脏不好，不能加入监狱的搏击俱乐部了。卡萝尔慷慨地承诺会等他回来。

12.（**平静的**）皮特得到了一份监狱园丁的工作。这么多年来他的内心第一次感受到了平静。

当你写自己的情节梯时，你需要问以下问题：

》它行得通吗？

》它能连贯吗？

》它能够使人物和读者从开始爬到结尾吗？

》梯子中的每一步都能在逻辑上促成下一步吗？

》它是从底部爬到顶部吗？

》有没有比较弱的、可加以完善的步骤？

为帮助进一步思考，请看以下几幅梯子图。

你的情节梯是哪种类型的梯子？从开始到结束它都牢固吗？或者有弱处吗？如果你认为有弱处，可以修改那些

图表 4.3　中间缺失了很多横档，这个梯子并不好爬

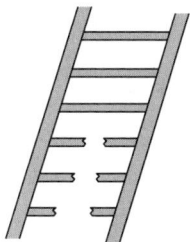

图表 4.4　爬这个梯子会很危险

图表 4.5　在这个梯子上只能爬这么高，不能再高了

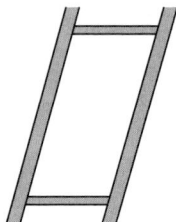

图表 4.6　这个梯子不可能爬上去

图表 4.7　在整个故事向上攀爬的过程中，这个梯子能够承受住叙事的重量

薄弱的场景。你可以把一些步骤在列表各处移动，或者改变其中一两个特征，但首先你要确定的是想要做什么以及为什么这样做。

　　注意：第二步（意志消沉的）可能是整个梯子中薄弱的横档，因为它是回应性的，不是主动的状态。变得意志消沉是对第一步中怒火和沮丧的反应，这是可以接受的。故事中会有人物做出反应的步骤。情节梯中的某些步骤可以是回应，甚至是后退，人物可能为了前进而后退。我们的情节梯中有几个特征——意志消沉的、羞愧的、后悔的、善解人意的——很可能被认为是回应性的或者被动的。这里作者面临的问题是我们如何描写出一位羞愧的人物呢？以及如何描绘出善解人意的场景呢？关于被动或回应性状态（如羞愧的、意志消沉的），你会想知道一个沮丧的人物会做什么。躺床上一整天？这并不会推动故事的发展。沮丧的人物常常是封闭的，不会在外在的世界中有太多表现。它们会减缓小说行进速度，并且降低读者的兴趣。作者必须努力找寻推动故事发展的方法——让作家努力工作并没什么错。

✘ 请牢记

当作者被迫选择一条更艰难的路时，好作品会随之而来。

回应性状态太多或者接连出现，都将使故事节奏放缓，尤其是专注于行为时。毫无疑问，我们不想要一个全部由回应性场景构成的故事。开篇需要发生一些事让人物做出回应。但如果是过于棘手的此类人物性格特征，那么对任何作者来说，都有一个简单的补救方法——换掉这些特征。任何情况下，你都不该满足于最初的想法。有时最初的想法是最好的；但有时第二、第三甚至第十个想法可以更好。

↘ **关键点** ··

任何一篇作品的点滴变化都能给它多一些向前的动力和向上的升力。

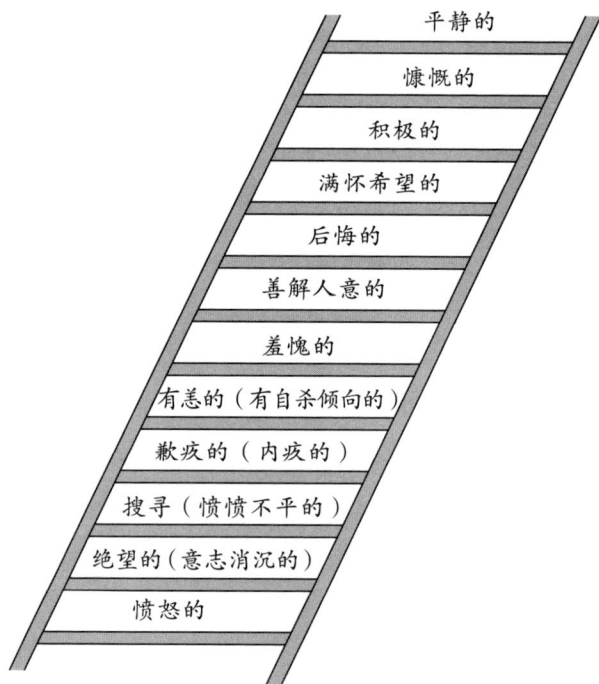

··

平静的

慷慨的

积极的

满怀希望的

后悔的

善解人意的

羞愧的

有恙的（有自杀倾向的）

歉疚的（内疚的）

搜寻（愤愤不平的）

绝望的（意志消沉的）

愤怒的

图表 4.8　修改后的十二步大纲

在我们的情节梯中，如果把"意志消沉的"替换为"绝望的"，把"愤愤不平的"替换为"搜寻"，把"内疚的"替换为"歉疚的"，把"有自杀倾向的"替换为"有恙的",我们再来看这些变化能否让大纲更具活力。

下面是修改后的十二步大纲。注意其中人物名字的变化。

1.(**愤怒的**)维克因一笔旧账与人打斗。他欠赌注登记人钱。没法还清,皮特挥拳打了他。

2.(**意志消沉的**)维克恳求自己的女朋友卡萝尔借钱给他。卡萝尔不愿给,维克大发雷霆,并威胁她。卡萝尔求维克去寻求帮助。

3.(**寻找**)维克觉得卡萝尔把钱藏起来了,他要求卡萝尔告诉他钱在哪儿。她拒绝了。他找了但没找到,把他们的公寓砸了个乱七八糟。

4.(**歉疚的**)卡萝尔离开了他。他独自一人时,魔鬼就出现了。他喝醉了。

5.(**有恙的**)维克强行闯入一家商店偷取现金。警察来了,并因人身损害罪、入室盗窃罪逮捕了他。维克横穿繁忙的马路逃离,但他晕倒了。有人叫来了救护车。

6.(**羞愧的**)因高血压和心脏衰弱,维克在医院接受治疗。卡萝尔出现了。维克拒绝见她。

7.(**善解人意的**)医生告诉维克他的血压很高,这是他晕倒的原因。他的心脏状态不好,如果他想自杀,医生无法阻拦。但是卡萝尔仍在等着见他,不值得为她活下去吗？

8.（**后悔的**）只要卡萝尔回来，维克保证一定会改变。她还没准备好，不过她告诉维克，如果他参加愤怒管理课程，她会考虑回来。维克同意了。

9.（**满怀希望的**）维克获得保释，决心改变自己的生活，他参加了几节愤怒管理课程，想好好表现，但很小的事仍会把他推到愤怒的边缘。当赌注登记人威胁卡萝尔时，维克忍不住了。卡萝尔哄着他平静了下来。

10.（**积极的**）维克因入室盗窃受到指控，上了法庭。即使在被送进监狱时，他还是对结果保持乐观。

11.（**慷慨的**）维克开玩笑说，有一件事是好的，他心脏不好，不能加入监狱的搏击俱乐部了。卡萝尔说她会等着他。她卖掉了首饰还清了债。维克承诺会归还给她。

12.（**平静的**）维克成了开放式监狱的一名园丁。这么多年来他第一次感受到了平静。

⊃ 试一试

读一遍以上情节梯的第一稿和第二稿，看看它们有哪些相似及不同。改变旨在使情节梯更加合乎逻辑、更加活跃、更有动态。现在这篇故事更多的是围绕维克的愤怒这个主题展开——它是如何让他陷入麻烦之中以及他如何努力解决它、需要如何克服它。作者如何实现这些的？在往下读之前，记录下两稿的不同之处，看看你是否能发现作者对第二稿做了什么改动，使得它有别于第一稿。我们在下一章中将继续跟进，但现在你需要自己思考，并在读下一章之前做些笔记。

➲ 试一试

制作自己的情节梯。选择一个处于某种情绪状态的人物。确定开始及结束时你想让人物所处的状态，然后补齐带领人物由开始走到结束的空白。既可以利用先前给出的人物特征列表，也可以编写自己的列表，当你开始写时，就像是爬梯子一样从头至尾用上这个列表。

你的情节梯长度应在三百至四百词之间。当你写到结尾时，检查一遍，看看哪里强哪里弱，看看为完善这些步骤你能做些什么。你应该会找到能用于创作故事的骨架。如果找到了，而且自己也喜欢，那么就开始写故事吧。从一步移到下一步，将所有步骤囊括进去。

♥ 聚焦点

1. 对一篇故事来说，梯子是个很好的比喻。你既可以往上走又可以往下去，但从底部开始一步步爬上顶部的过程，于构造故事而言并不算坏主意。

2. 故事需要有种去往某处的感觉，并且需要达到那里，否则读者会感到失望。到达之后，如果你让自己的读者失望了，他们很可能会问，爬上来值得吗？

3. 不要让你的人物过于被动或回应性过强。人物需要回应和反应，但也需要主动去做。

4. 在写故事之前创建一个情节梯，就像是给你的旅程绘了一幅地图。

5. 为增强故事所需的抵达高潮或结尾的"渐进"感，修改是个好方法。

↻ 下一步

下一章中，我们将根据这个情节梯进一步扩展故事，尤其关注情节梯中隐含的概念，即故事情节设计中必不可少的要素——冲突。

第五章

冲突

你将从本章学习以下内容：

- ➤ 情节中冲突的作用
- ➤ 冲突的不同类型
- ➤ 如何利用目的和障碍生成冲突
- ➤ 人物的内在需求和外在需求及其对情节的影响

　　前一章中我们要求比较两个情节梯的异同。进展如何？你能发现作者是如何让情节梯紧凑起来的吗？是什么让两个梯子不同？以作者的改动为例，请比较下面从情节梯中摘出的步骤。第一段来自第一稿，第二段来自第二稿。

　　》第三步：愤愤不平的（第一稿）

　　》皮特不开心，在床上躺了一整天。卡萝尔恳求他去寻求帮助。他拒绝了她的建议。卡萝尔离开了他。

　　》第三步：寻找（第二稿）

　　》维克觉得卡萝尔把钱藏起来了，他要求卡萝尔告诉他钱在哪儿。她拒绝了。他找了但没找到，把他们的公寓砸了个乱七八糟。

⊃ 试一试

　　在往下读之前，拿出你的笔记本，将上面这两个步骤一字不差地抄写下来，读一遍然后列出两者的不同之处。依你看来，它们之间的主要区别是什么？

你发现了哪些不同？有几个极其明显的点：

» 第一稿中人物叫皮特，第二稿中叫维克。

» 第一稿写皮特躺在床上，第二稿写的是维克想要钱。

» 第一稿中卡萝尔恳求他去寻求帮助，然后离开了他。

» 第二稿中维克把公寓砸了个乱七八糟。

以上是所有不同点，但毕竟只是行为，只是浮于表面的行为。更深层、更偏结构性的差异同样存在，亟待我们挖掘。第一稿的场景中谁是中心人物？此场景中人物的目的是什么？再读一遍：

> 皮特不开心，在床上躺了一整天。卡萝尔恳求他去寻求帮助。他拒绝了她的建议。卡萝尔离开了他。

中心人物是皮特还是卡萝尔？其实二者皆可，但我们假定是皮特。皮特的目的是什么？"皮特不开心，在床上躺了一整天。"这并不是目的陈述，而是对前面场景中事件的回应，但让我们假设他的目的就是一整天躺在床上。

接下来我们必须要问：有什么会阻止他实现目标呢？实际上，首先我们应该提出另一个问题，那就是为什么需要一些阻止他的事物？为什么我们需要让他处境艰难？这个问题直指关键——是什么让一篇故事成为故事。

要是皮特的目的就是一整天待在床上，为什么他不能这么做？作者写了这么一个场景：皮特想待在床上并且他确实这样做了。事态这样发展有什么问题吗？答案是故事毫无进展。这样还说得过去，但我们想要的不是"说得过去"。如果皮特想要待在床上，却发现很困难或者实在无法躺下，如果某人或某事致使他不能这么做，那就有趣多了。这是因为我们立马就想问为什么他不能待在床上。什么人或者什么事会阻碍他？回答了这些问题，我们对情节和故事可能的发展开始有了把握，而且我们强调了一条重要经验，在任何故事中，面对阻碍的人物比轻易就能为所欲为的人物有趣多了。我们想要波涛起伏而非风平浪静的海，能让我们的人物在其中或游动或航行。为什么？因为阻碍会激起角逐、戏剧性和冲突，而冲突正是故事的核心。

故事讲述中的冲突

冲突是讲故事时不可或缺的一个概念，在分析第一章中的六字故事时它就出现了，并且之前讨论是否需要把使人物陷入麻烦作为故事发展的一种方式时，我们也谈及了这个概念。

现在我们需要对其详细地探究。什么是冲突？词典里的定义是：

　　a. 分歧；激烈争论；争吵。

　　b. 不同目的间的矛盾、利益冲突、意见分歧等。

　　c. 心理上、个体内部：两个不相容的欲望或需求间的冲突，有时会导致情绪紊乱。

　　认为这里列出的第一条定义绝对等同于冲突是错误的。冲突可以包含争论或争吵，但争吵或争论并不一定会带来冲突，并不一定会按照故事中我们需要的方式导致冲突。激烈争论或争吵会带来噪声，但噪声未必是冲突。冲突可以是人与人之间、人与自然环境之间或者个人内心的安静的、郁积的、激烈的事件。故事中所用的冲突的含义与第二条定义更为相似：不同目的间的矛盾、利益冲突、意见分歧等。另外还有第三条定义中描述的心理上不相容的欲望引起的内心冲突。

　　一般我们认为冲突有三种基本形式：

　　» 人对抗人；

　　» 人对抗自然；

　　» 人对抗自我（内心的）。

　　"人对抗人"的冲突发生在两个人物互相对立时，他们有着相反的、起冲突的欲望或需求。"人对抗自然"致使一个或多个人物与自然事件（如台风或火灾）发生冲突。第三条释义"人对抗自我"中，人物被内心的疑惑或者欲望撕扯，使其产生内心冲突。

现在我们理解了冲突的基本内容，那么怎样在一个场景或者故事中制造冲突呢？首先必须使人物行为以三种冲突中的一种为中心。人物有一个目标，但是实现目标的过程中遇到了阻碍或者对手，于是冲突产生了。过去在主流故事片前面放映的那些"B级"老黑白电影有个极棒的手法——使故事围绕一个冲突情境展开。作家们常围绕以下问题展开这些电影：谁想要什么？为什么得不到？下面清晰地展示了构成冲突的不同要素。

>> 谁？给出一个人物。

>> 想要什么？提出一个欲望。

>> 为什么他们得不到？给出一个阻碍或者对手。

将以上要素混合在一起，你就可以制造出冲突了。

让我们再回到卡萝尔和皮特的那个场景。卡萝尔是该场景中除皮特外的唯一人物，她"恳求他去寻求帮助"。这似乎是皮特待在床上的阻碍。如果这是真正的阻碍，是皮特不得不克服的阻碍，我们就会得到一个通往两人之间的冲突的情境。让我们来仔细看看这句表述：卡萝尔恳求他去寻求帮助。这是让他从床上起来的恳求吗？是能让他带着愤怒或沮丧去寻求帮助的恳求吗？（他一定是意志消沉或者生病了；不然为什么想要待在床上呢？）这句话的问题是含糊不清。问问你自己，卡萝尔是否为皮特实现自己的目标提供了一个阻碍？他想要待在床上，但她做了什么事让这件事于他变得困难？这个场景继续——"卡萝尔恳求他去寻求帮助。他拒绝了她的建议。卡萝尔离开了他"。

实际上发生的情况是，皮特想要一整天待在床上，并且他确实这样做了。他实现目标的过程中并没有真正的阻碍。是的，卡萝尔跟他谈了谈，但是她想要干什么并不明确。显然她想要他起床然后去寻求帮助，但是没有为阻止他想做的事（躺在床上）提供阻碍。她的行为实际并未碍着他的目标，她没有做任何会让他起床的事，他也不需要做任何事去应对她的请求。他不得不做的就只有听她讲话，或者话都不必听，仅仅躺在那里。他在这个场景中完全可以是被动的，让她自己轻易击败自己，然后离开。该场景中并未显示出任何行为或策略。这样的安排某种程度上暗示了该场景中的人物"只是在交谈"，并没有嵌入内在冲突。

✘ 请牢记

　　你不能要一个人物"只是在交谈"的场景。场景和谈话都必须有意图。因为场景中的人物"只是在交谈"的话，场景的骨架可能就会很弱，会缺乏趣味，不再推动故事向前。

为了提出冲突这一概念，我们始终对第一稿的材料过于严苛。很大程度上，它无可厚非。你可以想想发生在一个故事中的类似场景。皮特躺在床上。卡萝尔进来问皮特是否准备起床。她问他怎么了，是否需要给他点儿什么，最终恳求他为摆脱消沉或疾病寻求帮助。皮特只是待在床上不回答，拒绝了她所有建议，也或者他嘴里最终蹦出了句令人不快的拒绝，然后她离开了。优秀的小说家能利用这个材料创作出一个扣人心弦的场景；因此，并不是没法写。第一稿和第二稿中这个场景的主要差异就是冲突的问题。

如何在没有冲突的场景中制造冲突

例子中作者是如何确定两稿之间变化的？并非提问"谁想要什么、为什么得不到"。作者用的是他的作家工具箱中的另一个工具——目的/阻碍/行为（GOA）工具。作者所做的就是浏览第一稿的步骤大纲，然后利用 GOA 工具细究每一步，提问：该步目的是什么，实现该目的的阻碍是什么，为克服该阻碍要采取什么行为。这就使每一步都聚焦在明确的目的、阻碍和行为上。若是一个步骤中缺少三者之一，作者就修改步骤，将缺少的嵌入其中。有时结果会使整个步骤都变了，有时需要做出的改变又很小。

该工具的使用能给每个步骤以及构成故事的累积步骤带来
内在动力。

↘ 关键点

　　目的／阻碍／行为工具能助你聚焦和编排故事。它在
电影剧本中的使用效果很好，小说家同样也能使用。寻
找每个场景中的 GOA 能帮助你赋予故事各个部分以动
力，也能给予整体发展变化以连贯性。GOA 也是检查场
景动力的好工具。

✖ 请牢记

　　如果你的作品中某个场景效果不好，通常是因为目
的、阻碍或者行为出问题了。在你写的或者计划写的每
个场景中，检查一下人物的目的是否明确，是否有坚实
的、清晰的阻碍，人物为了克服它采取了什么行动。这
将会增添冲突的基本要素，让整个场景实现动态的行为
统一。

➲ 试一试

　　为使每个故事或场景中的冲突最大化，作者需要让目
的清晰，而该目的的阻挠者或阻碍需更加清晰。故事的
第一稿中，如果皮特想要一整天都待在床上，卡萝尔必

须让他难以完成此事。她需要做些什么去要求他，让他
为实现目的有所行动。拿出你的笔记本，写下卡萝尔为
让皮特离开床可以采取的行为以及皮特的回应。

你想出了什么？以下是三个例子：

» 卡萝尔可以打开所有窗户，掀开他的被子。皮特可以
　关上所有窗户，重新盖上被子。

» 卡萝尔可以大声地播放电台里的音乐，皮特可以关上。

» 卡萝尔可以用吸尘器在床周围大声做清洁。皮特可以
　跳下床，从墙上拔掉吸尘器插头。

这些是能推动故事进展的常规行为，但是我们能做得
更好。在第一稿中，皮特没有一个清晰的目的，因而导致
卡萝尔没法提供一个靠得住的阻碍。你或许认为问题在她，
但事实上问题出在皮特身上，因为卡萝尔没有什么可反对
的。皮特需要更强一些，这样卡萝尔就能和他抗衡了。

↘ **关键点**
　　你的主要人物及其对手均需要强大到能够引发冲突。

为凸显此差异，强调 GOA 工具的使用，让我们将 B 级
电影中的故事问题——谁想要什么？为什么得不到？——
应用到第一稿中：

皮特想要待在床上。为什么他不能这样？卡萝尔似乎不想让他这样做，但是她并没有应对之策。她的欲望可以是购物、给花园松土、游泳或者遛狗，但她没让自己的欲望和他的欲望抗衡。如果她这样做了，推力与反推力、两人相互的抗争将会造成冲突，进而引发行为。第一稿的场景中，最终并没有明显相关的行为。皮特是被动的，卡萝尔没做任何能够改变这种情况的事。实际上她离开了，所以没有了发生进一步冲突的可能。

让我们将同一测试用到第二个版本中：

> 维克觉得卡萝尔把钱藏起来了，他要求卡萝尔告诉他在哪儿。她拒绝了。他找了但没找到，把他们的公寓砸了个乱七八糟。

谁想要什么？很明显维克是这个场景中的主要人物。他认为卡萝尔把钱藏在了公寓里，他想找出来。他有着明确的目的，并且努力实现他的目的 —— 他要求卡萝尔告诉他钱在哪里。

卡萝尔是维克实现目的过程中的阻碍。因为她不会告诉他钱在哪儿，她进行了抵抗。他对此做出的回应是搜寻，然后把公寓砸了个乱七八糟。

在修改稿的这一场景中的主要人物（维克）有一个

目的（找到钱）。但是维克也有卡萝尔（藏钱的人）这个阻碍。维克采取行动——搜寻和（当他没找到）砸烂公寓——来克服此阻碍。这是一个有冲突和动态的行为统一的场景，而这就是两稿的主要不同之处。作者为让每个部分都活跃起来，对第一稿进行了修改。

✖ 请牢记

你的人物不仅需要一个清晰的目标，而且必须采取意在实现目标的策略和行动，否则你的故事就会失败。你的故事中所有的人物都必须是活跃的。搜寻钱和砸烂公寓都是高度活跃的活动。躺在床上不是，"盯"也不是活跃的状态。然而，如果盯着特定的物体看，例如枪支或者汽车，"盯"就能更活跃一些，但是它并不如抓、吻和询问活跃。但这并不意味着人物整天躺在床上这个场景不能出现在故事中。这就是活跃场景和回应场景的区别。

↘ 关键点

有着重要需求的人物与另一个有着同样强烈且相反需求的人物发生了矛盾，引发冲突——故事的主要动力之一。

⊃ 试一试

再仔细研究一遍两个情节梯，看看你是否同意：现在
修改后的大部分步骤都是活跃的，有着清晰的目的、阻
碍和行为。看看第一稿中哪里缺少了这些结构，作者在
哪里补上了，又是怎样补上的。现在开始做。

你应该已经发现了，在故事的第二稿中，维克在不同
的场景中有着不一样的向往和需求，主要是围绕钱展开的；
并且他采取了许多行动来实现需求。你也会看出他有一个
总目标，那就是找到一个能控制自己愤怒的方法，很可能
他自己也是到中途才完全意识到这一点。你是否也注意到，
故事结尾时，这个目标也实现了？这就引出了故事叙述的
另一个重要方面。

目标与超目标

GOA 概念与斯坦尼斯拉夫斯基表演体系之间存在高度
相似性。康斯坦丁·斯坦尼斯拉夫斯基是十九世纪晚期至
二十世纪早期的一位俄国演员，同时也是戏剧导演，他建
立了一套极具影响力的表演体系，这套体系教演员去寻找
所饰演人物在每个场景中的目标，以及人物在整部剧中的
超目标或总目标。例如，每个场景中演员都会问"我想要

什么"或者"我需要 / 渴望什么"。这个问题一旦被解决，下个问题就应该是"为了得到它我该怎么做"。同时，他们在寻找整个故事中人物的总目的。比如，在一个场景中，演员或许会发现人物想要赢得某人的情感，或者是买一栋房子或一辆车，抑或其他具体目标。通过提问"为了得到这些他们必须做什么"，也会发现人物必须采取一定的策略来实现目的。

目的和行为应体现在剧本中，如果说明不够明显，肯定有暗示。作者围绕目的和行为创设每个场景，然后演员会在每个场景中把它们找出来。每个场景对整体也都有所贡献，所以单个场景中的目标也将通往整个故事的完结。

✘ 请牢记

请注意，故事中人物的总目标也很可能与单个场景的目的不同；在一个场景中他们或许想要新房子或汽车，但总体上他们的目标可能是让自己变得富有。有着自身需要和行为的单个场景会是迈向整个故事目标的其中一步。

在我们这篇故事的结尾，维克最终入狱，失去了自由，但是他也开始进入平静的状态，这种状态于故事开始时的他而言是不可能的。维克的总目标，我们或许可以说是"我需要平静"，最终也在故事结尾得以实现。对另一个人物来说，总目标或许是"我需要钱""我需要权力""我需要被爱"。总目标是通过构成故事的一系列不同场景实现的。或者，回到梯子的概念中，通过一步一步爬上阶梯，我们到了顶部，抵达最终目的地。

总结：人物需求以及故事内外

一个有需求的人物应该处于故事的核心位置。如果人物有需求，就会迫使其行动起来去实现它。不同人物有不同的需求，会做不同的事。维克想要钱，但我们也清楚地知道维克有个"超目标"，一个他自己也未完全意识到的总需求。如果这只是一部关于维克想要钱并努力弄到钱的故事，那它是浅薄的。如果有更多的故事维度，它将会更有深度。

➥ **关键点** ┈┈

当一个人物有外在需求（如汽车或新的情人），同时也有自身并未察觉的内在需求时，故事就会给人一种有深度的感觉。这将使行为复杂化，实际上这才算是讲真故事。

┈┈

在我们的例子中，维克既有外在欲望，又有隐藏的渴望。他想要钱去还给赌注登记人，他在不同场景中的行为都与贯彻这一目标相关。但是维克的真实需求是控制住自己的怒火并找到平静。只要他还是故事开始时那个愤怒的人，得到钱并不会改变他的生活。卡萝尔卖了她的首饰去还债，并不是让维克在故事结尾变平静的原因，原因在于他心态的变化。他平静了，是因为他开始接受并适应自己的愤怒。他是一个更平衡的人了。

📖 **案例研究：《罪与罚》（*Crime and Punishment*）** ⋯⋯⋯⋯

陀思妥耶夫斯基的《罪与罚》（1866）结尾时，人物拉斯柯尔尼科夫通过小说中的历程得到了救赎，他遇到的其他人物也更喜欢他了，因为他与之前已判若两人。他自己策划、犯下的谋杀案这一外在行为以及随之而至的内疚、救赎的内心历程改变了他。

↘ **关键点** ⋯⋯⋯⋯

只有当人物进入一种新的心理状态、经历完满并解决内在需求和外在需求引发的问题后，故事才能完成。

✖ **请牢记** ⋯⋯⋯⋯

在单个场景以及整个剧本中找寻人物的想望、需求或者欲望的演员，会爱上布置这些的作者。另外，作者也会爱上将这些隐藏的渴望展现出来的演员。剧作家与演员之间产生的这种魔力跟散文作家与读者之间的魔力如出一辙，读者在他们的脑海中赋予小说家的创作以生命。

📖 案例研究：《窈窕淑男》(*Tootsie*)

在电影《窈窕淑男》(1982)中，主角迈克尔·多尔西是一名演员。他的外在需求是筹钱让自己舍友的戏能够上演，那么他就能担任主演了。但是大家都认为他"难对付"，当他被告知东西海岸没有一个人愿意与他合作，他决定靠化妆品、假发、假体和新衣服化装成女性，去试镜一部肥皂剧中的重要角色。他拿到了这个角色，并踏上了一条麻烦迭出、滑稽可笑的路。

迈克尔·多尔西必须让人相信他是多萝西·迈克尔斯；他确实做到了，所以剧中的一位男演员向他求欢；结果他爱上了女主角，而女主角的父亲却爱上了多萝西，并向她求婚了。一切进行得如此顺利，所以迈克尔·多尔西（作为多萝西）的合约期限被延长，他不能逃离了。处在这些"可见的""表面的"复杂情况中，他仍然在追求外在目标，即给剧筹钱，但他也有着内在需求，也是故事的真正意图。内在需求将他性格中的女性方面展现了出来，平衡了他的男性气质。

从电影开始至结束的整个过程中，迈克尔·多尔西通过扮演多萝西，对自己的认识越来越深。他以全新的方式倾听男人和女人的声音，变得富有同情心和洞察力。他曾说多萝西要比迈克尔聪明。他享受成为多萝西的感觉。这并不是说他想要成为异装者，而是意味着他展现出了性格中新的女性的一面，并且很享受找寻他更熟悉的男性气质与此之间的平衡。就像他在电影结尾所说，他只是需要"不穿裙子去做这件事"了。这种发展、这种人物历程才是故事真正在讲述的东西。他的内在需求是在不换装、不化妆的情况下成为多萝西，并且当他实现了这个需求后，他就在电视直播中夸张地丢弃了多萝西的人格面具，故事至此结束。

电影结尾时，内在需求和外在需求结合在一起，但是故事完满与否取决于内在需求而非外在需求。

📖 案例研究：《我的堂兄文尼》(*My Cousin Vinny*)

在另一部电影《我的堂兄文尼》(1992)中，我们可以看到相同的内在和外在需求。故事中主要人物文尼的外在需求是让自己的堂弟和堂弟的朋友能够摆脱南方腹地谋杀案的指控。我们再一次通过可见的表面场景追随故事的发展，这些纷繁复杂、一波三折的情节都是故事的外在；这是文尼身为律师的第一个案子，他冒犯了法官，并且在必要的法庭诉讼程序上也磕磕绊绊，结果自己也被指控藐视法庭。显然这对律师来说并不是一个好的开端，但是他不知道怎么表现自己、怎么进行辩护。

不过通过故事中发生的各种事件，他渐渐学会了。表面的故事是，我们看到文尼成功地让两个年轻人自由了，但同时我们也看到了真正的故事、内在的故事——文尼学着成为一名辩护律师，并且，用电影结尾时那位令人敬重的法官的话说——实在是一位好律师。故事的外在是关于问题和决定的。文尼学到了自己有提问原告证人的权利，学会了如何在证人席上讯问他们，这些都是法庭程序中的实际问题，他也越来越游刃有余。故事的内在是关于心理和情感问题的。他了解了法庭中诉讼律师该有的样子；他能够将自己的辩论天赋应用到法院这个要求更高的竞技场中，辩护敏锐而有技巧，使经验丰富的原告律师相形见绌。出生于布鲁克林的文尼，在电影结尾时成了一位敏锐、机智、富有洞察力的杰出律师。他的个性也同《窈窕淑男》中迈克尔／多萝西的个性一样，实现了平衡和融合。

↘ 关键点

以某个失去与所处世界的平衡、和谐的人为开端，通过经历整个故事，最后恢复与世界的和谐，这是故事中常见的主题。不管是对人物还是结构来说，平衡与和谐都是故事中重要的概念。

📖 案例研究：《傲慢与偏见》(*Pride and Prejudice*)

在简·奥斯汀的小说《傲慢与偏见》（1813）中，女主角伊丽莎白·贝内特知道，为使自己的未来安稳，她必须结婚，但她也决心要自己做主、为爱结婚。在接下来发生的复杂情况中，她追寻着这一目的。她拒绝了柯林斯先生的求婚，尽管他能为她和她的家庭送上安稳的未来。她目睹了自己的好友夏洛特非常务实地接受了柯林斯先生的求婚，使自己的未来有了保障，这使伊丽莎白的母亲大为愤怒，她希望伊丽莎白能同夏洛特一样实际。接着伊丽莎白见证了宾利先生对她姐姐简坎坷的追求，以及她最小的妹妹基蒂跟名声不好的威克姆先生私奔——这危险又不道德的行为几乎让她家颜面丧尽。

她自己故事的复杂之处在于她跟傲慢而又有偏见的达西先生的关系。她认为达西先生傲慢自大、目中无人，对她和她的家人评价都不高，她也承认他们的社会地位远在达西之下。她认为他心怀偏见，但是她不知道的是，她自己也太骄傲了，同样对他有偏见。她同样有着情感和心理上的内在需求——少些傲慢、少些偏见，看清事实真相。故事中相当长一段时间里她都对达西先生有偏见，不单单是因为自己的判断，还因为她相信威克姆对达西的描述。只有当她能看透这一点并且接受自己一直以来也是既傲慢又有偏见的，她才能接受达西先生的求婚，才能使自己的未来在金钱和情感上都得到保障。尽管故事开始时她并未意识到自己的内在需求——自我成长；经过亲眼所见和亲身经历重重困难，她完成了人物历程，不再那么傲慢、不再那么有偏见了。

❤ 聚焦点

1. 如果"位置、位置、位置"被房地产经纪人奉为圭臬，"冲突、冲突、冲突"则是讲故事的人的信条。请牢记。

2. 冲突的基本类型有三种：人与人、人与自然、人与自我。

3. 在每个场景、章节中寻找目的、阻碍和行为，能够帮助你聚焦故事，给作品前行的动力。

4. 人物需要有外在需求和内在需求；他们到故事后期可能才能模糊地意识到后者，但其内在需求的完满才是这个故事被讲述的全部原因。

5. 以某个与所处世界失去平衡、和谐的人物为开端，通过整个故事的历程，该人物恢复了与世界的融洽。

对人物和结构两者来说，平衡与和谐都是故事中重要的概念。

ᘒ **下一步**

下一步我们将以一个关于开头、中部和结尾的简单速练作为开始，探究结构以及展开叙事、建构叙事的方法。

第六章

什么是结构

你将从本章学习以下内容:

> ➤ 作为情节框架的故事结构的重要性

> ➤ 故事结构的要素

> ➤ 创建故事结构的技巧

> ➤ 情节结构中的"跳跃"处

故事结构：开头、中部和结尾

《钱伯斯二十一世纪大词典》将结构定义为：事物各部分安排或组织的方式；使形成有条理的形式或排列。

我们的宇宙有结构，它的各个部分都是按照一定方式排列的。我们或许不能完全理解是如何排列的，我们或许对结构是什么知之甚少，但它就在那里，许多科学家耗费大量时间试图对它进行解释。这座星球上以及星球内部的一切事物都有结构，从风景到获奖的建筑，从植物到动物，从矿物到山岳，所有事物都有特定的组织方式或形式。没了形式和结构，就没什么能够存在了。结构能使作品处于恰当位置，处在自身位置上。缺少了内部结构，一切都将分崩离析或坍塌。没了结构，即使是龙卷风也会瓦解。

考古学家发掘数百年前的人类遗骸时，发现了头骨和骨架：骨骼结构比肉体更持久。手法娴熟的技术人员借助法医面貌复原技术能够重现人生前的逼真肖像，骨架在此过程中极为重要。刚起步的同学在设法使人物跃然纸上的过程中，会将精力集中于肉体上，将注意力投到人物的眼睛、发色或穿戴上去；他们可以由上至下地描述一个人物或地点，而忽略掉内在的骨骼。这跟人体素描写生课上的学生很相像，他们花费过多的时间去描画模特的手指甲、眼睫毛或者衣服、裸体，却忽视了身体比例。如果头对身体来说太大了，头发和眼睛画得再漂亮，又有什么用呢？如果手臂与其余部分极不相称，一只手上的手指再逼真，又有什么用呢？诸如此类建构中的弱点会使整体感丧失，会使作品不完整甚至很拙劣。

虚构作品的结构如果出现同样的弱点将会是毁灭性的。如果对人物衣橱的描写中连细枝末节都没有放过，或者天气描写如此有感染力以至于读者都能感受到被太阳灼伤或皮肤被浸湿，这有什么用吗？如果你写了一连串不错的场景，但当它们突然歪向怪异的方向，失去了整体逻辑感，谁又会在乎呢？如果你讲的故事没有动力和意图、没有整体性，即使你的描述很精彩又有什么用呢？我们能够写出有信服力的对话或者优美的描述，但是如果故事条理不清，它最终又如何能令读者或观众满意呢？

显然，有的大部头文学或怡人的小短文没有整体模式或结构，也能在读者心中找到位置。读者或许会发现故事中的气候描写或者人物衣橱如此有趣，有趣到能够弥补故事的短处。并非所有艺术都是完美的。但仍有我们所爱的艺术，即使它本身有问题或瑕疵。米开朗基罗在佛罗伦萨的雕塑《夜》和《昼》理应是女性。我们却不得不忍受这一事实——这些塑像明显是以男性身体为模特原型的。（它们实际上是粘上了胸的男人！）但我们仍把它们视为天才所创作的艺术品。而我们这些小人物没有理由不拼尽全力使一切配合协调。为什么刚开始创作就委曲求全呢？

✖ 请牢记

理解结构对知晓和理解一切自然现象（包括我们自身）而言都是至关重要的；对理解我们所创造的艺术而言也至关重要。对我们这些作者来说更为重要的是，理解结构是创作出成功的创意作品的关键。理解短篇小说、长篇小说、诗歌、歌曲或者电影的 DNA 是写出好作品不可或缺的。理论上，开始写作前作者对结构了解得越多，就会写得越好。

一个简单的故事结构

最为简单的、最为人所熟知的故事结构就是开头、中部和结尾。一次行程也有同样的结构：你出发的地方就是开头；中部你可能遇到交通拥堵；结尾是你抵达目的旅馆或乡村小屋前的最后一段路程。如今任何旅行途中通常都会有种种阻碍，阻碍是故事的关键要素。这一点我们之前已经有所了解，之后也会探索更多。用旅程比喻故事的结构及其选取的路径确实恰当。但如果你正在使用这个比喻，要当心的是，别让你写的任何故事遇到过多路障或者把你带进死胡同。

⊃ 试一试

这里有个采用开头、中部和结尾三要素构建简单叙事的好方法。这个方法的原型是一个很老的派对游戏——因果，所以我们将这个练习称作"因果故事"。

看看以下句子。它们被划分为三个部分：开头、中部和结尾。

开头

我平生做过最糟糕的事是吃了一条金鱼。

我平生做过最糟糕的事是醉酒驾车。

我平生做过最糟糕的事是抢了姐姐的男朋友。

我平生做过最糟糕的事是从教堂里偷钱。

我平生做过最糟糕的事是结婚。

我平生做过最糟糕的事是杀死了一只猫。

我平生做过最糟糕的事是告诉妈妈我准备自杀。

我平生做过最糟糕的事是带了一个缺乏经验的登山者登山。

我平生做过最糟糕的事是谋杀了我祖母。

中部

我之所以这样做是因为我缺乏自信。

我之所以这样做是因为我是个蠢货。

我之所以这样做是因为我需要钱。

我之所以这样做是因为我喜欢做爱。

我之所以这样做是因为我不想离开我爱的那个男人。

我之所以这样做是因为我赔钱了。

我之所以这样做是因为我感到失败。

我之所以这样做是因为我感冒很严重。

我之所以这样做是因为我讨厌老人。

我之所以这样做是因为时间不多了。

结尾

结果是我再也没有在茶里加过糖。

结果是我爱上了牧师。

结果是我蹲了六个月监狱。

结果是我撞车了。

结果是我参与了议会选举。

结果是我叫了一份印度菜外卖。

结果是我参军了。

结果是我有了自己的电视剧。

结果是我的房子被武装的警察包围了。

结果是我因为谋杀被起诉。

你会如何把这些句子变成故事呢？你可以通过把它们联系起来编成故事。这是你的任务。从每组里面选择一个句子，然后把它们连缀起来形成一个简单的叙事。从开头列表选择一个句子，下面是示例：我平生做过最糟糕的事是醉酒驾车。

第二句选自中部列表：我之所以这样做是因为我是个蠢货。

第三句选自结尾列表：结果是我撞车了。

把这些句子放在一块儿，我们就得到了这个简单的叙事：

我平生做过最糟糕的事是醉酒驾车。

我之所以这样做是因为我是个蠢货。

结果是我撞车了。

它有开头、中部和结尾，因此它有结构。但作为一个故事，它算好吗？如果你有一个"有趣度打分器"，满分十分你会打几分？大概会很低。为什么？其实它没意思，不是吗？故事有点儿显而易见。因为这三个元素配合完美，缺乏张力。我们选择这三个元素，是因为它们很搭，正因如此才没了真正意义的趣味。如果整个故事就是这样的，那么一切不出所料，这篇故事将会平平无奇。

下面这篇故事的薄弱之处是哪里？

　　我平生做过最糟糕的事是谋杀了我祖母。我之所以这样做是因为我喜欢做爱。结果是我因为谋杀被起诉。

开头和中部很有意思，但是考虑到开头和中部的张力，相比之下你会觉得结尾过于薄弱。这同样是可以预料到的。如果一个人谋杀了某个人，最终进监狱也没什么稀奇的。

　　我平生做过最糟糕的事是抢了姐姐的男朋友。我之所以这样做是因为我是个蠢货。结果是我参军了。

参军作为抢男友的结果，暗含一个跳跃，甚至是历程，但这篇故事真正的薄弱之处在中部。是个蠢货，作为动机不够强烈。

✘ **请牢记**

　　故事的开头、中部和结尾都会有不足。谁说写作容易？

失　　控

现在我们将思考把一个随机元素引入故事的重要性。随机元素很重要，这是因为你的意识试图将一切都以合理的方式进行组织，这在故事中却是无趣的。将偶然性注入情境中能缓和无趣，带来更多创造力。

↘ **关键点**

意识对我们的想法和行为施加的控制于社会交往而言极其重要，却会限制作品中的创造力。当你写作时，要关闭习惯性思维模式；放开意识的控制，凭本能和直觉对发生的事做出回应。

让我们再来看一下随机选择的三个句子。

（从上面开头列表选择的）第一个句子：我平生做过最糟糕的事是从教堂里偷钱。

（从上面中部列表选择的）第二个句子：我之所以这样做是因为我感冒很严重。

（从上面结尾列表选择的）第三个句子：结果是我参与了议会选举。

将这些句子组合到一起如下：

　　我平生做过最糟糕的事是从教堂里偷钱。我之所以这样做是因为我感冒很严重。结果是我参与了议会选举。

　　你认为这个故事如何？它究竟会使你大笑还是微笑呢？若是没有，它至少会让你这样发问：各部分配合协调吗？逻辑通顺吗？是否有出人意料的元素？

　　让我们剖析一下这三个部分，先来看故事的开头和中部。为什么一个重感冒的人想要从教堂里偷钱呢？这不是个蹩脚的原因吗？感冒让他意识模糊了，以至于不知道自己在做何事吗？或是他感冒太重了，而且很穷，不偷钱就没法支付医药费了吗？这只是一个站不住脚的借口而非原因吗？（借口并非原因。）这些只是我们的问题中的一部分，因为问题会带来有趣的答案，有趣的答案会带来好故事。

　　结尾如何呢？如果你觉得这篇故事很有趣，很可能是结尾让你发笑。就像一个很好笑的笑话的结构，惊喜留在最后。这一切又是如何使人物参加议会选举了呢？从教堂偷钱是参加议会选举的条件吗？一些人或许会说是的。但是除去这个小笑话，还有其他什么会让其成为故事吗？

➲ 试一试

　　我们来介绍一个随机选择的技巧。在不看自己选择什么的情况下，从前面练习中给出的各个列表里随机选择一个句子。按照跟上面相同的顺序（开头、中部和结尾）将它们组织起来，看看你想出了什么小故事。为此，请遵循以下步骤：

» 首先将这些句子抄录下来。

» 将它们剪成条，一个纸条上有一个句子。

» 将它们分成三组：开头、中部和结尾。

» 为了不看到文字，将它们放到三个单独的袋子里，或者将纸条按组别朝下放在桌子上。

» 从每组里面选一个。

» 将纸条一个个翻过来并组合到一起，使得故事读起来完整。

现在你有了一个可能包含惊喜元素的三句话故事。

第二个因果故事按这样的方式组织到一块儿，可能读起来如下：

我平生做过最糟糕的事是从教堂里偷钱。我之所以这样做是因为我赔钱了。结果是我再也没有在茶里加过糖。

详细探讨这篇故事之前，看看你想出的故事。一切都恰当吗？构思与情境之间有没有奇怪的缺口或跳跃？逻辑通顺吗？故事构思中有没有令人惊喜的跳跃？

↘ **关键点**

如果故事（就如这里的示例）有相同的开头，并没什么大碍；任何故事中，故事发展的不同都更为重要。

跳　跃

在思考以上两个示例时，使用随机元素的这篇作品是否比之前的更好，还是说两者一样好？随机故事的前两部分逻辑通顺：赔了钱的人或许会绝望到从教堂里偷钱，这是讲得通的。但是结果是什么？再也不在茶里放糖了，这讲得通吗？你的第一反应会不会觉得这显然是错误的？此结果遵循了假设吗？这是逻辑通顺还是不符合逻辑的跳跃呢？是否呼应了开头展现出的严肃感？基调合适吗？

第一眼看上去并没有那么合适，我们可以将它描述为"跳跃"。一个赔了钱、绝望到从教堂偷现金的人为什么会发生转变，然后永远不在茶中加糖了呢？前两部分说明是个悲剧，结尾却表明它是一部喜剧。或者基调不对，尽管当作喜剧来看，这个故事也能说得过去。

↘ **关键点**

如果基调始终如一，故事的效果会是最好的。如果你开始时写的是喜剧，千万不要到最后写成一部恐怖的鬼故事。构思和基调要一致。如果故事能够吸引读者和观众，他们会宽容一些，但不会原谅基调或体裁的转变，尤其是已有大幅篇幅时。如果你早早确立了主题并且贯彻到底，读者或观众就更有可能继续读下去。

⊃ 试一试

这里最大的问题跟跳跃有关。这篇故事里如果有跳跃，是否是我们能够接受的呢？如果不是，可否加以利用？什么会让我们更有效地完成从偷钱到再也不吃糖的转变？我们不得不努力完善中部，让这个结局更合适，这并非无法实现。如果你对此感兴趣，就将能够让此结局行得通的步骤写下来。如果觉得这个结局似乎有点儿蹩脚，问问自己什么结尾会更好，然后从列表中选一个。

如果你不喜欢故事结局，另想一个。如果你不喜欢中部，再写一个。

其他因果故事

我平生做过最糟糕的事是从教堂里偷钱。我之所以这样做是因为我赔钱了。结果是我参与了议会选举。

如果你把这些构思连缀到一起，会构成一个更好的故事吗？考虑以下版本：

> 我平生做过最糟糕的事是从教堂里偷钱。我之所以这
> 样做是因为我赔钱了。结果是我爱上了牧师。

这给故事提供了美好结局的可能。这位牧师当场抓住
了小偷，故事最终演变成爱情故事了吗？

一个关键的问题是，"合适"的答案、"跳跃"的答案
或者留下缺口的答案，哪个更好呢？看下一个故事。

↘ 关键点

> 跳跃对故事来说未必总是不好的；跳跃或缺口可以
> 是好的。因为它们对显而易见和意料之中的事进行了质
> 疑；它们对身为作者的你发出了挑战，促使你想出不那
> 么明显的东西，这不仅会缩小叙事中的缺口，而且能以
> 一种有趣的方式传递给读者。诸如此类的缺口会考验你，
> 迫使你让故事合理。有时构思与情境间的缺口可能过大，
> 是无法填补的鸿沟。这种情况下，你就不要管它了，到
> 别处造你的桥吧。

> 我平生做过最糟糕的事是醉酒驾车。我之所以这样做
> 是因为我感到失败。结果是我参军了。

这里的结尾有一个跳跃，你能使其为自己所用吗？

　　我平生做过最糟糕的事是抢了姐姐的男朋友。我之所以这样做是因为我感到失败。结果是我叫了一份印度菜外卖。

这里结尾的跳跃产生了幽默感，改变了基调。你能让这个故事说得通吗？

➲ 试一试 ···

> » 自己造句子。用"我平生做过最糟糕的事是……"这个模板想出十个开头并写下来。使它们彼此不同，并且要既具体又短小。不要详尽阐述；不要解释你为什么这么做；只限于单个具体的行为。这些行为越具体，你就越有可能勾勒出一个简单活跃的叙事。

> » 对基于"我之所以这样做是因为……"这个模板的十个中部进行同样的操作。

> » 最后是基于"结果是……"这个模板的十个结尾。

> » 写下这些句子之后，随机组合，看看你能想到什么。

　　尽情享受其中的乐趣；寻找看起来能够衔接的脉络，

但也要找找缺口或跳跃，找找似乎衔接不上的。选择完美契合的故事既合乎常理也很必要，但也要找找第一眼看起来不通顺或者不合理的故事，因为或许你能通过想象使它们协调配合。若是需要，读一遍下面的示例。

是否有可以用来写故事的框架？找出一个来，写写这个故事。

例如：

我平生做过最糟糕的事是结婚。
我之所以这样做是因为我喜欢做爱。

目前为止还是合乎逻辑的，但你能想出一个令人惊喜的跳跃结尾吗？

结果是……

是什么呢？你自己来写。

我平生做过最糟糕的事是结婚。
我之所以这样做是因为我是个蠢货。
目前还是合理的，但你能想出一个令人惊喜的跳跃结尾吗？

　　结果是……

　　是什么呢？你自己来写。

　　如果你发现自己写有困难，这是因为你的意识受到了管控，从你自己想的十句话列表中随机拿出一个，看看会发生什么。

　　下面有一个开头和结尾。你能想出一个中部将两部分衔接起来吗？

　　　　我平生做过最糟糕的事是杀死了一只猫。
　　　　我之所以这样做是因为……
　　　　结果是我的房子被武装的警察包围了。

　　什么将两部分关联了起来？你是如何从一部分过渡到另一部分的？写一写。

　　　　我平生做过最糟糕的事是带了一个缺乏经验的登山者登山。
　　　　我之所以这样做是因为……
　　　　结果是我有了自己的电视剧。

　　什么将两部分关联了起来？中部是什么？你是如何从

一部分过渡到另一部分的？写一写。

> 我平生做过最糟糕的事是告诉妈妈我准备自杀。
> 我之所以这样做是因为……
> 结果是我再也没有在茶里加过糖。

什么将两部分关联了起来？你是如何从一部分过渡到另一部分的？写一写。

下面有一些开头缺失的构思。

> 我平生做过最糟糕的事是……
> 我之所以这样做是因为好奇。
> 结果是我再也没有在茶里加过糖。

故事的开头可能会是什么？以下故事的开头可能是什么？

> 我平生做过最糟糕的事是……
> 我之所以这样做是因为遇到了一位警察。
> 结果是我变得既孤独又缺乏自信。

最后一个：

我平生做过最糟糕的事是……

我之所以这样做是因为时间不多了。

结果是我的房子被带着警犬的武装警察包围了。

什么样的开头会让这个故事朝向如此戏剧化的结局发展呢？

但这些都是没有结束的故事。如果你要把任意一篇扩展成故事，需要增添的东西还有很多，比如人物、背景和对话，但这些简单的句子能够作为一个短篇故事的框架。并且像这样将它们简要地写下来，能让你对故事的框架加以思考。这个练习会影响你的写作方法。

♥ 聚焦点

1. 开头、中部和结尾这些简单的元素一直都是构建故事的有力而简便的工具。

2. 使开头、中部和结尾这三个元素旗鼓相当，因此它们能相互支撑。不要削弱其中任何一个元素。

3. 故事中的跳跃或缺口可以是有益处的。它们能够成为真正意义上的转折点并吸引读者。

4. 故事需要一个能悬于其上的框架。将故事框架视作骨架，并且需要在上面添加人物、背景及多彩的对话这些血肉。

5. 人物行为越具体，你就越有可能为故事勾勒出一个简单动态的叙述框架。

☝ **下一步**

下一章中，我们将通过研究情节设计中的因果原则继续扩展这篇作品。

第七章

故事与情节：联系与因果关系原则

你将从本章学习以下内容：

- ➤ 因果关系在情节和故事叙述中的重要性
- ➤ 不同的故事叙述方式——因果和时间
- ➤ 故事中行为和附带事件的关联技巧

联　　系

　　我们对世界的理解建立在联系和秩序的基础之上，以往宗教、信仰和迷信让我们了解自身以及所处世界，现在我们的世界则由科学来解释。我们身边的许多现象都是通过科学的透镜来观察的，都是经由因果关系进行解释的。为什么我们在冬天看不到很多鸟呢？然而早年间人们认为鸟类是去月亮上居住了，科学让我们了解到了鸟类迁徙。"红色天空之夜，牧羊人的喜悦"是一句谚语，它将某一天的天气与次日晴朗天气的预测联系了起来。现在科学也解释了这种现象背后的原因。

✂ 请牢记

> 生活要比科学更古老；故事比情节更古老。

　　科学一直都是揭穿迷信的主要动因。运动员的迷信同样表明了我们对联系的偏爱。某些人会穿同样的衣服去参加比赛或者总是在更衣室同一个地方换衣服，因为他们认为这样会有好运；他们相信在特定地点换衣服或穿特定的衣服和比赛结果之间存在联系。如果信徒不穿"幸运"服，他们的队伍就会输。戴绿色领带跟队伍胜利或赛马第一个冲过终点线或许没有联系，但是如果一个人执意认为联系存在，那谁能说没有呢？但谚语和迷信并不科学，在科学的年代，它们会被认为同宗教信仰一样守旧，如今，鉴于科学的支配地位，我们需要更紧密、更严谨的联系。我们构造故事时也存在类似的效应。

十七世纪时，弗朗西斯·培根评论道，科学的意图就是"把自然架在刑具上"，逼迫其"回答我们的问题"。他并不是在说故事布局的方式，而是在向一个伟大的新时代致敬，严谨的科学思维以及对自然的探索研究蓬勃发展，成为这个时代的典型特征。但科学思维最终颠覆了我们看待自然、思考生活的方式。科学以其往日对手无法想象的方式主导着我们的思维。因此，人们认为一切都有原因，有因有果也已成为这个世界的一个重要特点，对故事情节设计而言也是如此。

因 果 关 系

因果关系这一概念使西方哲学家痴迷了数千年。如今也是热议话题，处于科学思维的核心位置。力求表明一件事与另一件事的联系时，科学就会竭力论证因果关系。

因　和　果

《钱伯斯二十一世纪大词典》将因果关系定义为：

a. 因与果之间的关系。

b. 万物皆有原因的原则。

c. 对某事物的发生起作用的过程。

因被定义为：产生果的某一事物。

果被定义为：一个结果。

📖 案例研究：故事和情节的区别·····················

尽管大家对科学方法如何影响写作所提甚少，对因果关系在情节中扮演的角色却早已了然。小说家爱德华·摩根·福斯特在他著名的作品《小说面面观》（1927）中对此进行了讨论，对故事和情节进行了区分。他说两者都是"按照时间顺序进行的叙事"，他用一个著名的例子引出二者的区别：国王死了，然后王后死了。福斯特说这是故事而非情节。王后可能在国王死后很多年才去世，并且她的死亡可能跟国王的死无关。他们两个的死可以是一个故事中的两个片段。"国王死了，然后王后悲痛而绝"，这是情节，因为将因果关系这个重要元素引入到了故事中。通过因果关系，两件事以前所未有的方式紧密联系起来。是因为国王死了，所以王后才悲痛辞世；一件事无法抗拒地随着另一件事发生。福斯特说，像"国王死了，然后王后悲痛而亡"一样，将两件事联系起来，你便拥有了一个情节。

对福斯特来说，"然后……然后……然后"这一时间结构是故事的关键。他选择国王和王后作为例子并不意外。童话故事通常遵循时间结构的方法，人物也常是国王、王后、王子和公主。童话故事通常对古怪事件的发生不加解释，但在童话世界的背景中，却是完全能够被接受的、是毋庸置疑的。会魔法的野兽出现了，然后奇怪的生物出现了，然后会魔法的人出现了，然后是三个愿望的威力，然后是一位英俊的王子，然后……

↘ 关键点

情节不只是时间上接连发生的一连串事件，还是有因果关系的一连串事件。B 因为 A 的发生而发生，C 因为 B 的发生而发生等。情节可视为因果链或阶阶相连的梯子。

✂ **请牢记** ···

　　简单来说，情节是叙事链中一连串的环，自始至终推动着故事。

···

　　让我们借用下面这个四句话的例子，一起来看看联系在写作中如何发挥作用：

» 杰克开车很快。

» 朱莉吃了三块巧克力。

» 杰克打电话给一位警察。

» 朱莉去游泳了。

　　这四句话一句接一句地写在这儿，除了这一事实，它们还有联系吗？稍微暂停一下；再读一遍，思考其中的联系。

逻辑与推理

　　就以上情形而言，杰克和朱莉的行为不一定存在联系；总的来看，这些行为是互不相关的。我们只能说，这些行为"有几分"联系。这是说我们能通过推理将它们联系起来，但它们并不会在逻辑上一个个接续发生。朱莉因杰克开车太快而焦虑或激动，可能会吃三块巧克力。这可能导致杰克打电话叫来一个警察，致使朱莉去游泳；尽管在当前的构想中这并不会发生。但如果这是一个情节，我们会

想要并期望它们联系起来。我们会想知道朱莉吃三块巧克
力是如何跟在杰克开车很快之后的。如果确实紧接着发生
了，我们会想问为什么，联系是什么。两种故事叙述方式
之间存在基本的不同，我们必须在这里介绍。

方法一（时间顺序法）：然后……然后……

　　朱莉吃了三块巧克力不是杰克开车很快的结果；与杰
克开车很快没什么关系，这只是她凑巧做的事。杰克打电
话给警察跟朱莉吃了三块巧克力也没有关系，跟朱莉去游
泳也没关系。读下面这些句子，它们均是围绕一个人物展
开的：

　　　　　　　我喜欢游泳。

　　　　　　　然后……

　　　　　　　我饿了。

　　　　　　　然后……

　　　　　　　我需要钱。

　　　　　　　然后……

　　　　　　　我迷路了。

　　　　　　　然后……

　　　　　　　我不开心。

　　　　　　　然后……

我想要一条狗。

然后……

我跟一位厨师结了婚。

然后……

我喝醉了。

然后……

我赚了很多钱。

然后……

我最后很穷。

然后……

我搬去了尼日利亚。

然后……

我成了职业足球运动员。

然后……

我们将第一个例子中的方法称为故事叙述的时间顺序法，事件在时间上接续发生，在任意或所有步骤间都存在时间间隔。这是传统的叙事方式，大量优秀的作品都是以这种方式写成的，包括有名的童话故事。例如：

一位富人的妻子临终前唤来她唯一的女儿，告诉她如果她能一直保持慷慨和善良，上帝会照顾她的。随后她便死了，被埋葬了。然后这个鳏夫又娶了一个女人，并且有两个自己的女儿。她们美丽而邪恶……然后……她们虐待灰姑娘……

但这是什么类型的故事呢？或者真正要问的问题是，这是哪种叙事方式？故事叙述的时间顺序法与下面例子中体现的方式有何不同？

方法二（因果关系法）：因为……因为……

> 我喜欢游泳，因为我饿了。
>
> 我需要钱，因为我迷路了。
>
> 我不开心，因为我想要一条狗。
>
> 我跟一位厨师结了婚，因为我喝醉了。
>
> 我赚了很多钱，因为我最后很穷。
>
> 我搬到了尼日利亚，因为我成了职业足球运动员。

⊃ 试一试

你认为以上阐述的两种故事叙述方式有何不同？再将两个例子仔细浏览一遍，写下你的想法或意见。

你写了什么？时间顺序法中的联系不紧密又随意。这些行为和事件彼此之间有何关系或者一件事如何演变成下一件事，这些都不清晰，比如"我需要钱，然后我迷路了"。这两件事如何联系起来呢？这是个故事，所以我们假设它们原意是有关联的，而且是一个接着一个发生的，但是人物是如何从需要钱到迷路的呢？从"我不开心到我想要一条狗，再到我和一位厨师结了婚"，这个过程中发生了怎样的变化？这些事很有趣，而且互无关联、出人意料，有引发有趣的原创附带事件的可能，但这并不是重点。一个人感到不开心，而且想要一条狗，因为觉得这样会使自己心情变好，这是可以理解的，但继而如何导致这个人跟厨师结了婚呢？答案是并不会。

时间顺序法的例子也能以同样的方式继续下去，附带事件和事件交替出现。例如："我喜欢游泳，然后我想要一条狗，然后我梦到我在飞，然后我中毒了，然后我跟一位厨师结了婚……"这基本上就是一个事件的意识流。这种叙事方式，事件在时间上跟随另一事件发生，并无其他特定顺序，如重要性或者时间范围。

该叙事手法的结构形式是"这个发生了然后这个发生了然后这个发生了"。我们能使其联系起来，但其中却没有特定的联系，也没有确切的进展。某种程度上来说，这是一种轻松的思考和写作方式。没了进展，以此方式写成的故事不会通往特定的某处。它会一直通向结尾，当到达结尾时，就会停下来。这意味着，如果写得足够好，读者会想知道接下来将发生什么。好奇心很重要；毕竟操纵读者的好奇心是讲故事的基本手段。

在方法二（因果关系法）中，一种不一样的联系在起作用。我们在前一章中对其进行了介绍，因此在介绍这个理论之前，你可以先练习一下。"我喜欢游泳因为我饿了。"这里便是一个因果关系，游泳这项活动和感到饿了之间有着明显而紧密的联系。我们看到一个人被饥饿感驱使着去游泳。是身体的饥饿感还是对奥林匹克奖牌的渴望？无论是什么动机，一个行为致使另一行为发生，我们可以说"饥饿感促使其去游泳"，但我们不能说"杰克开车快致使朱莉吃了三块巧克力"。下面的例子也是同样的道理：

> 我需要钱，因为我迷路了。
>
> 我不开心，因为我想要一条狗。
>
> 我跟一位厨师结了婚，因为我喝醉了。
>
> 我赚了很多钱，因为我最后很穷。
>
> 我搬到了尼日利亚，因为我成了一名职业足球运动员。

因果关系法中的事件比时间顺序法中的联系密切多了，它们一个致使另一个发生。因此，当事件以此方式联系时，

有情节设计的故事便更容易向前推进，它在朝着某个方向
发展。由于每个事件都与之前或者之后的事件有联系，所
以故事呈线性发展。这种推进力及其蓄力过程是线性情节
的主要特点之一。

↘ **关键点** ....

　　因果关系法属于目标驱动；它有要到达的某个地方，
　　并且尽可能径直地到达那里。在因果关系情节中，行为
　　和附带事件在逻辑上以线性方式衔接。

....

✂ **请牢记** ....

　　在情节不够紧凑的故事中，推理发挥着作用，有那么
　　"几分"事件接续发生的感觉。在情节紧凑的故事中，则
　　有种事件在逻辑上衔接得更紧密的感觉。

....

　　选择哪种叙事方法并不重要，重要的是要理解不同的
方法是如何起作用的以及它们之间的区别。之所以重要，
是因为这样你就能知道自己在做什么，然后选择最适合你
的方法和想写的故事类型。

　　紧接着有一系列专为帮你练习和巩固这些概念而设计
的练习。

因果关系的练习

　　读下面的八个句子。四句是人物"她"的视角，另外四句是人物"他"的视角。

她

　　　　叫了医生

　　　　遛了狗

　　　　买了花

　　　　亲吻消防员

他

　　　　异常兴奋

　　　　剪了头发

　　　　做了蛋糕

　　　　输光了钱

　　我们从中选取四句，每组选两句：

　　　　她买了花。他异常兴奋。

　　　　他做了蛋糕。她叫了医生。

　　要是我们随意将它们以并列的方式联系起来，就如福斯特的例子或者杰克和朱莉那些句子。她买了花然后他异常兴奋。他做了蛋糕然后她叫了医生。它们有"几分"联系，但为了创作更加牢固的情节，我们需要更紧密的联系；这意味着因和果。

因　　为

我们还能怎样使这些句子联系起来呢？我们可以这样做："她买了花，所以他异常兴奋。"或者："他做了蛋糕，但是她叫了医生。"这里还有一个简单的方法，我们之前也使用过。我们会用"因为"这个词将它们联系起来。例如："他做了蛋糕，因为她叫了医生。"现在一个行为跟随着另一个行为，第二个行为是由第一个造成的。

　　她买了花；他因为花香异常兴奋。

　　他做了蛋糕。他切蛋糕时切到了手指，她叫来了医生。

"因为"暗含在其中。

✗ 请牢记 ⋯⋯⋯⋯⋯⋯⋯⋯⋯⋯⋯⋯⋯⋯⋯⋯⋯⋯⋯⋯⋯⋯⋯⋯

　　将你写的故事中的行为和附带事件用"因为"联系起来，你将有望建立更具动态的情节。

↳ 关键点 ··

　　按时间顺序叙述的故事是时间上接续发生的一系列事件。而情节里的事件因果上相关联，即一件事致使另一件事发生，而非只是恰好先于另一件事发生。

··

为　什　么

　　然而，上面我们分析的句子里提出的重要问题是"为什么"。"他做了蛋糕，因为她叫了医生。"为什么？"她买了花，因为他异常兴奋。"为什么？

　　当前，因果关系法是构造故事的极佳方法。但因和果并不是最近才在故事中出现的。在《睡美人》中，因为邪恶的女巫施下的魔咒——公主有一天手指会被纺锤扎伤然后死去，国王下令禁止人民纺纱，不让非法的纺锤出现。当然，国王的政令没什么用；这就成了一个故事。在《傲慢与偏见》里，基蒂跟威克姆私奔，致使达西先生介入其中，并表露出对女主角伊丽莎白·贝内特的爱。不同的地方在于因和果在故事叙述中展现的影响力。因和果于情节设计而言举足轻重，因为我们生活在一个能够科学地自我阐释的世界里。因此，在因果关系法的示例中，故事的驱动力就是对事件起因的探寻。

　　需要知道"为什么"，这一点就隐含在因果关系的结构中，因为在其扎根的科学理论方法中，它也是隐含的。正是对原因的探寻推动了科学发展。科学不同于信仰，信仰的核心是接受，科学永远不能仅凭信任就接受或者采纳什么。这是它最大的优点，也是最大的缺点。科学总是会发问，这是其存在的理由。科学没有定论，它的敌人是一切未知。它是我们社会的模型基础。科学与宗教之间的战争很久以前就开始了，科学获胜，因此现在科学的思维模式不可避免地处于生活和艺术的核心位置。它也成了情节设计的核心模型，对想要构建情节的作者来说，"为什么"这一问题总是至关重要。这也是我们之前探讨例句时抛出这个问题的原因。现在我们仔细研究一下。

➲ 试一试

写下六个做某件事的原因。可以是任何行为，只要各不相同。利用下面的示例，如果你想，也可自己构思。

> 我喜欢游泳。
> 我饿了。
> 我需要钱。
> 我迷路了。
> 我不开心。
> 我想要一条狗。

写完之后，再为每个行为写六个不同的结果。可以是任意行为、任何结果。例如：

我跟一位厨师结了婚。
我喝醉了。
我赚了很多钱。
我最后很穷。
我搬到了尼日利亚。
我成了一名职业足球运动员。

写完之后，将纸剪成或撕成小条，让每张纸条上仅有一个句子。将这些句子分成两堆，一堆是原因，一堆是结果。现在从两堆中各取一张，以你喜欢的组合方式配对，并将"因为"这个词插入其中。例如：

我喜欢游泳，因为我最后很穷。
我需要钱，因为我跟一位厨师结了婚。
我不开心，因为我成了一名职业足球运动员。
我跟一位厨师结了婚，因为我喝醉了。
我赚了很多钱，因为我迷路了。
我搬到了尼日利亚，因为我想要一条狗。

你自己想出的句子也这样做，检查一下。然后再做一遍：将这些句子重新分成两堆，从每堆各取一个，然后用上"因为"这个词，按照你喜欢的方式配对。

这样再做一遍。你会发现，你能用相同的材料轻易地产生新想法。这些句子每一个都提出了"为什么"，并且能让你开始一个新的场景或者故事。

➲ 试一试

在你的笔记本上将下述句子组合在一起，从"他"和"她"的组别中各选一个，用"因为"这个词将它们连接到一起：

他

偷了一辆车

乞讨为生

舔了橙子

看到了恐龙

跳舞跳了一整夜

咒骂法官

买了一头驴

在没戒指的情况下求了婚

她

开车很快

吻了他的脚

去了教堂

几乎吃了个遍

亲吻了山羊

种了一棵树

洗了盘子

看到了一只仓鼠

　　你做完之后，看看每个新的句子提出了什么样的"为什么"。

　　　　他买了一头驴，因为她看到了一只仓鼠——为什么？

　　　　他跳舞跳了一整夜，因为她吻了他的脚——为什么？

　　为什么他买了一头驴是因为她看到了一只仓鼠？为什么他跳舞跳了一整夜是因为她吻了他的脚？回过头再看一两个我们在本章写的其他句子，可以发现，"为什么"这个问题总是存在的——为什么他做蛋糕是因为她叫来了医生？为什么他异常兴奋是因为她买了花？

　　仔细研究你刚刚造的句子，看看有多少提出了"为什么"这个问题，然后想想你能给出的答案。将这些句子放到一个个情节梯里，看看是否能从中创造出一个情节或故事。

多问问题、使情境保持开放是让故事发散的好方法。"为什么"这个问题正是在做这样的事。我们在这里发现了情节与故事截然不同的一个重要特点。用时间顺序的公式"然后……然后……然后……"将事件连接起来，并不会引出"为什么"这个问题，但是因果上的联系却提出了该问题。时间顺序法引出的问题或许是"谁"和"什么"，例如人物以及他们正在做的事，而因果关系法引出的是"谁、什么、为什么"。

好奇心是时间顺序法叙事的关键所在。照此方法讲得好的故事能够制造悬念。但当我们读或者听这种故事时，很少问为什么女巫是邪恶的、为什么精灵能在恰当的时间从灯里出来、为什么善良的牧羊人救了弃婴。我们只是接受他们的所作所为。

但是，一旦你说甲做某事是因为乙，我们马上就想问为什么。为什么这样的事发生了？为什么女人突然变成了女巫？为什么国王突然变成了暴君？为什么一件事跟随另一件发生？什么致使它发生的？为什么一个人觉得必须去做某件事只是因为另一个人做了另一件事？对答案和联系展开无休止的寻求，这就是情节设计的因果关系法和时间顺序法的主要区别。一个建立在深信不疑地接受世界的原本模样之上；另一个建立在对这个世界的无情质疑之上。一个总是欣然满足于给出的解释；另一个是永不满足，从不妄下断语，这也正是科学探索的定义。

✖ 请牢记

精心编排的故事中，事件并不会从一片虚无中突然出现，它们是原因的结果。构建情节梯时，找到其中的联系和原因，这就是作者的工作所在。当我们构造逻辑上衔接、没有漏洞的情节时，我们其实是在努力创造逻辑紧凑的作品。

♥ 聚焦点

1. 一个传统的故事建构方法是寓言和童话故事中的时间顺序法——然后……然后……然后……

2. 情节的核心原则是因果关系，一件事跟随另一件事发生，并且有着密切的因果关系。为了成功地设计情节，你需要将故事的附带事件和事件以此方式联系起来。

3. 将一个情节中的每个事件都与下一个事件联系起来，创造出能够推动故事发展的整体行为统一体。

4. 简单来说，情节是叙事链中一连串的环，自始至终推动着故事。

　　5. 故事给出"谁"和"什么"；情节包含"谁""什么""为什么"。

↰ 下一步

　　下一章中，我们将探讨情节漏洞和情节中的问题。我们将思考在试图构造完美的故事时可能出现的问题。

第八章

情节漏洞和情节中的问题

你将从本章学习以下内容：

> ➤ 情节漏洞和情节中的问题

> ➤ 识别情节问题的技巧——"冰箱综合征"

> ➤ 解决情节问题的技巧

> ➤ 如何埋下伏笔、揭示和隐瞒信息

　　到目前为止，我们一直在讨论的是情节设计中因果关系的优点，但是它也有问题。情节紧凑的故事里，问题是：除非你让它恰如其分，也就是无懈可击，否则任何漏洞都会豁开很大。这显然会影响你正在努力讲述的故事，并且很大程度上会毁了它。

　　回到情节梯的想法上，一个横档就是往前的一步，攀爬则表示情节进展。梯子上的第一个横档通往第二个，第二个通往第三个，以此类推一直到顶端。如果梯子中的一个横档缺失了，问题就来了。从一个台阶踏上另一个不存在的台阶，会让人有种无所适从感；如果有一个横档或故事步骤缺失了，情节也会有这种感觉。你踩到了半空中，没有任何支撑物，最后失足跌倒。

↘ 关键点 ···

　　　如果你在组装一条链，而且你精心构思的每个场景都是其中的一个步骤，任意一环不牢固或者缺失，整条链就会不合格，很可能会断裂。使环节或步骤齐全，将它们置于恰当的位置，这是情节设计的首要要求。

情 节 漏 洞

保持情节中的逻辑稳固和连贯，对于创建恰当的因果关系情节线至关重要。情节漏洞是破坏情节逻辑连贯性的缺口或矛盾之处。情节漏洞不同于跳跃。我们前面也了解到，跳跃可以是有利的，因为它们能创造出兴趣点和惊喜。但是情节漏洞通常来说是问题，因其意味着你可能掉入其中的裂隙，代表着粗制滥造。第四章的图表 4.6 中缺了很多横档的梯子表明，这个已经不是情节漏洞了，其实是一个裂隙。

冰箱综合征

一种描述情节漏洞的语言已经出现了。阿尔弗雷德・希区柯克对故事构造和情节设计了解甚多，他幽默地将观众意识到情节漏洞的时刻称为"冰箱时刻"或者"冰箱综合征"。

希区柯克认为"冰箱电影"是这样的：在看电影时它一直影响着你，你开车回家时它一直影响着你，直到你上床睡觉时它还是影响着你。直到你半夜起床的那一刻——

你醒来，起床，下楼，从冰箱里拿出一个鸡腿或者一瓶牛奶——它仍在影响着你。当你的妻子、丈夫或者伴侣起床想看看你怎么了，你说"你知道的，那个故事里有个漏洞"。

　　　　"漏洞，你什么意思？"
　　　　"她和他进入车里那一刻……"
　　　　"怎么了？"
　　　　"为什么她在那时就叫警察呢？"

或者：

　　　　"她哪儿来的枪？"

或者：

　　　　"电影里，她之前说自己不说普通话……"

这些就是"冰箱时刻"。"冰箱电影"乍一看没什么问题，但经过审慎的思考，就会发现一个或多个缺陷，以至于使故事分崩离析。希区柯克的电影里也有漏洞，其实他说过他是故意留下这些漏洞的，所以情侣正好可以在厨房里就着鸡腿进行讨论。他说，随后他们会为证明自己是对的，再去看一次这部电影，或者看看哪里出了问题。这是一个转移批评的绝妙借口，但同时也是关于情节设计的宝贵见解。

就如我们已经了解到的整个因果关系的概念，一个问题能够引出一个又一个的问题。在一个按照因果关系编排情节的故事里，你的读者或者观众在"为什么"这个问题上高度一致。作为作者，你会让他们对此习惯，如果他们将问题又推到你这个作者身上，谁能怪他们呢？如果因果关系是我们的生存之道，因果关系的不到位无疑会使我们，或者更确切地说，会使我们的作品死去。

✖ 请牢记

"冰箱时刻"是一个公认的跨体裁综合征；在科幻圈，显然它被称为"软心糖时刻"，其他地方也称它为"爆米花逻辑"。但基本意思是相同的：它指向的是缺口或矛盾之处；故事中的这些缺口暗示着信息或者场景的缺失。

📖 案例研究：《麦克白》（*Macbeth*）

大家认为莎士比亚的《麦克白》的前两幕有一两场缺失，麦克白夫人有同麦克白一样的野心，并且作为同伴和他暗中策划谋杀。他们合谋给国王的卫兵下药，然后杀了国王邓肯。她甚至在麦克白动摇时让他情绪振作。当他做完这件事之后，她又催促他将匕首放回国王的卧室内。

> **麦克白夫人**：你为什么把刀拿了来？
> 一定要放在原处的；去送回去，
> 用血涂抹那睡着了的仆从。
> **麦克白**：我再也不去了：
> 我怕想我做下的事，
> 我更不敢再去看了。
> **麦克白夫人**：意志薄弱！
> 把刀给我……
> 我就用血涂在仆从们的脸上；
> 因为一定要当作他们的罪。

麦克白夫人不是"意志薄弱"的人。她令人畏惧、道德泯灭、对这件事无比坚定，对于拿回匕首、用血涂抹熟睡的马倌以及直视死去的国王的面孔，她都没有愧疚，因为她说：

> 睡着的和死了的人
> 不过如图画一般。

片刻之后，当她从国王的寝室返回时，双手沾了血，对她忧思的丈夫说：

> 我的手也和你的一样颜色了，但是我羞于
> 有一颗像你那样灰白的心。

为何这位强大、强势、狡诈而凶残的麦克白夫人在第五幕中发生了转变，这在戏剧中并未说明，她变成了精神失常、疯狂、良心不安的女人，对医生和她的侍女以及后来对麦克白都言听计从，她在夜里梦游，努力地想要将谴责她的无形血迹从自己手上擦去。

"看她在怎样地擦自己的手。"当他们听她愧疚的胡言乱语时，医生说。"擦掉可恶的污迹！掉啊，我说！"麦克白夫人说，"地狱好阴暗！……但谁会想到那个老头子身体里怎么那么多血……什么？难道这双手永远干净不了了……血的味道还在。所有阿拉伯的香料都没法再使这双小手变得香甜。啊！啊！啊！"

这位强势女人的转变历程并没什么问题；恰恰相反，问题在于她是如何变成这样的。这部作品的众多版本在舞台上上演，但密切关注剧本的女演员提出了"缺失的场景"，该场景会对她的改变做出解释和逻辑说明，协助她们让转变更容易应对、更合乎逻辑。

　　二十世纪一位著名的英国女演员伊迪丝·埃文斯女爵士解释了她不乐意扮演麦克白夫人的原因——第三幕中的宴会场景和上面叙述的梦游场景之间，人物的心理崩溃缺少动机。提出缺失页或缺失场景的并不止她一人。《麦克白》是莎士比亚最短的戏剧，许多学者认为整部戏剧中可能缺失多个场景。再重申一次，让一个人物经历诸如麦克白夫人一样的历程完全合乎情理，一点儿问题都没有。问题是人物和情节的可信性；在为转变历程做准备以及构造作品的结构时，你必须将它们筑造得足够坚实，以支撑剧情线和人物弧光。

　　《麦克白》这个故事中的缺口不是跳跃，而是裂隙。这里的跳跃是如此之大，以至大不列颠历来最优秀的女演员之一都唯恐她跨不过去。女演员和故事该如何跨过这条难以逾越的裂隙呢？正如这里所展现的，《麦克白》或许构造得很失败，或许就像某些人所说的，部分剧本确实丢失了。

其他情节漏洞

不同形式的情节漏洞：

» 人物突然获取了之前并不了解的事实真相或者未掌握

的知识。

» 人物突然以一种不同以往的方式行动，有悖于先前的
行为表现或者表露出的观念，"与性格截然不符"。

» 一个事件跟前一个事件逻辑上不衔接。

» 一个事件跟先前事件相矛盾。

» 我们所展现的世界里发生了不可能的事件，例如一艘
宇宙飞船在一部经典的西部电影或小说中着陆了。

» 人物忽视了或者没能看到显而易见的问题解决办法，
而读者或者观众却清楚地看到了，比如能助他们逃离
鬼魂、外星人、警察或者疯狂的持斧杀人犯的另一
扇门。

情节漏洞的出现有以下几个原因：

» 人物说的话或做的事或许完全不符合本身性格，因为
作者为了让情节通顺需要他们这么做 —— 这里情节的
要求与人物的完整性相悖。

» 显然忘记了前面故事中说过的话或发生的事，作者写
出的东西与此相矛盾。

这些漏洞简直就像是电视节目中的出错镜头合辑。

✖ 请牢记

作者需要成为自己的逻辑衔接人，反正也没有钱雇别
人来做这个。

↘ 关键点 ⋯⋯⋯⋯⋯⋯⋯⋯⋯⋯⋯⋯⋯⋯⋯⋯⋯⋯⋯⋯⋯

　　故事中会包含许多未回答的问题、偶遇和不可能的事件，不要被影响了，但是情节漏洞很大程度上会削弱故事可信度。

⋯⋯⋯⋯⋯⋯⋯⋯⋯⋯⋯⋯⋯⋯⋯⋯⋯⋯⋯⋯⋯⋯⋯⋯⋯⋯⋯

无懈可击的情节

　　不论情节漏洞如何出现，重要的是要明白，它们都源自我们构造故事的方式。换言之，如果我们没有设法使逻辑无懈可击，也就不会有情节上的漏洞。这些漏洞成了问题，是因为我们使用的这种因果逻辑方法。如果故事不严谨或者逻辑混乱，那么所谓逻辑漏洞也就无从谈起了。想象一下，如果我们生存在漏洞宇宙中，生活在"连接位"之间，将会是何种情形；期待万物都有漏洞，而非一切都是连通的，这才是此世界能够接受的逻辑；我们将会生活在满是漏洞的世界中，艺术也会有此体现。然而我们的艺术反映的是我们所生活的这个世界的逻辑，我们在此中寻求秩序，寻求合理；漏洞和缺口于我们来说便是问题。

　　童话故事里起作用的逻辑不同，问题也就更少，这是因为叙事方式的差异。如果你能接受镜子和王后交谈，一个男人变成了野兽或者野兽变成了一个男人，仙女教母在关键时刻出现，童话故事或幻想小说中数不清的魔法变幻和故事结局中的任意一种，那么你就能够接受另一宇宙中所有会造成麻烦的事件。情节中的漏洞之所以很重要，是因为我们有着布局和因果构造都完美的情节。

　　这并不是说不切实际、幻想中的故事或童话故事能够不受任何束缚；恰恰相反，这些故事也不得不在它们所创造的世界中活动。它们必须自始至终严格执行自己建立的"逻辑"。但是只要故事说得通并且符合自己设立的规则，观众和读者就会抛开疑问，欣然接受。

✖ **请牢记** ···

　　暂时抛开疑问不是情节漏洞。观众或读者都会认同这种做法，尤其是在故事开始阶段确立主题和体裁的过程中。如果镜子说话了或者外星人来征服地球了，那就接受好了。读者和观众会接受这些，继续读下去或看下去。

···

机 械 装 置

　　情节漏洞的意思是事件、行为在逻辑上不衔接或者与情节紧凑的故事中已确立的事实相矛盾。它并不是未经解释的事实或事件——那可能是懒惰；它是一个逻辑上不可能发生的事件。在按因果关系构造的情节里，事件不能莫名其妙地出现，它们必须得有铺垫、必须得有归属。正如我们所见，一切都接得上，一个"因果"紧跟另一个发生；若非这样，整部机械装置就会失灵，情节也就说不通了。情节是个机械装置，精通情节工程极为重要。对那些有相应头脑的人来说，这会是极具吸引力的挑战。然而对另外一些人来说，它可能艰难、无趣，甚至是不可能完成的艰巨任务。但好消息是，你可以在情节设计上更进一步（本书中的练习会帮到你的）。

📖 案例研究：《俄狄浦斯王》（Oedipus the King）

因为人物避开了或者未察觉到能解决冲突的事实或行为，致使冲突一直未解决，请注意这一类故事。思考索福克勒斯（约公元前 429 年）的《俄狄浦斯王》中的情节，人们称其为情节构造最为完美的故事，它是公认的戏剧构造杰作。

这是一部成功的典范，完成了几乎不可能的故事类型，其中男主角发现自己竟是反面人物。俄狄浦斯很快确立了目标：揭露瘟疫的起因，这场瘟疫侵袭了他统治的底比斯城。他以毫不动摇的决心和勇气追求自己的目标，对即将到来的问题绝不逃避。对目标的全情投入使他成为完美的英雄。

即使在战胜重重阻碍之后，他发现自己才是瘟疫之源时，他也没有因真相揭露的后果而退缩，而是自掘双目作为惩罚，并把自己交给了妻弟克瑞翁审判。他在毫不知情的情况下犯下了罪行，这一事实更增添了俄狄浦斯的真英雄意味。他的行为表现并不像如今的某些政客，当他们被指出行为不端或者滥用职权时，拒绝为自己的行为承担责任，然后对外宣称自己是无辜的，直至罪行昭然若揭，他们仍然抓住权力不放。俄狄浦斯最后也没示弱，他说："我不知道，这不是我的错。"他接受了自己稀里糊涂地杀父娶母，并跟自己母亲有了四个孩子——骇人的原罪。这就是给底比斯城和其居民带来瘟疫的罪行，他接受了，他为自己的行为承担一切责任。他知道这是需要赎罪的滔天罪行，他因其后果备受折磨。他的目标是找到侵袭底比斯城的瘟疫起因，他做到了。从故事的角度来讲，无论给自己造成了多大伤害，他实现了自己的目标。

在故事的结尾，我们知道通过他的赎罪，瘟疫会消散，城市会被拯救。这就是这部戏剧提供的精神净化。通往结尾的过程中，俄狄浦斯有清晰的目标以及重重的障碍。他克服了所有阻碍，不受其中任何一个的阻挠。一旦他在某个时间点上放弃了，故事就会变弱甚至崩溃瓦解。他坚定的意志需要驱使故事抵达结局的那一刻。这部戏剧大获成功，是因为其结构足以称为典范。

戏剧导演经常为戏剧中的一个场景甚至整部戏剧寻找"驱动者"。俄狄浦斯是《俄狄浦斯王》的驱动因素。他开启故事情节并推动它走向结尾，尽管他自己、他的妻子和儿女为此备受折磨。他是一位真正的英雄。

➲ 试一试

找一本《俄狄浦斯王》读一读。读上三遍：

» 第一遍了解大意，看看谁是谁，发生了什么。

» 第二遍看看事件与事件如何衔接。

» 第三遍看看是否有什么是你前两次读的时候漏掉的，是否有漏洞或者未解释的缺口。

读完三遍之后，用我们在上一章探讨过的"因为"写出整个故事情节，包括所有事件，并将它们关联起来，例如：

> 因为这个城市遭受饥荒和瘟疫的侵袭，城里的人向俄狄浦斯寻求帮助。因为人们需要帮助，俄狄浦斯祈求神谕……

情节的其他问题

构造故事情节时需考虑的两个主要问题是：

» 如何发现或者创造情节。

» 如何把控情节。

到目前为止，我们已经研究过什么是情节以及构造情节的方式。我们将继续探讨情节把控过程中会出现的问题。包括：

» 错误的开端：从错误的地方开始（过迟或过早）。

» 虎头蛇尾：情节没有兑现其承诺。

» 中部萎靡：情节不能维持其良好的开端带来的驱动力。

» 在细枝末节或不相关的事件上耗时过久。

✖ 请牢记 ··

　　故事里的步骤并不都是同等重要的。一个人洗头发，或者这个人射杀了某人，哪个看起来更重要？显然，这将由语境来决定。但是情节中的事件相关联，它们导致某事发生，造成某种结果。这就是因和果的本质。原因有重大的影响，行为引发回应。如果一个至关重要的结果是由一个人洗头发引起的，那么它就是一个重要的情节步骤；如果并未引起什么事，那么它就是故事链中不重要的一个环节，可以轻易地被省略掉；如果毫无结果，它甚至不应该是这篇故事中的一个行为。

....

如何解决情节中的问题

如何填补情节中的漏洞呢？解决情节中的薄弱之处，所用方法取决于故事以及其处于哪个制作阶段。如果书已出版或者电影已经上映，那么选择就有限了；如果早些发现，那么解决方式可以是重写整部故事、小说或者剧本——一个极端做法，但如果这就是要求，那么它就是一个不能躲避的任务了。

更快速的解决方法是让人物承认对话中的一两句对白不合逻辑或是无意的说法或行为：

我以为我检查过了……

或者：

我一直想这么做，但没能抽出时间。

这听起来似乎站不住脚，但鉴于问题的严肃性，或许可以让你摆脱身为作者的困境。但是最好的方法是在规划和写作的过程中就对情节进行检验。

⊃ 试一试

　　拿出一篇你自己的作品（如果没有，那就找一篇已出版的故事）。考虑到时间问题，短篇故事会更适合这个练习，但是如果你有时间和空当，那可以选一部长篇小说或者剧本。通过提问下述问题来读这篇故事：

　　» 所有事件在逻辑上都衔接吗？

　　» 人物行为一致或者符合自身性格吗？

　　» 人物的内心以及待人处事都始终一致吗？

　　» 如果一件事发生了，作者有没有提供充分的原因，或者只是突然不知从哪里冒出来的？

　　» 作者有没有为人物事先写好背景？如果人物在后来的场景中有一个很重要的证据或对话，有没有提前铺垫好？

　　» 故事中有没有什么 —— 事件或者对话 —— 是与之前出现过的事件或对话矛盾的？

　　» 人物有没有注意到所有可能解决他们困境的方法并采取恰当的步骤摆脱困境？（当然还可能直到结尾还在失败？）

> ➥ **关键点** ··
>
> 　　寻找你作品中的薄弱之处。自己或者让其他人读一遍，提问上述类型的问题，找出薄弱点。
>
> ··

接 受 意 外

　　如果你的人物做了"不符合性格"的事，问问自己这是否能成为故事的一部分。写作中，我们的人物带来惊喜并开始回嘴时，可喜的意外之一出现了。这很好，这意味着他们开始生动起来了。听听他们说什么，通常有好事要说。如果他们做了或说了一些从来都不在你计划之内的事，做好准备接受并准许该说法或行为。将其视为你在写作时收到的礼物，而且要满怀感激。如果完全偏离叙事或者不合适，那就删除了吧，但也可以留到其他地方再用；很难预料从一篇作品中摘下的只言片语何时会对另一篇作品有用。

埋 下 伏 笔

　　将你之后可能用到的信息提前在故事中埋下。你不必第一次就写到满意。首先，你需要将字词写到纸上，需要写下初稿。然后你可以反复琢磨，增添、删除、编辑、移动和修改。你可以增添，可以删除一切形式的冗余部分。

当你写到稿件结尾时，总是可以回过头去，埋下一则关键信息、证据或对话，不要为薄弱的情节苦苦支撑，而是要把必要的步骤放到合适的位置，让构造更牢固。

当你写下了足够的材料，就到了仔细琢磨、审查逻辑的时刻了。看看它在哪里偏离了原计划，你对此是否满意；若是不满意，删除并按计划将材料拖回原处；如果你喜欢这些新的提议，不妨稍做调整，让计划随写作变化。将新的步骤嵌入其中，使其恰当且连贯，至少尽可能地做到。没有什么是完美的，但并不意味着你不应该努力达到完美。

↘ 关键点

> 规划情节、构造因果链，但是别被锁链束缚了。要充分意识到这是个创造性的过程，它会抛出新的想法，带着你的作品走上许多条不同的路。随它而去，让创造力涌流。

隐 瞒 信 息

隐瞒信息并不是欺骗。这或许是耍花招，但是如果运用得当，它就是一种合情合理的情节策略，能给予作品活力和目标。读者和观众想知道这个故事是关于什么的；人物想要什么，他们会为了得到它做什么事。当某事发生时，他们会想知道人物如何回应以及他们接下来会做什么。你的任务是不要告诉你的读者，起码不要立即告诉他们。

十九世纪的小说家威尔基·柯林斯说得对："让他们笑，让他们哭，让他们等待。"

✂ 请牢记

不要把所有事都堆叠在故事开头，要将任何可在以后自然而然展现的细节或证据从故事开头删除。许多信息都可以隐藏起来，直到它能显著地发挥最大作用。许多凶杀疑案小说和惊悚小说这方面做得都很成功，实际上它们很多都是围绕信息的逐步揭示来构造的（这是所有作者都需要学习掌握的）。

揭 露 真 相

除了缓慢揭示一个人或一群人的全部重要真相，凶杀疑案小说还是什么？相关证据被技巧娴熟的作者隐瞒起来，去吸引和撩拨读者和观众，让他们的兴趣一直持续到结尾。有些技法纯熟的侦探小说是处理滞后信息的绝佳练习。

在你自己的写作中，要延迟读者和观众的满足感。让他们持续阅读，不要使其轻易发现情节和人物的发展，如果你能做到，一直将进展隐藏到故事结尾。显然，你不能延迟一切，但构建情节的过程中一个很重要的部分就是隐瞒最重要的证据或信息，所以它们之后才能作为真相出现。为使情节产生预期效果，拒绝给出信息、拒绝告知观众和读者事实真相，这完全合乎情理。

阿加莎·克里斯蒂极为擅长情节设计，这是她身为作家的主要能力。她的经典作品《罗杰疑案》（1926）中，整个构造都建立在对关键信息的巧妙隐瞒上。

剧透警告： 如果你还没有读过这部小说并且想读读看，那先读一读再继续往下看吧。下面将讨论情节和杀人犯。如果你不想知道凶手是谁，就略过下面这一部分，等到你读完了这部小说，再回过头来看吧。

📖 案例研究：《罗杰疑案》（ *The Murder of Roger Ackroyd* ）……

给我们讲述这个故事的是谢波德医生，他也是克里斯蒂的伟大侦探赫尔克里·波洛的得力助手。叙事者贯穿整个故事，是我们的朋友和向导，我们期待着能够信任他，我们的确信任他。我们不希望他撒谎欺骗我们，不过他却欺骗了。

这部小说中克里斯蒂让叙事者成了杀人犯，实在是妙举。作为叙事者以及侦探的密友，谢波德知悉一切事实和信息。他似乎是公开地、如实地将所有证据告诉了我们，毫无隐瞒。这是我们所期待的，克里斯蒂十分有效地利用了这份期待。小说自始至终，我们都没有理由不相信谢泼德医生，克里斯蒂对此很谨慎。但在故事结尾我们发现，如果谢泼德的确没有撒谎，那他给我们的是掩饰了真实含义的证据和转述的事件。通过删减，他并未给我们呈现真实情形，我们也并未意会；尽管他和克里斯蒂毫无疑问都会说事实就在我们眼前，只要我们有看到它们的智慧。

以这种读者意识不到其真正的重要性的方式描述事件，从早期开始就是侦探小说和凶杀疑案小说的主要手法。埃德加·爱伦·坡的短篇小说《失窃的信》（1845）围绕一封藏在眼皮底下的信架上的信展开，除了伟大的侦探，其他人不会想到去信架上找信。在《五条红鲱鱼》（1931）里，多萝西·L.塞耶斯将一管关键的颜料藏到了其他颜料管中间，把画笔藏到了一位艺术家的包里。

侦探小说作家会将线索明摆到我们眼前，但是直到很久之后，当他们准备好揭露真相时，我们才看到。谢泼德医生毫不隐瞒地告诉了我们，为杀害罗杰·艾克罗伊德他做了些什么，并且确立不在犯罪现场的证据，但是他有谜题制造者的狂热以及魔术师的狡黠，以至我们的眼睛欺骗了自己，并未真正看到正注视着的东西。他告诉我们，在距离九点还有二十分钟时，艾克罗伊德收到了一封极其重要的信，之后他们俩在书房又待了十分钟。

他跟艾克罗伊德待在一起十分钟，但是他没有告诉我们在这段时间里，他做了什么或者发生了什么。他只是说，在离九点还有十分钟的时候他离开了房间，并回头确定了一下所有事都做完了。没能想起任何事，他就离开了。我们未注意到这一页中"消失的"十分钟。作品简单而平凡的本质掩盖了他刚刚将一把匕首扎入一个男人后背的事实，并想好了制造不在场证明的方式——闹钟会触发口述录音机的开关。口述录音机会播放艾克罗伊德的录音，所以所有人都可以从外面听见艾克罗伊德的声音，在他死亡之后，关键是在谢泼德离开他的房间之后，仍会认为他还活着。

谢泼德制造自己的不在场证明时，时间起着另外的作用。他告诉我们，当他经过房子的大门时，镇上的钟响起了九点的报时声。这里再次提供了一个关键线索，后来书中告诉我们，从房子到大门只需要五分钟。所以如果谢泼德在晚上八点五十分的时候离开，经过大门的时候是晚上九点，中间路上花了五分钟，在这消失的五分钟里他在做些什么？实际上直到小说结尾，我们才发现他在做什么。他通过自己之前打开的窗户重回书房，从里面锁上了门，所以没有人打得开门、发现得了尸体，然后他从窗户爬出去了，还穿了另一个男人的靴子，他想将该男子牵连其中。一离开那栋房子，他就换回了自己的鞋子，回了家。

　　谢泼德医生还制造了一个证据——一小时之后的一通电话（顺便说一下，由于篇幅原因，我们不再详细描述）。这通电话给了他很强烈的理由，让他飞快返回那栋房子，成为第一个发现尸体的人。他叫上男管家帕克一起进入房间，因为他需要一个目击证人。一旦他和帕克破门而入、发现尸体，谢泼德立马在关键时刻支开帕克，在帕克看到更多之前，告诉他立即去打电话给警察。帕克离开房间的这段时间里，谢泼德"没多少要做的"。

　　这句话是克里斯蒂所用的简单又无害的表达，之后她可以说，告诉过我们谢泼德在做什么；然而，这句话实际上并未透露什么实质信息。这里的"没多少要做的"是为了清理谋杀案的证据。他必须把口述录音机收起来，把闹钟以及其他任何相关的证据都处理掉，然后平静地等帕克返回，等待不久后便会到达的警察。谢泼德医生认为这是一起完美的谋杀案，阿加莎·克里斯蒂觉得它是完美的侦探小说，许多人对此也表示赞同。她公正地对待自己的读者，为他们提供足够多的线索去抓到杀人者，尽管她不仅狡猾地隐瞒了关键线索，还隐瞒了极其重要的谋杀者视角。不过，任何回过头再看一遍的读者都会承认，证据已呈现在他们眼前的纸上。让读者在第一遍读时代入错误视角，克里斯蒂可谓极为擅长。在这本书以及她之后的小说中，作者在诓骗自己的读者的同时，也会在体裁允许的范围内公正地对待他们。

⊃ 试一试

写一篇故事（五百五十个词），隐瞒其中的一条关键信息，为某个人制造不在场证明。不必非得是谋杀，可以是某个人想要假装在别的地方，然而并不在别处，也可以是某个人想要给伴侣买一件生日礼物。也不必非得是恶意的谎言，可以是出于好意而撒的谎。想想叙事节奏以及如何制造不在场证明。给某人一个明确的目标，同时还要欺瞒另一个人。利用一个人对另一个人的盘问，徐徐揭示真相，一步步推动紧张气氛的发展。

情节漏洞要紧吗

很多情节和故事都依赖信息的隐瞒以及时间的巧妙运用，隐瞒信息这一手法完全合理，重申这一点很重要；它并不是情节漏洞，除非处理很不得当。但是，情节漏洞要紧吗？

📖 **案例研究：《长眠不醒》（*The Big Sleep*）**　⋯⋯⋯⋯⋯⋯⋯⋯

　　有一个著名的案例——该问题小说在出版和销售很久之后漏洞才被发现。当雷蒙德·钱德勒的凶杀疑案小说《长眠不醒》（1939）被改编成电影时，漏洞才被发现。小说开始于富翁斯特恩伍德家的司机谋杀案。钱德勒笔下的侦探菲利普·马洛参与调查，证明了这是一起与毒品、色情相关的谋杀案。在电影拍摄过程中，有那么多双智慧的眼睛盯着剧本，就人物和情节发问，因为他们不得不这样做，其间就有人提出了这个问题：究竟是谁杀了司机？

　　据说，霍华德·霍克斯问改编这部小说的电影剧本作家——小说家威廉·福克纳。为了写电影剧本仔细地读了这本书的福克纳说，他不知道。为了找到答案，霍克斯给钱德勒打了电报。毕竟是他写了这部小说，他必须知道。传闻说钱德勒的回复是："该死，我也不知道。"

　　司机谋杀案是整个故事的开始。你或许想问，没人知道是谁做了这件事完全不打紧吗？《长眠不醒》的出版大获成功。没有人注意到小说中的漏洞。无论是过去还是现在，这个悬而未决的问题毁了书或电影吗？显然没有。这违背了情节构造必须严谨、连贯和完整这一理论吗？确实。情节漏洞致命吗？这就要看它们呈现的形式了。

　　这或许会让我们认为，因果关系不是最为紧要的。如果作品的因果链中有一两个步骤缺失了，还是大获成功，那么想必有其他也很重要的标准，比方说人物、氛围以及"作品的生命力"。很明显，像《长眠不醒》这样的小说具有的生命力强于因果链中小小的薄弱环节。若是如此，那么有些东西则更加重要——我们对具有吸引力的人物的需要，对讲得好的故事的钟爱。这也证实了这样的观点——写作就像生活，是艺术而非科学。选取素材并注入活力，要远比无懈可击地讲故事重要。

↘ 关键点

身为作者，应尽力使作品尽善尽美，但如果逻辑行不通或许也并不致命。据说 W.C. 菲尔茨说过："如果第一次你没成功，再试一次，然后放弃。没必要为它成为愚蠢的傻瓜。"

♥ 聚焦点

1. 情节漏洞是破坏情节逻辑连贯性的缺口或矛盾之处。情节漏洞通常是不好的，因为它们代表技巧拙劣。

2. 为什么甲或乙会发生，这是因果链构造的核心问题。你需要了解并且能够回答你的故事中为什么甲或乙会发生，它们会在逻辑上引发何事。

3. 你可以在情节设计上更进一步。读故事、找情节，看看它们如何发挥作用，用上你在自己作品中学到的经验。

4.隐瞒信息并不是欺骗，它是合理的写作技巧。

5.尽你所能让情节天衣无缝，但如果有点儿小缝，或许并非不可挽回。

⮐ 下一步

下一章将行为、回应和灾祸的概念联系起来，指出故事需要如何上升和下降，探讨各种不同的构想方式。

第九章

"金子"和"麦高芬":情节驱动因素、对峙和灾祸

你将从本章学习以下内容:

➤ 什么驱动着情节——"金子"和"麦高芬"

➤ 冲突、对峙、灾祸和回应的作用

➤ 如何利用目的 / 阻碍 / 行为公式制造冲突和紧张气氛

➤ 增加风险的重要性

➤ 行为起伏的重要性

"金　　子"

　　故事中的"大"场面是追求"金子"的主要人物之间的对峙。"金子"并非字面意思上的金子，也不一定是指钱，尽管通常跟钱有关联。金子不是故事的主题。故事的主题可能是"钱带来快乐"或者"权力腐败"，但是人物追求的"金子"不会是一个抽象的概念，需要是有形的、具体的、容易识别的，并且在情节中起着重要的作用。它必须是某个可以争夺的东西。金子字面上可能是二战时藏匿的一笔黄金、沉船上的货物或者秘密藏起来的珠宝；它也可能是一块地皮或者一个人，比如爱情故事里的三角恋爱；它甚至可能是人物自身的生存：或许是"一山不容二虎"。无论它是什么，它闪耀到足够让人如饥似渴地追求、不顾一切地争斗。

✕ 请牢记
　　故事中的金子就是一切。它对叙事有重要的价值。

📖 案例研究：麦高芬（*the MacGuffin*）

　　阿尔弗雷德·希区柯克在其电影里对金子这个概念有个有趣的解读，他称之为"麦高芬"。希区柯克在同法国电影导演弗朗索瓦·特吕福的一系列对话中解释了"麦高芬"，此访谈录在 1978 年出版，其间他谈及了拉迪亚德·吉卜林。希区柯克说，吉卜林的故事以印度为背景，涉及阿富汗边界上的小冲突，通常是关于间谍及盗取机密计划的阴谋。希区柯克说他对这个观点稍加修改，用于自己的作品中，并给它取了一个名字——"麦高芬"。

　　希区柯克的作品中，麦高芬涵盖了各种类型的活动，例如机密计划盗取或政府机密交易。它可以是任意一份证据，例如间谍或政府特工都在追寻的缩微胶卷或盗取的计划。但实际上希区柯克常说，作为一位叙述者，对他而言麦高芬是什么都无所谓，其实麦高芬无关紧要。一个如此得力的工具被形容为"无关紧要"，听起来似乎很奇怪，这可不只是为情节所找的托词，其目的是推动情节发展。它引发了追求和对抗，是主人公和对立角色之间竞争的原因。但应该这样说，尽管对作家和导演来说，麦高芬在故事中是什么远不如它推动情节发展的能力重要，但是它对故事中的人物来说却重要多了。人物需要相信它是至关重要的，并热烈追求它，这样故事才会向前进展。如果他们不相信或者不努力追求，那么故事将不会有任何进展。

但观众也不会对此太重视，也不会去思考根本无足轻重的东西，希区柯克通常直到电影结尾才使用麦高芬，《西北偏北》中他就是这样做的。将近故事的结尾时，主角罗杰·桑希尔和中情局行动负责人——观众之前甚至没听说过的一位教授——才进行了对话交流。我们不需要听这段对话。我们见证了桑希尔如何艰难地弄懂他所卷入的这起费解的事件。我们知道有一组间谍和一组政府特工，不过他不知道这些。他需要跟上进度，但是我们不必听到那位教授讲的话。对我们来说这会很无聊，所以希区柯克准许我们看到两个男人快速穿过跑道、赶上飞机，此过程中他们的交谈被飞机引擎声淹没。结尾时，两人的对话又能听到了，桑希尔问反面人物菲利普·旺达姆做了什么以及为什么抓他，教授回答说旺达姆是做进出口贸易的，他出口的是政府机密，意思是他是间谍；教授还说，旺达姆不知用了何种方式，即将把最高机密出口到国外去。麦高芬仍在我们眼前晃来荡去。

在这之后，桑希尔发现他爱上的那名女子——迷人的卧底金发女郎伊芙·肯德尔——在为这位教授工作，并且因为他而陷入险境，他同意参与保护她的计划。在一次筹划好的会议上，他在拥挤的小餐馆中激怒伊芙，她开枪打了他（是空弹）。桑希尔认为她现在安全了，他们能在一起了，但是他发现她即将随旺达姆离开国境，并且是他的行为加速了这件事的发生，因为她现在因谋杀被通缉，他挣脱了教授，跑去救她。他抵达了旺达姆和伊芙所在的房子，他们正等待飞机带他们离开国境。伊芙正在楼上的房间收拾行李；在设法吸引她注意力的过程中，桑希尔无意中听到了旺达姆和他的助理在谈论伊芙。他们看穿了教授的密谋，发现她是为中情局工作的特工，他们准备带她上飞机，然后"从高空"解决掉这个问题。与此同时，桑希尔也发现间谍偷的政府机密藏在之前拍卖会上买的一尊古董雕塑里。那一瞬间，麦高芬既被揭示出来了，又变得无关紧要了。我们知道它是什么了，但是不管对桑希尔、伊芙还是这个故事来说，它都不是最重要的了。通过将故事推动到这个位置，它完成了自己的工作。

的确，麦高芬对间谍来说仍然重要。他们仍然专注于如何把缩微胶卷搞到国外去，这对伊芙和桑希尔很重要；他们试图抢走它，然后逃跑，但是对观众来说已经不重要了。告诉观众麦高芬是什么，能够让他们集中注意在对他们而言真正重要的事上去：桑希尔和肯德尔的爱情故事。现在，随着麦高芬渐渐消逝，真正重要的危急关头到了。从这一刻开始，故事的问题是，桑希尔会将伊芙从恶魔般的旺达姆手中救出吗？结尾时他们会在一起吗？故事的剩余部分包含了一组真正的希区柯克式镜头，以拉什莫尔山上的美国总统雕像间的追逐和搏斗结束，之后是火车进入隧道之时恋人间的最后一次拥抱——一个典型的希区柯克式闹剧。希区柯克麦高芬的另一个关键是，它总是需要真实和简单。在《西北偏北》中，它是装着缩微胶卷的矮胖古董塑像。在希区柯克1935年的电影《三十九级台阶》里，麦高芬是一个男人脑袋里的内容。歌舞杂耍戏院的表演者记忆先生记住了秘密，这个秘密将被间谍头目带到国外去。1978年版的那部电影说明了麦高芬相对而言有多无足轻重，其中"三十九级台阶"改成了通往大本钟顶部的一组台阶，但故事情节并没损失，并且在约翰·巴肯原版的惊悚小说里，它只是通往间谍抛锚的沙滩的木造码头台阶数。

　　每当他和他的作家们发现创建的麦高芬过于复杂了，都会撤回然后再简化。在完善电影剧本《美人计》时就发生过这样的事。希区柯克和作家本·赫克特以一个复杂的麦高芬作为开始，其中涉及政府官员、警察特工以及南美训练营中正被编入敌军的德国难民。由于作家和导演无法确定余下的故事里如何处理军队，所以他们弃了军队，选择了可控的、确定的、视觉上的麦高芬——藏在红酒瓶中的铀样品。

↘ 关键点

所有情节都需要人或物的驱动。人物所追寻的"黄金"或者"麦高芬"就是情节驱动因素；它驱使着人物，驱动着故事。通常它"是什么"不如它"做了什么"重要。

⊃ 试一试

在你正在写或想写的故事中，思考可以如何使用麦高芬。让你的麦高芬成为两个人物都想要的物品或者人，而且它能使两人彼此对立。写三个场景，均以双方都渴望得到麦高芬为开始，但在第三个场景将近结尾时，他们才意识到它的微不足道，而他们的友情或者爱情才是真正重要的。

例如，人物想要一个现实的、有形的物品，如因赢了网球锦标赛获得的俱乐部徽章。但是，他实际上想要的是同龄人的尊重，他需要的是自尊。无论你使用什么手法，简单一些。用六百个词勾勒出你的构思：

» 场景一：确认他们对麦高芬的渴望。

» 场景二：他们得到了。

» 场景三：他们意识到自己真正想要的是什么以及对麦高芬的处理。

愚 人 金

与《俄狄浦斯王》这类故事中的真金相比，麦高芬是愚人金。俄狄浦斯发现危害底比斯城的瘟疫起因正是他本人，知悉自己应验了一生都在逃避的宿命，这才是真正的巨大金矿。你无法摒弃故事结尾时的这种真金。该戏剧中的这一刻也凸显了这样的十八开黄金和麦高芬式的情节手法之间的差别。后者作为情节驱动因素起作用，但又与人物追寻事实真相时产生的驱动力不同；事实对人物来说深刻而意义重大。俄狄浦斯揭露的不是用后即丢弃的麦高芬，而是一个关于自身、人格以及人生的深沉又具谴责性的真相。这个真相给他及所爱之人都带来了极度的痛苦与折磨，但揭露真相这一行为却给予他所处的社会以情感宣泄式的净化。索福克勒斯不会在戏剧结尾之前抛弃它。它就是一切：它就是这部戏剧。

或许，这就是希区柯克的电影逊色于《俄狄浦斯王》《李尔王》《哈姆雷特》和《傲慢与偏见》这类作品的根本原因。这些作品感兴趣的是人类灵魂中的金子，它们流传的是人类心灵和生活的深刻性。希区柯克电影的娱乐效果一流，但终归没有教给我们多少关于人性以及如何成为人的东西。

✖ 请牢记 ⋯⋯⋯⋯⋯⋯⋯⋯⋯⋯⋯⋯⋯⋯⋯⋯⋯⋯⋯⋯⋯⋯⋯⋯⋯⋯⋯⋯

　　麦高芬是一种手段，不是深刻的真相——它是愚人金——但是作为情节手法，它的实用性极强。

⋯⋯⋯⋯⋯⋯⋯⋯⋯⋯⋯⋯⋯⋯⋯⋯⋯⋯⋯⋯⋯⋯⋯⋯⋯⋯⋯⋯⋯⋯⋯⋯⋯

灾　　祸

　　不论你的故事中最终的"金子"是什么，灾祸必须作为主人公与对立角色对峙的结果出现。如果故事中的主要人物都赢得了首个挑战，都战胜了首个阻碍或者跟危险的首次对峙都胜利了，那么危险纯属轻描淡写，故事也就完结了；这也就不是真正的灾祸了。除非这个危险对他们来说是一个真正的且持续的威胁，否则就太脆弱无力了。每个挑战都必须跟灾祸交锋；危险、威胁或严重危机还不够，必须要有失败，这样才能赋予人物新的目的和新的行为。这个灾祸不必非得是世界末日，尽管对涉及的人物来说似乎有这样的可能。它也不是简单的目标溃败。通常，结果是全新的、完全无法预测的。对峙之后，主角频繁陷入比最初更糟糕的困境之中。生活变得更糟糕，他不得不更努力地争取自己想要的东西。这会一直持续到故事结尾，持续到成功最终到来那一刻，解决了重要的问题，拿到了金子。

目的引发行为

主要人物——主人公——为实现目的采取行动，遇到的重大阻碍便是他的对手——对立角色，这个人也在采取行动实现他或她的目的。从对峙中产生了冲突和灾祸；主人公为了再次尝试，不得不做出回应并战胜灾祸。这就是故事发展变化的方式。

📖 **案例研究：战胜灾祸** ···

《星球大战》以巨型战舰越过屏幕这一激动人心的画面开幕，然后带我们进入一场正在进行的战斗中。卢克·天行者开场时并未出现——他正在叔叔的农场干活——但当卢克听到莱娅公主绝望的请求并且决定要赶去帮助她时，故事才真正开始。这引领他走上了真正的命运之路——成为绝地武士，与以达思·韦德为典型代表的邪恶作斗争。在探索过程中，他面对着重重考验和挫折，与无时不在的灾祸和终极毁灭带来的威胁对抗；这些考验和挫折也驱使他走向胜利。他并未因此而退却，这让他成了英雄。

索福克勒斯的《俄狄浦斯王》中，瘟疫是底比斯城里的浩劫。在宙斯的一位祭司的带领下，城里的居民乞求俄狄浦斯王找出瘟疫的起因。俄狄浦斯告诉他们，他已经派妻弟克瑞翁去德尔斐向神请示为什么这座城市饱受瘟疫之苦。神谕很快便传回，瘟疫横扫这座城市，是因为它窝藏杀害老国王拉伊俄斯的凶手。只有找到杀人者并将他驱逐出去，这座城市才能免除罪过。俄狄浦斯发誓要找到杀人凶手，拯救这座城市。所有这些事——俄狄浦斯接受了他的目的并全身心投入——都发生在故事早期阶段。然而，在整个历程中，他将受到严苛的挑战，直至对他人格的终极考验来临，使其经受最大的一个灾祸——发现自己才是杀害老国王的凶手，因而也发现危害这座城市的灾难起因。他战胜了每个阻碍，并没有因其可怕后果而畏缩，这使得俄狄浦斯成为一位真正值得赞扬的悲剧人物。

✕ 请牢记

　　中心人物在面对自身、所爱之人或者他们的名誉、信誉存在的危险时，忠于一个目的。无论他们珍视或者追寻的"金子"是什么，在一段时间里，灾祸将是他们唯一的回报。需要这样，因为灾祸是他们成功的"另一面"。灾祸是对他们获得成功的鞭策，为使他们保持兴致必须这样做，但最终即使是这样的成功也必须引发新的问题和阻碍，这就是持续推动故事进展的动力。

➥ 关键点

你的主角历经故事中一个个事件的过程不能那么轻而易举。他或她不能首次尝试就得到了自己想要或渴望的东西。他们必须品尝失败的滋味，否则故事将不复存在。目的 / 阻碍 / 行为公式创造了冲突，冲突的结果必须是灾祸，直至主角在结尾时大获全胜。

营造紧张气氛

你还记得我们在第二章中探讨过的构思吗？

一个四十岁的女人在后花园清理花棚、寻找花园躺椅的时候，发现一窝狐狸住在花棚里。

让我们通过嵌入阻碍和可能的灾祸来给情节增加些紧张气氛。

➲ 试一试

给这个女人写下一些阻碍和可能的灾祸，例如：

» 花棚很小并且堆满了垃圾。

» 她没办法挤进去接近狐狸。

» 她没办法让狐狸出来。

» 狐狸保护着幼崽。

» 女人的狗知道那里有狐狸，想要靠近。

» 女人孤零零地在乡下，周围没有其他人。

» 当她打电话叫兽医时，兽医不在。

» 她没法接受援助。

» 被吵闹吸引，女人的孩子从房里出来了。

现在，再多写一些阻碍。写完之后，再增添女人可能采取的行动，例如：

» 她试图将狐狸从花棚里哄诱出来。

» 她朝它挥着手臂，想要把它轰走。

» 她把狗拉回房间里了。

» 她又给兽医打了一次电话。

» 兽医警告她让狗远离狐狸，自己也要躲开它。

» 她的狗很好奇，想要进入花棚。

» 狗满花园追着狐狸跑。

» 她试图设陷阱捕捉狐狸。

» 她试图给狐狸下药。

最后，再加一些灾祸，例如：

» 狐狸用牙把她的胳膊钳得死死的，她挣扎着从它口中脱身。

» 当她把狐狸甩掉之后，发现它撕下了一块肉。

>> 狐狸咬了狗。

>> 狗和狐狸扭打起来。

>> 狐狸咬了她的孩子。

>> 狐狸跑到了女人房子里（孩子没关上门）。

>> 女人没力气把她自己、她的狗还有孩子弄到车上去。

>> 她把被咬的狗和孩子放到车里，但是车启动不了。

>> 她对咬伤有了速发反应，然后晕倒了。

这个列表通过快速的头脑风暴产生。除了从脑中冒出的顺序之外，它们没有任何其他顺序。你有什么灵感？现在，将列出的阻碍、行为和灾祸来回移动，使它们以你觉得"最佳"的故事顺序出现。例如，问问自己如果她被咬了之后会发生什么？如果狐狸和狗打起来了或者狗追着狐狸满花园地跑，你会觉得有戏剧性吗？如果你想到了梯子这个概念，那么将会帮你以不那么戏剧性的附带事件开始，然后经过一连串步骤，渐进到最戏剧化的结局。一旦完成，你就有了一系列详尽的、不断升级的对峙。这将构成你可能据此梗概撰写的故事的很大一部分。

如果我们利用梯子形象地展现对峙过程，可得如图表9.1 的示意图。

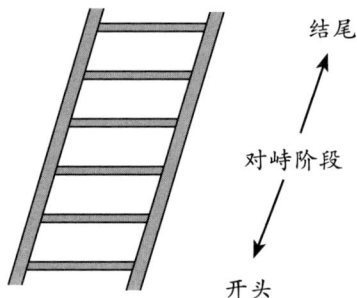

图表 9.1　对峙过程

我们从中学到了什么？

起 始 行 动

　　就故事而言，叙事逐渐增强的部分通常被称为起始行动阶段。这种术语会打消想成为作家的人的热情。它听起来太专业了。我们更早的时候借助情节梯探索过这个概念，而避免使用专业术语，这就是原因所在。但是现在正是时候，去详细地问问起始行动是什么。如何写"起始行动"？行动是行动，它如何起始呢？如果将起始行动类比成爬山、爬梯子或爬楼梯这类简单行为，并不难把握。

　　简单地说，走路是行为，向山上走是爬或上升；将它们放到一起就得到了起始（上升）行动。梯子横档上的每一步都会带你向上一些，这就是起始行动。

如你所见，这并不是一个困难的概念，现在将其与危险和灾祸的概念结合到一起也是有可能的。梯子是为攀登高峰而设计的，你爬得越高，它就不可避免地越险峻。因此，在底部爬梯子时容易些，顶部难一些。站在梯子的顶部也比底部更危险一些，如图表 9.2 所示：

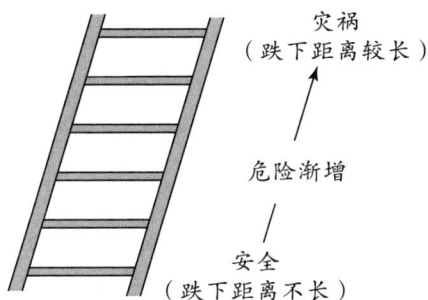

灾祸
（跌下距离较长）

危险渐增

安全
（跌下距离不长）

图表 9.2 起始行动

从梯子的底部横档跌下去，很可能会扭了脚踝，但除去特殊情况，十有八九没有从顶端摔下来严重。从顶端摔下危险更大。梯子越高，摔伤的危险就越大。在坡度很陡甚至直上直下的梯子顶部却无风险，那是难上加难。

↳ **关键点** ··

故事需要一步步地朝着顶峰攀升。如果故事不攀升，都是在同一水平面上进展，那么趣味也不会增加。故事趣味的增加和可能的危险正是吸引读者、使其持续阅读的动力。

起始行动如何写就

但是如何成功完成呢？首先，选择一位有想望、需要或者渴求的人物。对目标的渴望将成为故事的驱动因素。然后完全按照前面章节练习中的方式构造一个情节梯：提供一系列目标、阻碍和行为，提高紧张度、难度或者主人公的代价，因而也确保了故事攀升过程中危险度的增加。攀升是一连串千差万别的目的/阻碍/行为/灾祸/回应序列的终点；无非是一步步向上直至抵达巅峰。作者完成通往顶峰的愈发困难的攀爬的过程，通常称为"增加风险"。

增 加 风 险

通过使主角的抗争更为艰难、更具考验——增加风险，实现情节和故事的向上攀升。首先，开始步伐要小，随着故事进展，你的主角必须变得比之前更深入、更具创造力、更勇敢或者更坚定；一切都在升级。这消耗了主角更多精力、更多自我，需要更多角色投入；这些都需要更多。再以女人和狐狸为例思考一下。比方说，她一开始做的小事不过是让门开着，试图将狐狸轰出去。失败之后，她变换策略，砰砰敲打花棚边缘，试图把狐狸和幼崽赶出去。但狐狸幼崽太小了不能跑，雌狐坚守阵地，女人采取了更强的战术。所费气力在升级，风险也在升级，直至狐狸反击，咬了她或者她的狗。

面临阻碍，女人——实际上任何男女主角——可以拒绝继续下去。作为对困难的回应，他们的行为或许会持续片刻，但为了故事的继续进行，他们必须继续攀爬，一步步、一个个横档地沿着情节梯向上爬，直到顶端。如果他们停止了，故事也就中断了。这就是为什么你需要一个坚定的主角推动故事前行。

✘ 请牢记

故事的进展就像爬梯子；解决一个个新的阻碍，带着主角攀爬得越来越高，去实现目标。如果你没能使这一步步对人物来说变得愈加困难、棘手、有挑战，没能创造一个"不择手段"的坚定人物，那么你的故事就有停顿的风险。攀爬过程只有到顶端才能停下。如果到了高原或平台，喘息也只能是暂时的，前行和向上的攀爬不得不继续。

➲ 试一试

构想一个人物，给这个人物一个目的，例如：

» 结婚

　　» 找份新工作

　　» 赢得一份新合同

　　» 成为主席

　　现在看看下面的一系列行为，确定如何利用这些行为通过一系列步骤使剧情升级，实现你自己选定的目标。确定哪个行为在首、哪个行为在末，将其他的按顺序列于二者之间。为此，首先找出最不起眼的一步，然后向上攀爬，从最小的事开始，然后逐渐变大，最后以最大的事件结束。这样你就创作出了一部戏。例如，如果你想用小事开端，你是会选"撞车"还是"理发"呢？

» 感觉不适	» 在网上查一个地址
» 绊倒	» 失声
» 丢失了贵重物品	» 与一位朋友来往
» 丢失了重要文件	» 被绑架
» 撞车	» 爬墙
» 头痛	» 被警察逮捕
» 没记住一位重要的人的名字	» 站在桌子上
» 丢钱	» 砸窗户
» 被某个人攻击	» 碰上房门上锁
» 剪了头发	» 失去所有朋友
» 砸碎了看书用的老花镜	» 激怒父亲
» 找到一幅地图	» 被警察追赶
» 打电话	

➷ 关键点

当你写故事时，让开始时的阻碍比结尾时的更容易解决一些。将真正困难的任务留到攀爬将近结束时，让你的人物去面对，这样他或她付出的代价将会更大，给读者或观众营造的气氛更为紧张。这样你就是在创设起始行动，并且是通过增加风险来完成的。

✄ 请牢记

在故事情节梯上爬得越高，你的人物面临的风险越大。为了抵达故事最精彩的部分，必须提高风险。就像是梯子或者楼梯，故事中每一个后续步骤或阶段，必须比之前的更陡、更费力。这意味着对主人公的素质要求更高，对目标实现也更为坚定；这就是攀爬的精髓所在；这就是《俄狄浦斯王》的精髓所在。

📖 案例研究：增加风险

尽管俄狄浦斯和卢克·天行者自己不知道，但他们的结局早已命中注定。戏剧初期，俄狄浦斯就被告知他是谋杀拉伊俄斯的人。他第一次听到时对此感到不屑，认为是他的妻弟克瑞翁要篡夺王位的阴谋。对真相的拒绝是故事发展的必要步骤。戏剧结尾时，步骤变得意义重大，俄狄浦斯将知晓事实真相。

《星球大战三部曲》结尾时，卢克·天行者发现了可怕的真相，他的敌人达思·韦德是他的父亲，并且想要将他拉拢到黑暗势力阵营。这些人物都站在浩瀚黑暗的深渊边缘。

俄狄浦斯接受不了在戏剧初期就被告知的事实。在那个阶段，这是一小步；必须这样，否则故事就会突然陷入过大的危机中，就此结束。并且，真相不会让他付出代价，他的人格也得不到发展。不论是出于角色本身的考量还是为了整部戏剧，他都不得不拒绝这一真相。这一拒绝里蕴含着人物能量和故事能量，促进并刺激人物做出更大努力。风险加大，问题加重，他也在梯子上更上了一步。如果他老早就接受了真相，他就会有解决问题的办法。这对他来说将成为意义不大的很小一步，不费吹灰之力就能得到。真相让他付出了惨痛代价，这才使其变得真正宝贵起来。早早获悉事实真相，就没有其他可以发现的东西了；一切都会停下来。因为给了他真相，但他不相信，然后探索才得以继续。

↘ 关键点

你的人物必须善于拒绝接受真相，或者为了可信度，以令人信服的方式做出之后会被证实是错误的选择。

你这位作者必须足够机智，为人物找到新颖别致的选择。当真相呈现在眼前，你的人物得屏蔽它或是做出错误的选择，但要以一种令我们信服的方式。这样，你就能让情节持续向前，让紧张度持续增强。不要让一切渐渐陷入停滞。让情节持续向前，让必要的行动艰难且费力，让你的人物坚定如一。这是情节设计成功的关键。

下 降 行 动

就像我们之前了解到的，行动到达顶峰之前一直在升级。顶峰即它的最高点，是至关紧要、最为危险的地方，恰好位于顶部的行动不再上升的那个点，这个点被称为高潮。这一点之后行动便会下降。下降行动似乎明显到不必解释，但它是该过程中此部分的名字。持续攀爬时，行动在上升；当它趋于稳定或开始下降，行动便不升反降。下降行动这个术语因此而来。下降行动不是骤降，不是从高耸的峭壁跃下，而是逐渐下降，注意到这一点也尤为重要。

✖ **请牢记** ....

从梯子上下来时，你也得和上梯子时一样谨慎小心；故事中也是如此。下降也得和上升一样小心翼翼地应对。你也不想在故事的这个阶段一头栽下去或者突然垮

掉。下降的过程中，你需要和上升过程中一样谨慎地构
建步骤。

行为和回应

上升或下降行动阶段并不是无休止的疯狂活跃状态。
攀升至顶端以及从上面下来的过程中，行动并不平稳。行
动总体上由活跃的小高峰和沉静的小低谷组成。用示意图
来表示的话，它们就像是海上的波浪。上升和下降运动如
图表 9.3 所示。

图表 9.3　上升和下降运动

这一模式是由行为和回应构成的。因为不论上升还是
下降阶段，都会有紧张的行为，但也有必不可少的、紧张
氛围略弱的回应阶段。

正如我们所知，影响是原因的结果。在故事中，当人
物做了动作或者说了话，就对其他人物或者自身乃至自然
现象造成了影响。不仅会有结果和影响，通常也存在回应；
跟你推一个东西或人是一样的，他们或是跌倒，或是反推
回来。故事中行为和回应这个模式来自我们写作中的因果

结构：甲做了某件事，乙做出某件事来回应。然而，乙做出某件事来回应之前，经常有一段审慎思考，之后决定采取新的行动。做完了决定，乙采取行动。然后甲再以一个行为来回应，依此类推。这样故事就能发展出一种跟划船差不多的推拉运动。我们推动船桨，然后为了能再划一次，要将船桨拉回；它是一个划 —— 暂停 —— 划的运动，推动船前行。就像船在水上行进的方式一样，行为和回应法推动着故事进展。

✖ 请牢记

> 回应可以是一个时刻、一句对话或者整个场景。但行为和回应模式对场景和故事的结构来讲极其重要，是从因和果的概念中自然流淌出来的。攀爬过程可描述为：步骤 —— 回应 —— 步骤 —— 回应 —— 步骤……

回　应

每个对峙和灾祸之后，人物都需要回应和思考。人物的回应符合你的设定，这一点至关重要，就是说，回应必须始终是符合人物实际情况的言语或行为。如果不是，就会有损人物和故事的可信度。忒瑞西阿斯告诉俄狄浦斯，俄狄浦斯就是他自己在找的杀害国王的人，并且他和他最爱的那些人生活在羞耻之中，俄狄浦斯以他典型的愤怒回应。他对这个老盲人百般辱骂，指责其参与了妻弟篡夺他王位的阴谋。这愤怒很典型，它向我们指出了俄狄浦斯为何会一时震怒，同在路上遇到的怒汉扭打起来并将其杀害。事实证明，当他杀害了老国王拉伊俄斯——他的父亲时，确实是这样的。我们看到，这两个行为体现出的人物性格一致。这有助于保持故事的可信度和完整度。

现在该怎么办

故事中的回应阶段我们称其为"现在该怎么办"阶段。人物经历了困难并存活下来，现在正跟一个需要战胜的新问题对峙。人物通常会自己思考或者向别人请教，这使新想法得以表达。可能一群人会争论，但为了情节继续推进，他们必须达成一致决定；这个决定会是采取新的行动去克服新的难题。这就使得同一模式开始重复：目的 / 阻碍 / 行为，引发冲突，造成新的灾祸，反过来又需要对其回应并克服。

回应阶段等同于攀爬过程中的暂停，这里攀爬者可能到达了某一点，克服了一系列阻碍，遇到了另一个大的阻碍，例如需要绕过去的悬垂物。为了喘口气或者查看攀升过程，看看他们已经爬了多高，还有多高没有爬，攀爬者在短暂停留、回应以及判断的阶段过后，做出了如何实现目标的计划。随后，他们志在必得，再次出发。

↘ 关键点

情节构建起来或许会有困难，但是理解它是如何发挥作用的并不难。情节背后的理论是机械呆板的。情节设计就像是攀登 —— 从普通的人类活动中抽取出的行为。

让我们重拾 B 级电影的公式 —— 谁想要什么？为什么得不到？ —— 利用这些概念来写作吧。

我们将利用上面的句子结构创造一个人物：

» 谁？朱莉。

» 想要什么？成为学生会主席。

» 为什么她得不到？因为她对此尚不了解，没有经验，没有竞选团队，没有真实信息，而且一无所长。她腼腆、胆怯，讨厌公众演讲，并且之前在社交网站上发布过不甚体面的照片。此外，她的对手经验丰富且不择手段，会毫不犹豫地用任何手段对付她。

让我们用目的 / 阻碍 / 行为公式重述一遍：

» 人物：朱莉·沃尔什，学生。

» 目的：成为学生会主席。

为什么朱莉想成为学生会主席？她的动机为何？她决定参选的时候或许喝醉了。她想要：

» 有影响。

» 从政。

» 交男朋友。

» 给她爸爸看看她可以有所作为。

阻碍：

» 她对此尚不了解，没有经验，没有竞选团队，没有
信息。

» 她没有竞选的资本。

» 她腼腆、胆怯，讨厌公众演讲。

» 她之前在社交网站上发布过自己不甚体面的照片。

» 她的对手经验丰富又残酷无情。

为了进一步扩展，朱莉的行为需要确定下来，她的目
标还需要更为明确的阻碍。她需要：

» 和学生会的人聊一聊。

» 登录网站看看学生会处理的都是什么问题。

» 找到预算报告并阅读。

» 跟其他大学的朋友聊一聊，看看能把什么好想法引入
她的大学。

» 写一份竞选宣言。

» 创建竞选社交网站。

她需要弄清楚：

» 她可以从哪里获得竞选资源。

» 她能否利用邮寄名单,从哪里获取。

» 哪里有制作徽章的机器。

» 是否有一家愿意跟她达成交易的本地 T 恤公司。

» 她可以从哪里弄到制作横幅的布料。

她需要知道:

» 所有竞选材料都需要经过选举监察人的批准。

» 所有的横幅、海报或视频都需要委员会的批准。

» 大学俱乐部或社团会保持中立。

» 这并不仅仅是一个受欢迎度竞赛。

» 她不能只是让朋友为自己投票。

» 大致有两千五百张选票,她如何接触到选举人。

她需要:

» 克服她长期以来不能在公众场合发言的弱点。

» 有在讲座和研讨会上站起来发言的勇气。

» 认识到根本没有"合适的人"这一说法。

» 认识到她和其他人一样优秀。

» 相信自己,相信自己这份让学生们的生活更美好的
热情。

让我们创建一些故事步骤:

» 目的:让全体学生都对她更了解。

» 阻碍:她不知道如何做。

» 行为:她向朋友请教;他们或者一无所知,或者毫无

兴趣。

» 结果：灾祸 —— 她比自己想象中的更糟糕，因为她现在知道了自己何等无知，甚至她的朋友都不想帮她。

» 回应：她自怨自艾，考虑放弃，但是意识到她不能。为什么不能放弃？因为如果她放弃了，故事也就完结了。她必须继续，战胜这些阻碍以及她将面临的其他阻碍。

因此，下一步：

» 目的：给自己找一位竞选经理。

» 阻碍：她应该找谁？她没有一个朋友愿意，她也不认识任何人。

» 行为：你想一个。

» 结果：并非所有结果都是灾祸 —— 有些会是成功，它们会鼓励或者进一步揭示先前未知的阻碍。

» 回应：……

⊃ 试一试

继续扩展这个序列。你大概会需要针对"加入学生会的要求"做些调查，调查之后，看看你能将这个序列扩展到多远；当你到达故事的最高点时，制定一个包括下降行为在内的故事大纲。

或者另选一个人物，给他们一个目的，并考虑阻碍和行为，制定一个故事大纲。

❤ **聚焦点**

1. 所有故事的核心位置都应该有"金子"。

2. "金子"是驱使人物去追求目标的情节驱动因素。

3. 故事需要起始行动和下降行动进行扩展。

4. 行为／回应模式对故事极其重要。

5. 灾祸在一切故事中都可能会是危机，不仅仅是灾难电影，但有些故事步骤引发灾祸，一些却带来了成功，即使是暂时的成功，转而又揭示出新的问题和阻碍。

☞ **下一步**

下一章，我们将思考故事中的四个重要阶段：交代、纠葛、高潮和冲突解开，探讨它们如何帮助你编排故事。

第十章

故事的四个阶段

你将从本章学习以下内容：

- ➤ 如何分辨故事的模式
- ➤ 故事的四个阶段——交代、纠葛、高潮和冲突解开
- ➤ 故事中每个阶段的重要性

故 事 模 式

当我们绘制图表来说明选举中的投票率或经济增长时，通常使用几何形状，如三角形、矩形、圆形或正方形。图表能够表现很难用语言描述的概念。例如，我们可以用饼状图中各部分来表示投票者的偏好（图表 10.1）。

图表 10.1　饼状图

这有助于我们理解意见模式、选举的投票组成。

几乎所有东西都能绘制成图表。流程图被用于阐释丰

富多样的话题，从马斯洛心理学上的需求层次金字塔，到
SWOT 分析——让你弄清一个项目的优势、劣势、机会和
威胁，还有为流程、项目规划、"头脑风暴"和"跳脱思
考"绘制的图表。

　　图表的使用也是学科交叉的很好体现。几何图形的使
用表明了我们如何借用人类探索的一个领域的知识来增进
对另一个领域的理解。图表非"概念"，但是它们能帮助我
们形成概念，是描述概念的实用工具。它们有助于体现观
点。可以说，它们将无形的变得有形。

　　作家和评论家常常使用图表（尤其是三角形）阐释情节
和故事模式。三角形的使用很有意思。这本书前面的部分，
我们借助梯子来说明有关结构的一些要点。自力支撑的梯子
立在地上，通常是水平地面。它们也可以倚靠在竖直的物体
上，例如墙、柱子或者树。它们也可以自带折叠起来的支撑
腿。如果我们把水平地面和竖直的墙画进去，可得下图：

图表 10.2

　　这构成了一个三角形，其中地面、墙和梯子是三条边。

　　这本书不是讲几何学或三角学的，展示这些三角形的理由不久就会明了，但现在，让我们看一下三种主要类型的三角形。

　　我们用梯子、墙壁和地面构成的三角形与这些故事图表有一些共同特点。当然，差异也是有的。

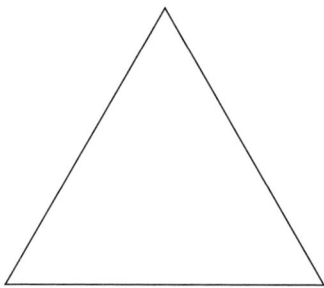

图表 10.3　等边三角形：三条边相等，三个角相等

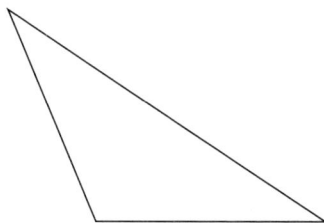

图表 10.4　等腰三角形：两条边相等，两个角相等

图表 10.5　不规则三角形：三条边均不相等，三个角均不相等

　　我们先前接触到了下降行动。这是故事中的下降阶段，跟在以起始行动为典型特征的上升阶段之后。下降行动自故事达到高潮、巅峰开始走上下行的路。上升和下降行动这两个阶段可视为三角形的两条边，而高潮在三角形的顶点。

　　然而，攀爬梯子毕竟跟写故事和读故事不同。通常从梯子上下来的唯一方式，除去摔下来，就是原路折返。故事与此不同。故事中，实际上你并不会读到某一点，然后再一个一个词地倒着读回到首页的首词，就像是重新回到了实际的地面。对阅读而言，你要继续往前读，翻过更多页的文字后，结尾就摆在了你面前。

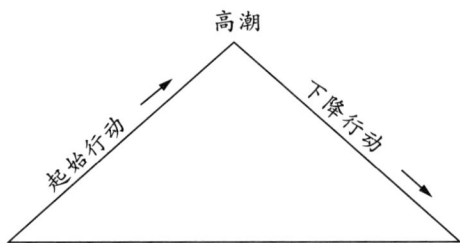

图表 10.6　起始行动、下降行动

　　但梯子这个类比不必现在就打破。描述下降行动阶段的梯子图，画面将会是爬上梯子然后从另一部梯子爬下或者从房子的楼梯下来。直观地展示出来，看起来如下图。

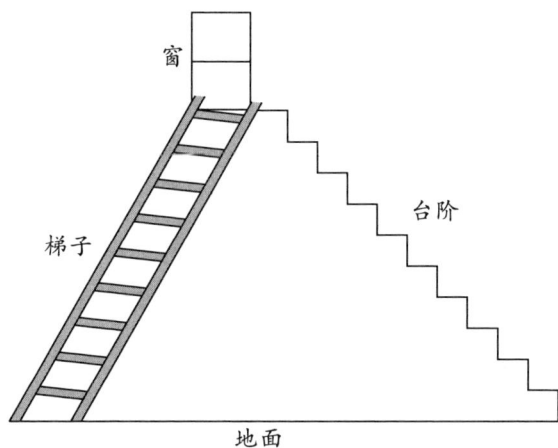

图表 10.7　下降行动

这也构成了一个三角形，若我们要简化它的形状，会看起来如下：

图表 10.8

将这幅图视为故事的模式图，同样的等边三角形将会如下标记：

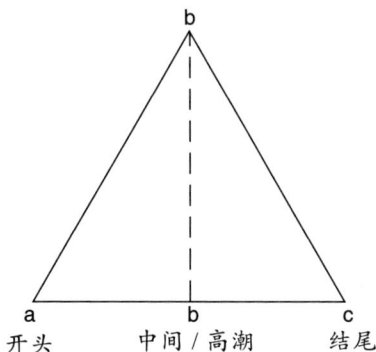

图表 10.9

　　我们的故事沿着 ac 轴进展，从 a 点（该故事的首词）经过高潮 b 点，在 c 点结局（该故事的最后一词）。

　　这个简单的三角形跟其他众多的写作书上提出的故事形式图并没有差十万八千里；它同弗赖塔格金字塔 —— 极有可能是此类图表的开创者 —— 惊人相似。

弗赖塔格金字塔

　　古斯塔夫·弗赖塔格是十九世纪中期德国的一位小说家、剧作家，他提出了五幕剧分析法，成书《戏剧技巧》（1863）出版。

　　弗赖塔格认真查阅了包括希腊、德国和莎士比亚戏剧在内的许多作品，从中获取构造上的想法，这些想法如今仍然很有价值，在创意写作书中也被普遍提及，尽管大家说它们早在十九世纪末就过时了。他的想法经常用图表概述，被称为弗赖塔格金字塔或弗赖塔格三角。在他的书中，弗赖塔格认为一部戏剧有两部分行动，如果用图表表示，是一个"金字塔结构"。标题为"戏剧的构造"的这一章中就包含下面的三角形：

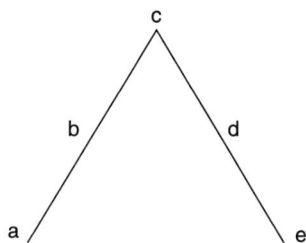

图表 10.10　弗赖塔格三角

他的三角与我们创造的梯子三角展现出惊人的相似性，但不一样的是它有五点标记。他的观点是，戏剧的行为从 a 点的开场起始，上升到 c 点的高潮，从这一点开始下降到 e 点的结局。这相当于开头、中部和结尾。他说，这三部分之间是 b 发展和 d 回落。这五个点在他的金字塔上显示为：

a. 开场

b. 发展

c. 高潮

d. 回落

e. 结局

　　每个故事都需从头开始：弗赖塔格说故事需要开场，并列举了希腊悲剧中开场白和歌队的例子。如今，除了利用开场白或者歌队，我们还有开启故事的其他方法，但开启故事的需要并未消失。故事需要从某一处开启：它需要有一个开始，这不容争辩。亚里士多德在他的著作《诗学》中说，开始不必从其他事物中产生，但它必须促使其他事物产生，也就是说，开始之前什么都没有，否则那将成为开始。现代词汇将故事的开始部分称为交代。一旦故事开始，它就要通往某处，需要发散，需要通过一连串能引发兴致的步骤。故事的这个部分常被称作纠葛或者对峙阶段。开幕行为一经引入总能以种种方式变得复杂。纠葛的阶段会一直持续到故事高潮，高潮之后行为回落到结尾，故事的结尾部分被弗赖塔格称为结局，现在常常称其为结局或者冲突解开。

↘ **关键点** ....

　　故事结构布局或构建的常见方式有四个主要阶段：交代 —— 纠葛 —— 高潮 —— 冲突解开。

....

　　弗赖塔格将故事分为两部分：上升和下降行动。在抵

达顶峰之前，事件或行为的发生必须使故事上升，下降行
动则使故事再次下落。弗赖塔格的其他概念中，开场对应
故事的开头，结局对应冲突解开，尽管结局还跟灾祸呼应。
相对应的这些概念我们在之前章节已讨论过。

　　弗赖塔格三角极具影响力，在书中和网络上都广泛再
现。现行的版本跟他原始文稿中的插图有差别，通常是用
更加现代的名字标注的，如下：

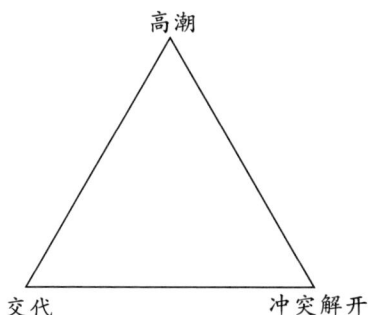

图表 10.11　弗赖塔格三角中的交代、高潮和冲突解开

　　在继续谈论整体的故事模式之前，我们还需仔细研究
四个故事阶段——交代、纠葛、高潮和冲突解开——的更
多细节。

交　　代

　　什么是交代？初见时觉得它似乎与揭露这一行为类似，

或者跟大型公众展览相似。《钱伯斯二十一世纪大词典》告
诉我们交代是：

> a.（某一对象的）深入阐述或说明。
>
> b. 呈现这样的说明或者观点的行为。
>
> c. 一场大型展览。
>
> d. 音乐奏鸣曲、赋格曲等的一部分，主题体现在该
> 部分中。

这些定义未涵盖此术语在创意写作中的使用方式。在
故事开头确立观点很重要，但一部写得好的故事不会以详
细的说明开头。这是论文或者课堂惯常的开场方式，但故
事以人物或情境的详细说明开端，会有开局即令人生厌的
危险。在创意写作中，交代这一术语用于描述故事的一部
分，该部分为开启故事提供足够信息。这部分文字介绍主
要人物和戏剧化情境，该部分通常是在故事开始，尽管作
家们尝试过稍微延后引入这部分。此外，正如评论员指出
的，当我们通过人物对阻碍做出的行为和回应，来了解人
物及其处境时，大量的交代必然贯穿故事始终。

通常我们为故事开篇提供的建议是以一个场景开始。
建议"让你的读者径直投入到行动中去"，使你需要传达的
信息戏剧化，而非说给你的读者听。目标是让读者立即陷

入其中，在意识不到被填喂了信息的情况下，给他们提供人物、情境及所居世界的必要背景信息。

展示与讲述：在交代中的应用

练习对交代的处理时，从"展示与讲述"的角度来思考是个有效方法。刚开始上学的时候，孩子带来龟或兔子，展示给全班同学，给他们讲述一下，这里我们说的并不是这种展示与讲述。在创意写作中，展示和讲述的区别是最重要和实用的，有时也是最费解的概念。许多人立即就掌握了，其他人则觉得这概念难以理解。其实大可不必。

我们所说的展示和讲述可以视为想象和信息之间的区别、小说创作（给我们描述一条钻石项链）和戏剧创作（让我们亲眼看到钻石项链）之间的区别。

写作新手想要讲述、不想展示，因为讲述更自然、似乎更容易。构造渲染充分的戏剧化场景（展示）是个挑战，必须通过训练才能实现。写"西蒙和克莱尔爱他们的房子"，写一个或多个场景展示他们对自己房子的爱，让读者打心底里体会到西蒙和克莱尔对房子的爱，前者比后者简单多了。为此你需要运用更多技术要素；你需要能够营造氛围以及人物感、空间感；你需要有从感觉写起、处理对话以及戏剧性表现的能力。展示手法有更多要素，它是交代的理想手段。

⊃ 试一试 ···

看下这个故事开头："西蒙有种自卑情结。相比之下，加文极会跟女孩们相处。"这是叙述，是讲述。作者告诉我们两个男孩的情况以及他们跟女孩们的关系。这没什么问题，但如果你想让自己的故事以某个场景开篇，你会如何将这个开端搬上舞台呢，也就是你会如何展示它？

下面是一种可能：

"今晚我不行。"西蒙说，用毛巾遮住了自己。

"你必须去。你说过你会去的。斯泰茜也会在。"加文说，在镜子前大力地用毛巾擦干身体。

西蒙皮肤雪白、胸部光洁、肋骨嶙峋，而加文毛发旺盛、肌肉发达。西蒙的视线开始躲闪。考虑到他们年纪相当，为什么加文有如此旺盛的毛发和发达的肌肉呢？

"你喜欢她，不是吗？"加文说，"你不能让我失望。你必须得去，然后我就能和她朋友在一起了，肯定的。"

西蒙望着更衣室的地板，看着水顺着他光滑无毛的双腿流下来。

现在这是一个围绕行为、对话和描写展开的场景。向我们展示，而不是讲述。让我们反过来试一次。读下面一段围绕对话、行为和描写展开的戏剧场景的节选：

"你今晚会早早回来吗？"马克问。

玛丽戳着电视遥控器上的按钮。

"只是我们晚些时候还要去本和彭妮那里。"

屏幕突然活跃起来，是珠宝频道——这个节目她一直看到了凌晨。音量让马克直皱眉。

"他们上周邀请了我们，记得吗？"

戴有蓝宝石戒指的巨大的甲根角质和指甲盖充满屏幕，在卤素聚光灯的照射下，像一只刚订过婚的荧光蛆一样闪耀。

"什么时间？"马克移到了屏幕前。

玛丽盯着他的腿。

"我得让他们知道。"

玛丽伸手够手机和她的信用卡。

这里叙述了什么？要是你来讲述这件事，而不是展示它，你会写些什么？盖住下面的提示，将你自己的想法写下来——或许联想不止一种。

此练习中，可能的故事还有：

» 玛丽沉迷于电视购物。

» 玛丽的生活中失去了某些东西。

» 玛丽花钱成瘾了。

» 离婚已在酝酿之中。

你还想出了什么，用一两句话概括一下从马克的视角出发所见之事？如果你写的跟以上观点不同，也没关系。重点是让你看到，为使交代（信息和说明）活跃、有趣并且能向前推动故事，对话和行为是如何组合起来活跃场景、创造人物以及引入情境的。

✖ 请牢记

理想的交代并没有给我们讲述信息，而是展示给我们看。场景使我们陷入其中并使其戏剧化。但如果你不想要或者不需要在交代上花这么久，那么请迅速讲述出来，继续向下进行。

↘ 关键点

展示引人联想。它允许读者利用想象来诠释这个场景。读者喜欢主动地参与到阅读中。作者需要在讲述和展示之间轻松转变。这两种方式你都要做到，并且要知道什么时候去做、什么时候不做。

✘ 请牢记

写作是展示、讲述和忽视之间的平衡。不要忘了忽视；不要把一切都写进来；有许多不重要的细节都是可以省去的。当你写第一稿时，或许会将过多的信息或细节放进来，这是个不错的想法，因为你不知道什么会变得重要或者不重要。但是修改时，你需要对其删减和修整，聚焦于你真正需要的东西上，让场景、人物或者对话变得高效。

➲ 试一试

为看到作为交代的展示如何发挥作用，从下面这些句子中选择一句或多句，用它们写一个三百词的故事开幕场景：

» "迪基"让他的公寓远离一切已知的细菌。

» "爸爸查克"对喝口小酒"驱逐寒冷"极为钟爱。

» 看门人皮埃尔讨厌客人。

» 女警察安妮·梅里韦瑟害怕网上约会。

» 安吉·肖瞎得就跟没电的手电筒电池一般。

» 斯泰恩厌恶口臭。

✘ 请牢记

在读者无意识的情况下给他们提供必要的信息，这是对交代的很好运用；不好的交代则相反。当读者或者观众开始感觉到正被大段大段告知事实情况，正等待着情节的开启，他们变得不耐烦、厌倦，很可能会放弃阅读。如果读者感觉他们在等待故事开始，那么交代部分就太长了。

纠　葛

纠葛是故事的第二个阶段，是冲突渐进的阶段，引发了起始行动。它持续到故事高潮，开始于交代之后不久或者期间。

触 发 事 件

需要引入一个问题，这样故事才能从交代阶段过渡到纠葛阶段。引发这种情况的通常被称为触发事件。在交代阶段你所建立的世界中，存在一种现状，也就是事件的现存状态。触发事件发生了，为人物和情境划着了火柴。它煽动着人物对某个事物的渴望或者需要，让其开始行动。在《星球大战》的开头，当卢克看到、听到莱娅公主绝望的求救信息时，这一事件触发了他命运改变的时刻，你能轻易地发现这一点。

《俄狄浦斯王》中，这座城市庇护了杀害老国王拉伊俄斯的凶手，这一消息触发了对杀人凶手的搜寻，而这将导致悲剧性的结尾。一旦触发事件完成了自己的使命、触发了行为，故事就进入了目的、阻碍、行为和回应链。整个纠葛过程是由一系列小但渐进的纠葛组成的。

📖 **案例研究：《俄狄浦斯王》**

《俄狄浦斯王》中，俄狄浦斯的命运已定，但他并不知道。在通往最终胜利——揭露谋杀者——的途中，他遭遇了数次阻碍和失败。他的成功也致使自己受到惩罚，但在途中他一直斗争，斗争便是故事的重点。故事不是关于他最终所受的惩罚，而是他的抗争；正是抗争使宝藏真正成了宝藏。

俄狄浦斯对找出真相的承诺驱使着他。对峙、为战胜阻碍所做的努力以及每一个阻碍、行动和他的回应就是整部故事。这些最大限度地考验着他，也向我们展示了他是什么样的人。他的历程就是故事，对卢克·天行者来说也是如此。对目的、阻碍和行为持续投入，由此产生的对峙，就是情节的本质。

↘ **关键点**

当抗争阶段的抗争不足时，情节在对峙阶段常常出现问题。不单因为主角的渴望不够强烈，还因为情节本身不够强大，所以不足以同主角抗衡。

阻　碍

若是阻碍或者对手太小太弱，不能给主人公提供足够的阻力，情节就是薄弱的。阻碍必须是真正的考验，并且越来越难克服。主人公为了实现目的，必须越来越努力。对立角色——强大的对手——必须越来越危险和强大，直到其最终战败。

主人公和对立角色之间的对峙需要自小至大，变得愈加严苛和戏剧化。对峙由行为和回应阶段组成，它们创造了冲突，引发起始行动，导向下一阶段，即高潮。

高　潮

高潮是故事的最高点，是最为紧张的状态，主要人物面临的危险和采取行动的需要都达到了巅峰。所有人物面临的危险都达到了最高值。故事在高潮到达了巅峰，然后朝向冲突解开发展。

高潮不应持续太久。跟纠葛阶段相比，高潮短暂、尖锐、剧烈。如果高潮持续过久，它就变得更像是慢性疾病了。

↘ 关键点

故事就像发烧一样，逐渐升温直至停止；体温从顶峰开始下降，康复也就开始了。

冲突解开

物理定律和普遍观察告诉我们，有升就有降。你不能永永远远待在山顶。山顶会变冷，你会处在被冻死的危险中。你不能永永远远待在半空中，因为你的飞行器迟早会耗光燃料。而且，在你的故事中，你可不会想永远停留在故事的巅峰，那非你所愿。故事上升之时，我们就知道它会再次回落。经过一连串的步骤，故事才上升到最高点——短暂而激烈的高潮，之后它不可避免地再次回落，通过下降行动阶段，直到又一次抵达地面。

✗ 请牢记

故事的巅峰过了之后，行动从高潮再次回落，直至故事结尾，存在一个叫冲突解开或者结局的阶段，这时需要解决的问题都得到了解决。

......

结局这一术语源自十八世纪的法语单词，意思是：

　　a. 故事或情节的最后一部分，这部分对不可知因素做出了解释，解决了先前未解决的问题和奥秘。
　　b. 泛指冲突解开。

这并不是说每一个问题都得到了解决，而是故事作为一个整体迎来了令人满意的结局。完整的三角形看起来如下：

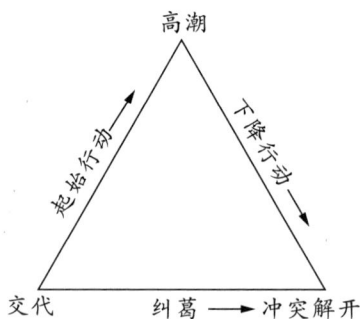

图表 10.12　完整的情节三角

要是我们把《俄狄浦斯王》按照这四个阶段进行分解，将会如下所示：

» 交代：俄狄浦斯听到了祭司对城市遭受蹂躏的控诉。
只有揭露杀死老国王拉伊俄斯的真凶时，诅咒才会解除。俄狄浦斯决心找出罪犯。

» 纠葛：没有人看到杀人者，所以没有人知道是谁杀了老国王，除了忒瑞西阿斯，他是知道的，但不愿讲出来。俄狄浦斯逼迫他说出真相，当忒瑞西阿斯将真相——俄狄浦斯就是杀人犯——告诉他时，俄狄浦斯却认为这是克瑞翁策划的一场阴谋，目的是要篡权夺位。克瑞翁和俄狄浦斯争吵。俄狄浦斯要流放克瑞翁，但是被妻子伊俄卡斯忒劝阻了。当俄狄浦斯被告知他的父亲死去了，他认为自己安全了，不料却发现死去的那个男人并非自己的亲生父亲。他派人叫来了把他丢弃在荒野中的牧羊人，可怕的真相开始像套索一样缠绕在他脖子上。

» 高潮：俄狄浦斯意识到了可怖的真相——他杀死了自己的父亲，娶了自己的母亲伊俄卡斯忒。

» 冲突解开：伊俄卡斯忒悬梁自尽。俄狄浦斯自毁双目，自我放逐。克瑞翁成为统治者。

⊃ 试一试

利用此开头完成故事梗概：

交代：亨利醒来发现水渗进了自己的卧室。他在屋里找不到任何漏水之处，但出去后，他看到水正从卧室窗户正上方的一节排水槽里渗出（交代迅速转入了纠葛）。

纠葛：亨利断定这是个再简单不过的问题，就跟邻居家高大的槭树树叶落下来引起了堵塞一样，但是建筑商针对紧急电话收取的费用高得离谱，所以亨利不愿叫任何人来处理。但是房子又很高，为了够得着，他需要一架梯子，而他从未意识到买梯子有多明智。但是他知道邻居家有一架梯子。邻居总是在度假，但是亨利确信他的邻居不会介意，所以他造访了邻居家，借来了梯子，把它搬到了自己的花园。但是梯子太短了够不着，所以他将它架在一摞砖上，靠在房子上。而且他找来了刷子、刮刀以及其他可能用到的东西，然后爬上了梯子，但是……

在抵达高潮前，你能想出什么进一步的纠葛？你来决定。让故事的余下部分逐步渐进到一个令人折服的高潮。如果你想，可引入其他人物。

高潮：现在，确定高潮是……推测可能有：如果梯子滑了呢？如果亨利挂在排水槽上了呢？如果他摔了呢？如果他弄坏了邻居的梯子呢？如果窃贼出现了，抓住机会爬上梯子，进入房子里……如果……警察或者邻居觉得他是窃贼呢？如果……

冲突解开：现在，确定冲突解开会是怎样的。如果他安全地下来了，有擦伤但没致残……如果他没有下来……如果……

➲ 试一试

以下四个例子中，每个都会给你一部分故事梗概。你的任务是写出每个情节大纲中缺失的其余三个部分。这或许能帮助你以不同的类型塑造故事，例如间谍故事、爱情故事、历史小说或者幻想小说。

交代	纠葛	高潮	冲突解开
她已经吃了两片安眠药，才发现自己的卧室门没上锁。			
	他觉得就在自己的口袋里，但是没有。一定是掉出去了。更糟糕的是，他的向导不见了。他独自一人，一旦他们发起攻击，他没有任何保护自己的东西。		
		她的手指伸出洞去，但是盖子就是打不开。更糟糕的是，她能听到下面的脚步声越来越近了。	
			最终，在卫兵看不到的角落里，他不能再等了。他只是大笑。"完美，"他想，"完美极了。"

➲ 试一试

让我们再用另一种方式尝试一下。

交代：写一个最多一百词的段落。以一个场景作为开端，引入一位有目的、需求或抱负的人物。

纠葛：引入阻碍一个或多个人物实现其目标的纠葛。记住冲突的三种形式（另一个人、他们自身、环境）。

写四段，每段至多一百词。每段中都有一个人物必须努力克服的阻碍。他们的行动成功了，但是现在又遇到了新的阻碍或挫折。每段中重复这个模式。

高潮：写一个一百词的段落作为故事的巅峰。这一刻，人物将会失去一切，处在极度的危险中。任何情况皆有可能。

冲突解开：写一个一百词的段落，人物或成功或失败，故事完结。

♥ 聚焦点

1. 分四个阶段构思故事，仔细研究一下会对你有帮助。一旦把开幕行为引入到交代中，就必须想方设法地让它变得复杂。纠葛阶段，或者你更想称其为对峙，一直持续到故事高潮和顶峰，之后行动再次回落，直到结尾——通常称为冲突解开。

2. 主人公和对立角色之间的对峙需要由小至大，变得更加严苛、更加戏剧化。对峙由行为和回应阶段组成，造成冲突，引发起始行动，导向下一阶段——高潮。

3. 高潮是故事的最高点。简洁和激烈是必然的。

4. 故事就像爬山。一旦达到最高点，向冲突解开的下降时刻也就到了。

5. 展示而不讲述是创建交代的理想方法。

↳ 下一步

接下来我们要探讨什么是形式和结构。

第十一章

理解形式与结构

你将从本章学习以下内容：

- ➤ 形式和结构在不同类型的写作中扮演的角色
- ➤ 作家们创造的各种文学形式和结构
- ➤ 如何利用形式和结构释放你的创造力

形式是"模式、类型、种类、表达的多样性",它也是"一篇作品或一件艺术品的结构和组织方式"。(《钱伯斯二十一世纪大词典》)所以如果我们问一篇作品的形式是什么,答案可以是小说、电影、戏剧、诗歌或短篇小说。说得复杂些,形式还是艺术形式的结构和组织,电影、戏剧、诗歌或短篇小说的结构和组织,"事物各部分安排和组织的方式"。

✖ **请牢记**

许多电影、小说和戏剧的组织方式不同,不管运用的是何种组织方式,它们仍然是小说、电影和戏剧。作品可以拥有共同的结构要素,但形式仍然保持各异,就是说,诗歌可能与音乐共享某些要素,但是并不会成为音乐。

奏 鸣 曲 式

音乐、艺术和文学领域逐渐发展出了鲜明的形式。一些形式变得繁盛、如日中天，然后销声匿迹，新的形式又出现，取而代之。艺术形式并不是凭空出现的，没有什么艺术形式能一成不变：它们也演变。歌剧从歌唱戏剧和合唱作品的混合中演变而来，现在仍是一种不断演变的艺术形式。了解一种形式的历史很重要，它能告诉我们目前所处的位置，帮助我们了解可能的去向。而且，仅因一种形式一直以来都因循守旧，并不能断定它死去了。经典的和传统的也可以生机勃勃、与时俱进。

自十八世纪晚期起，奏鸣曲式逐渐发展成为创作乐曲时使用最为普遍的曲式。奏鸣曲式的结构令我们感兴趣，因为它跟我们一直在研究的故事结构别无二致。

奏鸣曲式有三部分。呈示部引出第一主题和第二主题（主题是用以表述构成音乐作品的基本要素——乐节、曲调或主旋律——的音乐术语）、主调以及属调；紧跟其后的是展开部，将呈示部中引入的主题继续完善。之后是再现部，重复呈示部中的曲目，但是有改动。奏鸣曲式不仅出现在乐器独奏中，还在贝多芬、勃拉姆斯和布里顿等风格迥异的作曲家的室内乐、协奏曲、交响曲中出现过。这与我们一直在讨论的故事模型——交代、纠葛、高潮和冲突解开模型——大致相似，该故事模型中，主题在交代部分引入，在纠葛部分发展，在冲突解开部分得以解决。

六 节 诗

文学也发展出了许许多多自己的形式。诗歌里有十四行诗、三节联韵诗、六节诗和维拉内拉诗等众多形式。尽管所有形式通常都按照数学方式划分节拍，但是每种形式又有其规定的韵律模式、音节数或者诗行数。简单了解一下其中两种诗歌形式结构中的重要概念，于我们的故事形式研究是有益的。

⊃ 试一试

读下面的诗歌：

荒诞

鸟儿冬日栖于水下，表层
的月亮上，世人曾想。海
是危机与宁静，洋是风暴，
湖是梦幻，处处盘桓着飞鸟。
虹与露之湾，旖旎世界
群鸟驻留。深海盈碧水

其中鸟儿深潜。而月之海无水
科学如是告之。震动不扰其表层，
寂静无声，不见羽翼。月上世界
唯有阴影笼罩尘原，俨然如海，
夜冷如液态气体，即无飞鸟
可存活于死亡星球上的尘暴。

而海滩上，我立于冬季雪暴，
望见形如翼尖之物划破了水
于月之上；状若斑点的飞鸟
起先浮现在珍珠白的表层；
而后汹涌飞升出深邃月海，
拖曳飞翔于彼方世界。

群鸟匿踪，冬季雪暴主宰世界
月上云层里，仅有微弱风暴
鸟儿的热流穿行过海
蜜与宁静充溢。鹭、剪水、
黑雁剥落了月亮表层。
尾流旋涡里是其他飞鸟——

翔食雀、黑头莺、翱翔的乌鸫鸟、

椋鸟、鸫和燕。这个世界
困住了我，越是抬头望其表层
看到科学家的错失越多；风暴
似的鸟群从梦中起飞，成群水
鸟蓄势待发，飞掠月亮海。

我看着它们群集而起，飞跃离海，
盘旋着、猛冲着、羽翼伸展的飞鸟。
数年来封藏于月上泛银光的海水，
经打磨抛光，闪耀于彼方世界
鸟群正打算趁着新的羽翼风暴
横越那璀璨的浩瀚星空表层

回到我们的海中。回归我们的世界，
鸟儿成群，蜂拥着穿越星体风暴——
月上之水，用羽翼装饰我们梦之表层。

这里我们要关心的不是诗歌讲的是什么。你是否理解
它、是否喜欢它并不重要，但关于它的形式特点，你能
说出些什么？它的形式是什么，它的结构是什么？再读
一遍，记下打动你的东西。问问自己：

» 这首诗有特定的韵律吗？

» 它有规则的格律 —— 规则的或系统化的韵律吗？

» 它是自由诗 —— 即不押韵或格律不规则的诗吗？

» 它是音节式 —— 每行有特定的音节数吗？（数一数。）

» 它押韵吗？有没有押韵格式（诗歌中押韵的模式）？如果有，写出来。

» 是否有其他模式或重复？

» 它是用诗节写成的吗？如果是，有多少诗节？你能从中学到什么？

　　这首诗遵循了几条复杂的规则。继续读下去之前，再回头读一遍这首诗，看看你能否找出这些规则。记录在你的笔记本中。无论你想到了什么，不管它听起来多么蠢，写下来。现在就做。

....

　　这是一首六节诗。六节诗形式发端于十三世纪的法国，为意大利的但丁和彼特拉克所用。在十九世纪的英国和法国，它变得更加常见。你是否发现数字六之于这首诗十分重要？六节诗来自拉丁语 sextus，代表六。六节诗由六个诗节组成，每个诗节有六行，最后一个诗节短一些，仅有三行（六的一半）。你想必注意到了，这首诗不押韵。但是你有没有发现，首个诗节每行最后一个单词在之后的五个诗节中以不同的顺序重复着？因此，每个诗节都与第一个诗节有六个相同的结尾词，即"表层""海""暴""鸟""世界""水"，但是顺序不同。你或许注意到了这首诗运用了重复的手法，但是你是否注意到它所遵循的繁复模式？

在这六个诗节中，每个诗节末行的尾词成了下一诗节首行的尾词，如第六行和第七行的尾词都是"水"。这使得诗节在诗歌进展过程中衔接起来。重复并非毫无秩序，它有着严格的数理轮换，如下：

诗节 1　1-2-3-4-5-6

诗节 2　6-1-5-2-4-3

诗节 3　3-6-4-1-2-5

诗节 4　5-3-2-6-1-4

诗节 5　4-5-1-3-6-2

诗节 6　2-4-6-5-3-1

请注意每行的最后一个数字是如何成为下一行的首个数字的。这首诗还以一个三行的诗节结尾，被称为结尾诗节，其中尾词又以规定的顺序重复。结尾诗节的首行中间有首个诗节次行的尾词（海），末尾还有首个诗节第五行的尾词（世界）；第二行中间有第四行的尾词（鸟），末尾是第三行的尾词（暴）；第三行中间是第六行的尾词（水），末尾是第一行的尾词（表层）。这就使得这首诗歌的首行和末行以同一个词结束。

　　　　结尾诗节
　　　　诗行 1　2-5
　　　　诗行 2　4-3
　　　　诗行 3　6-1

　　不要担心，不会要求你写一首六节诗的。（除非你乐意写！）作者为了表达自己设计了形式，这不过是众多不同方法中的一例。你或许会认为它怪异，为什么不直截了当地说呢？为什么创建如此复杂的技巧为难自己呢？

↘ 关键点

　　通常，恰恰是困难、同形式的斗争以及掌控它的欲望，给了作者挑战的乐趣以及写作的激励。不仅帮助他们写作，而且常常能帮作者发觉自己想要说的是什么。布局安排得越精心，作者定能越有创造力，找到词语去表达自己所想。形式限制越多，作者能从结构中获得的引导越多，下笔就越流畅。

　　六节诗仅仅是众多错综复杂的形式中的一种，它们被有意地、刻意地创造出来，为作者提供了足够的制约来考验他们的技能和创造力，相比于自由写作、不受形式约束的情况，让他们更深入、更别出心裁地传达想法。十四行诗就是另一种形式。

十 四 行 诗

十四行诗有各种不同的过往形态。英国式或莎士比亚式十四行诗、弥尔顿式、彼特拉克式、斯宾塞式十四行诗等，不一而足。十四行诗通常都是十四行，以五步抑扬格写成。

诗歌的格律以"音步"来度量。《钱伯斯二十一世纪大词典》告诉我们"抑扬格是一种韵步，包含一个短音节或非重读音节，以及紧随其后的一个长音节或重读音节"。比如，"比较（com-pare）"这个词发音的重音在第二个音节上，这就是一个抑扬格。试着将重音发在第一个音节上，跟 com-pare 中的重音一样，这样实际上你发出了另一个词"主持人（compere）"（主持广播、电视节目或者公众活动，介绍其他表演者的人）的读音。主持人这个词有时需将重音落在第一个音节上，跟 com-pere 中的重音一样。其实，有时这个单词拼写上会给第一个"e"加向后的尖音符——compère，以确保重音正确。这就不是抑扬格了。

两音节组中重音落在第一个音节上，称之为扬抑格。扬抑格的诗行中重读和非重读交替出现，而抑扬格诗行中非重读和重读交替出现。抑扬格是英文诗歌中最重要的一种格律。

抑扬格音步是双音节组。十四行诗采用五步抑扬格写成。我们熟悉五角星和五边形，这些词中的"五（pent）"很熟悉，它来自希腊语中的 pente，意思是"五"; metron 在希腊语中表示"度量"，因此五音步诗行（pentameter）是由五个抑扬格音步或五个重音落在第二个音节上的双音节组写成的诗行。莎士比亚式十四行诗"我可否将你比作夏日？（Shall I compare thee to a summer's day?）"下面是这五个抑扬格音步：

1. Shall I
2. com-pare
3. thee to
4. a sum-
5. er's day

⊃ 试一试 ···

为了更充分理解，试着大声朗读出这首十四行诗的首行，听听其中的重音落处：

我可否将你比作夏日？（Shall I compare thee to a summer's day?）

之后，再次大声朗读一遍，重读第一个单词，看看会怎么样。"我可否将你比作夏日？（Shall I compare thee to a summer's day?）"这里的扬抑格韵律听起来过于可笑了，丢掉了整体的韵律和意义。

我们说话时会自然地给词语加上重音。我们根据需要重读一些单词，其他的不重读。英语是一种建立在强弱节拍之间的变换——重读和非重读间的转换——基础上的语言。因此，十四行诗之类的英文诗歌经典形式将这种变换奉入神坛并不令人惊讶。还有什么比围绕自然的语言模式演变而来的形式更易理解的呢？将这种精巧的语句扩展开来，如将一句五步抑扬格扩展为十四行，即可得到一种形式。这种形式业已存在数百年。

十四行诗中有非自然之处；它是建立在我们最基本的语言模式上的结构。日常生活中，我们自然地用抑扬格和扬抑格说话，两者用谁取决于重音落在哪个词上。十四行诗采用了我们最自然的语言模式，然后使其系统化成为一种诗歌形式。语言模式极为自然，这一定是十四行诗这类形式长盛不衰的部分原因。

十四行诗的结构和主题也存在进一步要求，这对我们来说很有探讨价值。以意大利诗人彼特拉克的名字命名的彼特拉克式十四行诗将诗歌分为两部分：先是前八行，接着是后六行（两节三行诗）。这既不是随意的划分，也不是单纯数目上的划分。前八行是构成整首诗意义必不可少的部分，称之为"论题"。前八行提出并详细阐述了一个论题（无论主题为何）；后六行是"解决"——提供了解决方法。诗歌的结构是：前八行提出辩题或争论，后六行进行回答。前八行的押韵格式是 a-b-b-a/a-b-b-a，后六行是 c-d-e/c-d-e。

这里有个彼特拉克式十四行诗的例子，其创作中，后六行的押韵模式允许有细微的变化。这首诗的韵脚并非通常的 c-d-e/c-d-e，而是 c-d-c/d-c-d。

烛

自然不知忧虑、不懂安逸 （a）

亦不明了如何存在 （b）

于自身外；似炫耀、若掩盖， （b）

存于自我的兼容并蓄里。 （a）

是否存在于此般宁静里， （a）

是否静如含树液的木材 （b）

或处于台风海潮的顶台　　　　　　　　　（b）
其绝妙手段是启动、停息。　　　　　　　（a）

停息、启动；这让我们时刻　　　　　　　（c）
发觉或梦见、恐惧。但直面　　　　　　　（d）
终止，就像堰中的水，去了　　　　　　　（c）
又来，如雨雪冰？无垠空间　　　　　　　（d）

我们秉一盏微弱烛火立着。　　　　　　　（c）
在那广袤闪耀的栖身空间。　　　　　　　（d）

　　论题在前八行中确立。自然无喜无忧，这是诗歌的论题。它没有意识，因此"不明了如何存在于自身外"。它有"绝妙手段"，就是"启动、停息"。论题确立后，诗歌需要进入解决部分。它是怎么做的呢？

　　在一首典型的彼特拉克式十四行诗中，第九行标志着一个走向解决的"转折"；通过改变诗歌的氛围、基调或者立场走向结尾。上面的这首诗中，当关于自然的较为抽象的讨论变得个人化时，第九行的转折出现了。

　　前八行将大写的 nature 的首字母 N 与自然的概念联系起来。

自然不知忧虑、不懂安逸，

亦不明了如何存在

于自身外……

自然无意识，因此不会有自我怀疑的倾向。它慷慨地给予生命一切，从树木到台风、冰雪，再到雨。它的"绝妙手段是启动、停息"；这是说自然万物（即植物、花、动物、雪和雨）都有生命。它们降生，在有限的寿命里存在，然后生命终止，转换到另一种状态。或者按照人类的理解，它们死去了。这首诗的观点是自然存在，它的存在不超出自身。这意味着它没有意识，因此不像人类，它无法意识到自我。人类有意识，人类的自我意识会带来认识负担，人类认识到自身存在，并且同其他任何事物一样臣服于同样的自然规律。这一认识有着可怖的必然结论：人，这个人，尤其是写这首诗的诗人，有朝一日将不再存在——他也会死去。这在第九行充分体现了出来。

停息、启动；这让我们时刻发觉或梦见、恐惧。

降生与死亡的观点在第九行中切中要旨，为了强调这一点，停息和启动实际上被调换了。"停息、启动"变换了基调，这首诗突然间变得个人化了，不再是关于自然或者存在概念的抽象讨论了。它是一个令诗人害怕的想法。他已到来（出生），并且终将会"如雨雪冰"一样离去，诗人能接受他也终会死去的事实吗？他那闪烁的意识烛光是唯一的慰藉来源，使他痛苦或者使他意识到痛苦。这烛光艰难地照亮他目之所及的极小部分，吃力地理解着群星璀璨的广袤宇宙中的他自己的小天地。

　　无垠空间
　　我们秉一盏微弱烛火立着。
　　在那广袤闪耀的栖身空间。

　　尽管英国式或莎士比亚式十四行诗跟彼特拉克式十四行诗结构不同，但是同样存在转折。英国式十四行诗的形式由三节四行诗和其后一组结尾对句（两行）构成。通常，第三节四行诗引入转折，不过莎士比亚式十四行诗里，转折常出现在结尾的对句。为使作品从一阶段过渡到下一阶段，转折很有必要。它是结构中的关键部分。我们之前在第一章中见过转折这个概念，那时我们摒弃了吸引观众的需要；当我们研究电影剧本的理论时，"转折"这个概念会再次出现。

请牢记

在彼特拉克式和莎士比亚式十四行诗中，结构划分对作品塑形和内容支撑均有益处，从根本上影响了故事的内容。诗歌的观点除了通过字词传达，也与形式密不可分。诗人有了一个想法，然后将其塞到一种形式里表达，就像是一种选择，但情况并非如此。“今天我该用哪种形式写作呢？六节诗？十四行诗？维拉内拉诗？”诗人所选的形式将其想表达的东西塑造成形，帮助诗人创作。创作十四行诗的过程使诗人得以书写和表达。因为它是十四行诗，诗就是诗，诗的作用就是表达。

关键点

若是掌握不了自己选择的形式，作者表达不出任何东西。

案例研究：莎士比亚

莎士比亚用看似桎梏的十四行诗形式，写出了一些最为优美、流畅的英文诗歌。在被盛赞的《十四行诗第十八首》流畅悦耳的开头这段，形式与言语融为一体。

我可能把你和夏天相比拟？
你比夏天更可爱更温和：

狂风会把五月的花苞吹落地，

夏天也嫌太短促，匆匆而过……

（Shall I compare thee to a summer's day?

Thou art more lovely and more temperate.

Rough winds do shake the darling buds of May,

And summer's lease hath all too short a date...）

这几行是抑扬格五音步诗，格律完美。我们读的时候，并没有特别注意这一点或者任何有关结构的东西，但我们能感受到它的助益，诗人显然是知道的。这些诗行似乎就像是从莎士比亚笔下流淌出来的；或是或非，但肯定的是并非偶然写就。他有意地采用这种形式来写。结构并非偶然存在，也并非对表达弃之不顾，结构是表达的一部分，二者不可分割。也并非有了想法、写了下来，之后再为其寻找适合的形式。精通了此形式的写作，表达诗人所想的字词就以此形式浮现在脑海中。或许他之前在心中听过这种韵律，或许他写诗时手指在桌上敲打了出来，但是他知道自己正在和着此节奏写，并非偶然写出的。

莎士比亚知道自己在写十四行诗。他有意无意地意识到了，写诗的过程中，寻找词语并将词语塑造成十四行诗的形式。他没有先把诗写成散文，然后才决定将它改写成十四行诗的形式。情感表达在表达方式允许的范围内抽枝发叶。

✕ 请牢记

莎士比亚写十四行诗时，他知道自己在做什么。他写每首诗之前就知道了这种形式的所有技巧要求，他也没有构想简单、堆砌的诗作——仅仅是符合或者遵循其要求。在严谨结构的严格限制之内，他写成了许多最为优美流畅的英文十四行诗。

↘ 关键点

形式和结构不应束缚创造力。它们是极富创造力的艺术家不可或缺的语言组成，跟语言本身的掌握一样必要。结构是支撑，不是阻碍，它在限制和解放创造思维的同时，又能让你的写作摆脱约束。

⊃ 试一试

这里有另一首可供阅读和思考的诗。

图案

但时间，鸟类当然能分辨时间。

黑头的雁群再度飞回此处，自

加拿大而归，而我是否会发现

所有要启程的鸟儿均已飞离？

数周来晴空见证了群鸟飞行。

夜晚的景象，我却没能观赏到，

九月末热烈的太阳依旧悬空。

蠢笨如我，仍然未能亲眼看到；

去看而不去发掘，抑或不去看

微眸着一只眼睛，不如眨一眨，

不甚明了此事何时令我有感。

始于观察鸟儿的翱翔与沉下。

因我知晓羽翼图案显示为何，

夏日所有归航飞行似乎懂得。

再次提醒不要为故事主题、意义是什么而忧虑，除非你想要知道。你要做的是问自己一些有关形式的问题：

» 这首诗是什么形式？

» 它是十四行诗吗？（数数行数。）

» 如果是，是哪种类型的十四行诗？

» 它是以五步抑扬格写成的吗？（大声读出来看看。）

» 一行中有多少个音节？

» 它是否有押韵格式？

» 押韵格式是什么？（用字母的形式写出来，a 代

表第一个韵脚，b 代表第二个，c 代表第三个，
等等。)

　　»　这首诗是如何结尾的？

这首诗的押韵格式跟前面讨论过的彼特拉克式的诗不
同。这里的押韵格式是 a-b-a-b/c-d-c-d/e-f-e/f-g-g，最后
以押韵的对句结束。它是英国式或莎士比亚式十四行诗。

↪ 关键点

据说，电影剧本有着短小的对话和意象化的场景指
示，实际上是由数百句俳句组成的。俳句是传统的日本
诗体，有十七个音节。若是如此，那么显然写诗会是其
他写作形式的很好训练。

⟳ 试一试

从小说、电影剧本或你在创作的故事中暂时抽身，写
一首十四行诗：尽管你不是诗人，也从没想过成为一位
诗人，整个人生中也从没写过一句诗，但尝试一下。这
个练习会迫使你更细致地探究这一行当的工具——语言。
它会使你的结构感更敏锐，促使你重新思考想说的和如
何去说之间的关系。你会清楚地看到，你想说的和如何
去说是一个整体的两个部分，形式和内容实为一体。

构思一个论题，什么都可以。例如：

论题：一切爱都是背叛。

解决：但是我没辜负你。（或者你没辜负我。）

或者：

论题：不雨则已，一雨倾盆。

解决：我们住的地方却有干旱预警。

想想你的论题和解决方式。然后写一首古典的十四行诗，英国式或者彼特拉克式均可；就是说，十四行，五步抑扬格。记住论题、解决和转折。尽情享受！

好啦，这就是诗。六节诗和十四行诗现已不再流行，而且并不是所有人都想写诗。这又与现在的故事写作有什么关系呢？故事是否有一套规则或者精确的比例关系呢？如今，这个问题的答案一定是：没有，但也有。通常，关于短篇故事是什么，如同是什么造就了一首诗一样，我们的理解或意见存在很大差异。世界日新月异，许许多多传统上公认的形式已不复存在。

世界急剧变化，写作也随之而变。如今，几乎没有人能确定诗歌是什么。尽管曾经人们说诗歌需要规则的格律、既定或公认的形式，需要押韵，然而现在，这些要求中没有一个被视为必要。如果有人胆敢提出一个如今的诗歌定义——一篇作品成为诗歌所要满足的要求，那么会从另一个同样有学问的人那里冒出另一个定义。

思考十四行诗遭遇了什么。英国式或莎士比亚式、彼特拉克式以及斯宾塞式十四行诗，结构上会有细微变化，但是基本形式——依照不同变体的特有形式押韵的十四行诗歌——仍完好无损。也存在一种结构——在一节中提出论点，在另一节中解决。但是我们现在生活的世界里，诗人所写的十四行诗行数任意，少至十行或十二行，丝毫不押韵。有人就想问了，那么是什么使得十四行诗区别于其他自由诗呢？在我们的时代，诗歌能被称为十四行诗，因为诗人给它贴上了这样的标签，一件艺术品之所以是艺术品，是因为艺术家们这样指定了，二者大同小异。一个人将不押韵或辨不出韵律的诗称为自由诗，而其他人称其为"劈碎的散文"。故事或小说亦如此。它们模式各异、长短不一。

所以，鉴于我们生活的时代瞬息万变，你可能认为作者可以随心所欲地以自己喜欢的任何形式写作。如果他们不喜欢一种形式了，可以杜撰一种新形式。某些方面确实如此；而在另外一些方面，却不见得都行。出版人出版的书需要符合某些标准；电视和电影制作公司也有作者不得不满足的特定要求。为制作公司的出版人工作的作者不得不接受这些要求，并在指定的范围内工作，否则会被解雇。

再说，实际上，作者将自己置于严格的形式限制中，并不局限于诗歌或者过去。极具革新精神的法国作家乔治·佩雷克写了一部小说《消亡》(1969)，整部小说中他都没有用到字母 e。或许这听起来算不上什么挑战，除非你尝试写一篇仅有五十或一百词的作品，其间不用这个字母，看看有多么困难。

漏 字 文

漏字文通常是韵文，但又不仅如此，其中包含特定字母的词语被避开了。

⊃ 试一试

围绕任何你喜欢的主题写五段文字，第一段必须漏掉字母 e，第二段字母 o，第三段字母 a，第四段字母 i，第五段漏掉字母 u。

现在开始写，写完之后，思考不同段落之间的差别是什么？比如说，与漏掉字母 o 相比，漏掉字母 e 是如何影响写作的？漏掉一个字母令词语和语音都改变了吗？你是否遇到了一些令人惊喜、有力或者动人的并列词，是否发现了出乎意料的基调，如幽默的、忧郁的？

↘ 关键点

在约束中写作会使你充分感受到挑战性和满足感，它们是可从创设的限制中获得的。你会再次看到，限制本身成了结构的一部分，结构也在支持着你，而不是阻挡、阻碍或妨碍你的写作。结构，即使极小，也是一种支持，能帮助你表达想表达的东西——甚至有助于你发现想表达的东西，或许直到开始写之前自己都未意识到的这些东西。

📖 案例研究：P.D.詹姆斯

犯罪小说作家P.D.詹姆斯公开说过，她在犯罪小说的体裁内写作，是因为她喜欢这种形式中的限制因素。经典的侦探故事是一种独特的虚构形式。总是有一个明确的谋杀案发生地点、一两个谋杀案受害者、一个调查犯罪活动的侦探以及一定范围有待询问的犯罪嫌疑人。犯罪嫌疑人的范围也是限定的。太少的话，对侦探或读者来说没有挑战性；太多的话，没人能紧跟事态进展。有待揭示的线索和一系列有待分析和质问的不在场证明和动机，最终揭开谋杀者的面具，将其绳之以法。在这背后，还有一个被谋杀案扰乱的社会；还有需要侦探通过破案、揭露杀人犯来重建的社会秩序。詹姆斯喜欢在这个受限的领域内写作，因为这些限制使她自由。

照着样式写

经典侦探小说的要求显然是该体裁特有的，但是所有体裁都有同等严苛的要求，这也使得它们成为自己而非其他类型的小说。如果你遵循的是犯罪小说的规则，你就不会写出爱情故事。不过你可以在犯罪故事中写爱情，其实爱情可以导致所需的谋杀案，但在爱情故事里你不会想要谋杀和骚乱的，读者和出版人也不会接受。

出版人给出的爱情故事的写作原则表明，有样式而非程式，而且样式要清晰明确。它需要聚焦于男主角和女主角，这两个人物是强大、有吸引力和立体的。不要有太多次要人物，会转移对两位主人公的注意力。爱情小说是情绪感染型、人物驱动型作品，有令一对爱人分离的大量可信冲突以及一系列起起落落，当然还有恋人重聚的圆满结局。通常不会遍布尸首。

如果有人雇你写长期连播的电视剧或者广播剧，则会给你一套具体的指导原则，让你在此范围内去创作。你将不得不为预设的人物而写，而且人物的做派和言谈举止可被大众接受。整个世界已创建完成，并融入了公众意识。你的工作将会是为这个世界中的人物写剧集。除非这部故事大幅修改，否则除了小的方面，是不会允许你改变太多的。如果你把它带到了未探明的领域，你将无法完成这份工作。长期连播的广播或电视节目类工作意味着，你能做什么、不能做什么都会受到高度限制。实际上，这跟受到复杂的传统诗歌形式和样式的限制是没有差别的。

　　一些作家在那些限制领域茁壮生长。对于合适的作家来说，这极其轻松，是对创造力的辅助。其他作家却不喜欢，他们更愿意自行其是。但是，在任何领域里，如果你不遵守规则、不理解要求、不满足指令，那么你被雇用的时间不会太久；在某些既定的要求下工作对作者来说是自然而必要的状况。心中已有帮你构造一篇作品的理论基础，跟心中有明确、既定的标准没什么不同。如果你知道你的情景喜剧有六个主要人物以及十二分钟后广告会插入，你就照此写作。是的，或许你其实是凭直觉写作的，但这是一部情景喜剧，它需要笑话，它有一个你必须遵循的结构，你要知道并接受此观点。

✖ 请牢记

　　写作不是也不能仅仅是"黑暗而神秘的过程"。一股强劲的创造力可能"占据上风"，助你写作，但是大量的写作是且必须是有高度意识的。你必须知道自己在做什么，这也可以归结为：了解你正在使用的形式和结构。

➲ 试一试

将限制性策略用到你目前的创作中的方法众多。让我们将一个写作领域的手法转移至另一个领域，看看有何效果。写一段戏剧台词或者对话，其中每个新句子都以字母表中的下一个字母开头，即以字母 a 开始：

你还好吗？（Are you all right?）

然后下一行以字母 b 开始：

很好，谢谢。（Beautiful, thanks.）

现在以字母 c 开始：

我能问你件事吗？（Can I ask you something?）

我不知道……（Dunno...）

继续往下写到字母 z。

做完之后，问问自己该结构是否促使你使用了意想不到的词？是否有潜在的人物和故事从此限制中产生呢？

♥ 聚焦点

1. 形式有发展史，了解其发展史很重要。它能告诉我们所处何处，能引领我们去往将去之处。

2. 形式和结构密不可分，但又不是一回事。结构没有定义形式，形式也未定义结构。

3. 使用结构会限制、束缚你的写作，也因此使你获得了自由。

4. 写作是有意识的行为。它运用潜意识和直觉，但是作者需要知道自己在做什么，包括所使用的形式和结构。

5. 一篇作品会建立论题和解决方式。需要一个拼合二者的"转折"时刻。

下一步

下一章中我们将思考故事的比例和模式。是否存在理想的故事模式？我们在等边三角形中发现了吗？这就是我们需要的全部？我们能以某种方式增添内容或加以完善吗？

第十二章

找到完美的故事模式：比例

你将从本章学习以下内容：

- ➤ 故事要素中比例的重要性及其如何影响故事模式
- ➤ 更多故事模式方面的练习
- ➤ 如何找到更能启发灵感、更有效的故事模式
- ➤ 故事中时间 / 张力之间关系的重要性

　　你在餐馆里。感觉自己最近很有钱，然后点了三道菜。菜上了，开胃小吃尽管美味，但是分量太大，比孤零零地蹲在大盘子中间的主菜大得多。你选的酒装在一品脱的大杯子里呈上来了，跟有苹果花和醋栗的芳香的酒比，主菜的味道又重又辛辣。你渴望着甜品 —— 超大份的新鲜水果、巧克力、蛋白酥和奶油什锦，三个人才吃得下。这顿饭烹饪得很漂亮，但是不好。为什么？

　　部分是因为期待。三道菜的一餐是基于比例以及部分之于整体的关系的。习惯上，开胃菜或开胃小吃是比主菜小的，主菜是最大的一道菜。开胃菜就该如此，不能替代主菜。甜品可能味道浓郁强烈，但还是会比主菜分量小。如果搞错了，这一餐就会比例失调。如果主厨没有把握好食材的平衡，这一餐的各个基本部分甚至也会比例失调：盐太多，盐太少；太多香料，香料不够；太多辣椒；喝的水不够。这顿饭变得不对劲起来，一定程度上是因为呈现方式，还有就是平衡和比例了。

　　比例总是影响重大，生活和艺术中都是如此。自然把天地万物塑造得匀称协调。动物展的评定人也给出了筛选理想品种的严格标准，他们将这一品种的动物与标准做对比。他们研究动物外观比例和个头，来"挑剔"任何比理想品种高或矮的动物。他们评估眼睛的颜色和形状、头部的长度和形状，甚至牙齿的大小、咬合都起着作用，决定着同理想品种相比位于何处。正如自然界的天地万物有着千差万别，一些马和狗比其他的更加匀称、比例完美。我们对马、狗甚至人哪里美、哪里不美的理解，通常甚至会下意识地从理想标准中获取。这些理想标准随时间以及方向的改变而发展。

　　许多美学思考可归结为鉴赏力，同时也由时代相关的因素决定。很多个世纪里，古典艺术从自然中汲取灵感，以此作为根基，聚焦于平衡、匀称与和谐问题。列奥纳多·达·芬奇画中人类的头部或身体几乎在数量方面都呈现出了比例关系。比例这一主题是当时艺术家们真正的兴趣所在，他们相信通过自己的艺术，能够具体表现出自然本身蕴含的和谐与对称原则。那个时代的艺术家们为了实现各部分同整体之间的平衡与和谐——他们在自然中察觉到的，都在自己的画布上精心、有意地努力构思图画。在毕加索这类艺术家出现之前，艺术家准确反映某人头部相较于身体其余部分的尺寸、某人的鼻子相较于面部剩余区域的大小，这就是对好的艺术的定义。不这样做就是创造出了比例失调并且丑陋的东西。

然而，在整个二十世纪以及二十一世纪初，发生了巨大的变化。我们现在觉得，与顺从任何理想美的公认观念相比，表达的真实性或者挑战公认的规范更为重要。从很多方面来说，这是极大的自由；另外，它也证实了理想标准并不存在。

上一个章节中，我们讨论了十四行诗的变化。许多传统的艺术形式改变显著。或许对音乐来说和谐仍然重要，但是众多当代古典乐并不和谐；它并非力求听起来和谐。不过可以这么说，即使斯特拉文斯基的音乐风格听起来极现代，但他仍想要塑造音乐中的秩序，虽然凭借的是躁动、粗犷以及不和谐的音符。

但之前是美感关键所在的比例、和谐以及平衡等传统观念怎样了呢？它们今天依旧重要吗？它们是评判艺术好坏的决定因素吗？或者，就我们的目的而言，是什么造就了一篇完美的好故事？还是说这些观念已经完全失去影响力了？如果一位观众说电影"一个小时太长"，或者一位读者评论一本书"结尾再长一点儿"，他们不是在评价作品的模式和长度吗？如果他们"因某一段厌烦了"或者"在中部恍惚了"，这难道不也是对一部作品整体模式和平衡的评断吗？

✖ 请牢记

> 为什么读者会回头读他们最喜爱的作家的书？观众或读者喜欢熟悉的事物。他们需要知道自己和一位作家或一部作品立于何处；他们需要一些标志，已知的风格——包括模式或者形式——能够给出标志。

📖 案例研究：莫扎特和简·奥斯汀作品中的和谐、效用和优雅

为什么莫扎特的大多数作品几乎都比任何当代音乐更流行？不可能单单是因为人们喜欢追忆，不喜欢充斥着刺耳音乐风格的当代世界，而选择去古典的过去避难。一个根本原因是，莫扎特的音乐是平衡的，力求和谐而且和谐。它发出的声音悦耳动听。莫扎特的音乐通过组织构思的方式实现和谐。它有模式、形式和结构，这些都是观众之前听过而且喜欢的。这里存在着一种熟悉感；观众对他的音乐风格和模式熟悉，知道了它立于何处，才会回头听更多。一位典型的音乐会观众不会想要令人震惊的新事物，想要的是自己知道的东西，因为这样会令人舒适、安逸。

为什么《傲慢与偏见》这样的小说能使任意一部当代小说逊色？因为简·奥斯汀和莫扎特一样是天才，实话实说。但又不仅如此。她所生活的时期有种优雅，而

我们感觉自己失掉了这份优雅，我们倾心于、怀恋着这份优雅，尽管我们从没经历过。首先，她的作品有种形式和模式上的优雅以及令人满足的圆满。莫扎特音乐的结构反映的是启蒙运动时期，奥斯汀的小说反映的是她的时代。尽管这两个时期无疑都满是动荡，但是从我们的时代以这样的距离回望，它们似乎是安全的、安稳的、令人安心的。他们的时代有诸多共享的事物，并不是就财产而言，而是信仰、礼节以及社会的组织方式。这些都自然而然地影响到了他们的作品，而独享、流离失所、迷惘和不和谐也影响着我们这个时代的作品。

当我们强调掌握形式和结构的需要时，我们也需要指明，仅仅掌控形式和结构还不够。我们爱莫扎特或者某些作家，不唯独因为他们技巧极为精湛。无疑，莫扎特同时代的作曲家同样擅长优雅和谐、构思精巧的曲子，但是我们不再读或者听他们了。我们听莫扎特，因为他还有些别的东西。与此大同小异的是，莎士比亚通过十四行诗与我们交谈，他能够利用结构极为严谨的语言和形式，触及人类心灵最深处；莫扎特能以同时代作曲家从未用过的方式"与我们交谈"。莫扎特是个天才，但仍使用他那个时代的结构和形式同我们交谈；他所运用的形式是他所要表达的重要方面。

↘ 关键点 ⋯⋯⋯⋯⋯⋯⋯⋯⋯⋯⋯⋯⋯⋯⋯⋯⋯⋯⋯⋯⋯⋯⋯⋯⋯⋯⋯⋯

　　对作者来说，汲取以往的形式和结构方面的经验很重要。它肯定能帮助你了解利用这些概念能做些什么，以及拥有一个衡量极端偏离的指标。创造、完善你的一切所想，但也要理解先行的工作。

⋯⋯⋯⋯⋯⋯⋯⋯⋯⋯⋯⋯⋯⋯⋯⋯⋯⋯⋯⋯⋯⋯⋯⋯⋯⋯⋯⋯⋯⋯⋯⋯⋯⋯⋯

优雅和效用

　　平衡、和谐和优雅这些概念并非陈词滥调。约翰·加德纳在他备受推崇的写作书——《小说的艺术》中说，作者必须构思出一个"有效地、文雅地表达"故事思想的情节。"效用"和"优雅"是加德纳的关键词。他将小说中的优雅比作数学证明中的优雅。他说，场景必须是均衡的，必须和周围的场景"在节奏上相称"；它们也需要有规律的步调，在恰当的时候，还要有规律地加速。"顺畅""均衡""和谐"是他所用的词。他说和谐特征可通过一个均衡、规律、和谐的结构实现。

↘ 关键点 ⋯⋯⋯⋯⋯⋯⋯⋯⋯⋯⋯⋯⋯⋯⋯⋯⋯⋯⋯⋯⋯⋯⋯⋯⋯⋯⋯⋯

　　均衡、和谐和比例在我们的生活和艺术中的的确确依然扮演着重要角色。小说的读者或者电影和戏剧的观众，无论了解与否，仍旧在根据作品的比例、结构和均衡等来评判。均衡感是作品结构完整性的一部分。作品评断良好、编排合理——部分与整体之间协调，这是读者或观众欣赏作品必不可少的一部分。你可以随心所欲地写一篇故事，而对均衡、和谐和比例这些概念不管不顾，但是你的读者尽管是下意识地，也会利用这些标准来评估你的作品。

编 排 故 事

然后我们如何编出均衡、规律、和谐的故事呢？故事"恰当"的比例是什么？我们是否有评判故事的理想标准？如今问这些问题还算明智吗？

在上一章中，我们看到了十四行诗形式的斟酌是如何影响所讲内容的。如果我们再来思考一下十四行诗中内容的划分方式，我们看到全诗十四行中的八行建立论题并阐述，六行致力于这个论题的解决。用分数来表示，这相当于十四分之八的阐述和十四分之六的解决，或者说七分之四、七分之三。这意味着稍过半的诗歌都在创建和阐述，略少于一半的诗用于问题的解决。如果我们用示意图将其展示出来，将会如下所示。

```
第 1 行 ┌──────────────┐
        │              │
        │    论题       │
        │   1—8 行     │
        │              │
        │    4/7       │
第 9 行 ├──────────────┤
转折     │    3/7       │
        │              │
        │    解决       │
        │   9—14 行    │
第 14 行└──────────────┘
```

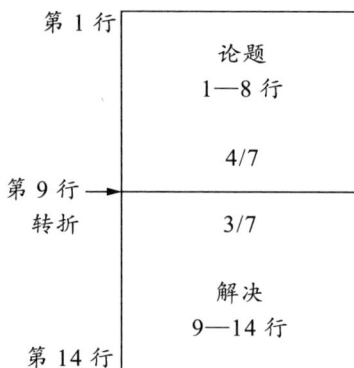

图表 12.1　十四行诗的比例

　　故事会像这样分成两半吗？让我们回想一下弗赖塔格三角。它类似女巫的帽子，高潮位于顶部的尖头上。

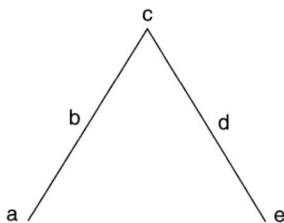

```
            c
           /\
        b /  \ d
         /    \
      a /      \ e
```

图表 12.2　重提弗赖塔格三角

　　弗赖塔格三角或许原本不是为了揭示故事的相对比例而设计的，但是上升到高潮的起始行动和之后的下降行动，似乎持续时长相等，他确实将故事分成了两部分来写——前高潮和后高潮。这里似乎要表明的是，故事上升至高潮阶段和高潮后阶段的平均分配，即起始行动和下降行动阶段一样长。这似乎会证实故事有两个同样长短的部分；故事行动上升至中点的高潮，然后跌落到冲突解开。但是这些阶段一样长吗？或者问题是，理想情况下，它们该是同样长的吗？故事的高潮会像这样精准地出现在中点还是应该更靠近开头或者结尾？什么是故事的中点呢？它跟高潮是一样的吗？

我们来简单说一下中点——电影普遍认可其重要性，但我们在这里看到的问题跟十四行诗中发现的比例问题一样。我们需要思考：

» 故事应该被划分成什么样的比例？

» 高潮适合出现在什么位置？开场和高潮之间、高潮与冲突解开之间的故事量是否相同？

» 起始行动和下降行动是五五分吗？高潮正处中间吗？

» 跟纠葛、高潮、冲突解开相比，理想情况下，交代部分的故事有多少？

» 是否存在最合适的比例，根据故事的不同会有差异吗，只能是大概比例吗？

更根本的问题：

» 是否有一些规则？是否有评判理想情况的标准？

首先要指明的是，如果"规则"不存在，那么指导原则还是有的。有一些我们能够利用的评判标准。同样，你可以选择听从自己的意愿是否遵循这些规则，但是如果不事先思考它们是什么就直接将其摒弃，那就有点儿傻了。

✘ 请牢记 ··

　　如今的社会，就模式、形式和比例而言，故事并没有要遵循的"规则"，但是也有其他更加流行、成功的写作方法。你可以采纳这些方法，调整之后为自己所用。但是首先你需要知道它们是什么。

··

　　现在，通过一连串的示意图，我们一起来研究一下合理的故事比例。

　　在下面的示意图（图表 12.3）中，纵轴是紧张气氛线。这是故事气氛所能达到的紧张程度。从下至上紧张程度逐渐增高。横轴是故事从第一页到最后一页（此处共二百四十页）的篇幅长短。

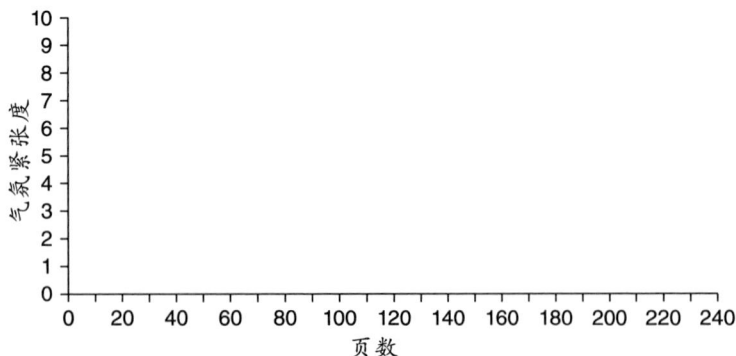

图表 12.3

故事的进展是沿着横轴用纵轴上升的气氛紧张程度来衡量的，即横轴是你在故事中所处的位置，纵轴则显示在任意给定点的兴奋程度。这或许不适合所有故事，但是对概念化是有帮助的，而且你会发现在大多数故事中它是有用的。

● 试一试 ·····

仔细看看下面的示意图：

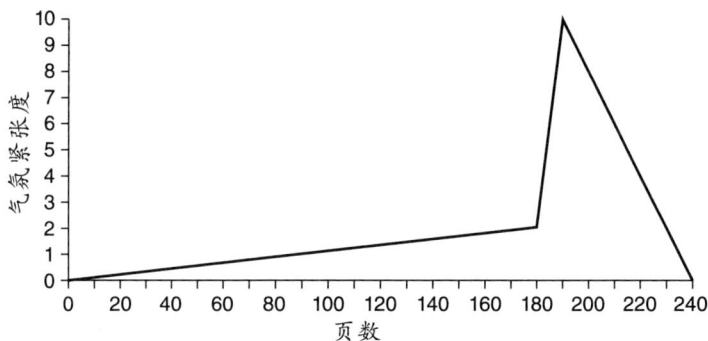

图表 12.4

这份数据体现出什么样的故事类型？思考一下，问问自己：

» 交代从哪里开始，在哪里结束？

» 纠葛在哪里？

» 高潮在哪里？

» 冲突解开在哪里？

　　» 氛围达到了怎样的紧张程度？

　　» 该故事令人满意吗？

　　» 你能想出一个读过的故事来代入此模式吗？

　　读下面的分析之前，写下你的笔记。

分　　析

　　上述练习的图表中的故事有大量关于人物和他们所在世界的交代，这意味着前面将近二百页里氛围紧张程度都很低。突然之间，紧张的氛围在将近结尾处爆发，一切都在最后的六十页中发生。我们要是把这个示意图划分一下，交代这一部分所占的页数、时长将会比纠葛、高潮和冲突解开合在一起都要多。

　　交代的比例之于故事其余部分很高（一百八十页）。开始就要花很长时间，然后一切都在结尾时仓促而至，转眼之间就已完结。这或许跟某些形式的人类活动相似，但这是你的理想故事模式吗？它是否失衡了呢？这些部分比例都失调了吗？故事中的交代如果过长，如果看起来没完没了，那么它就会像先前我们描述的那顿饭——比例不协调、令人不满意，你是否同意？

➲ **试一试** ···

下面的图表体现了哪种故事类型？

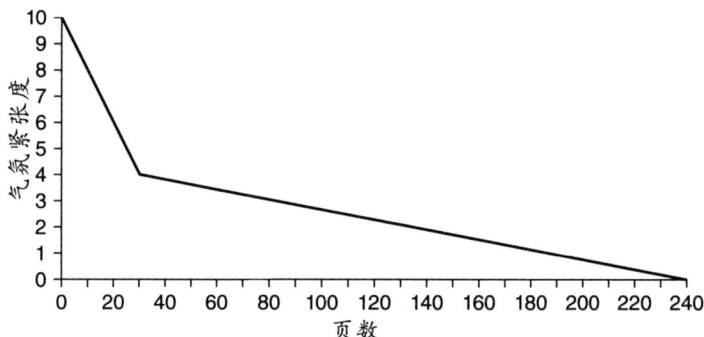

图表 12.5

在读下面的分析之前，如果你进行与上述相同的练习——提问同样的问题，看看你想出了什么答案，然后再看分析，你会收获更多。

···

分　析

这与图表12.4中的情况相反。这里我们从一个氛围高度紧张的点开始，且比其他点的程度高得多，有一个高度戏剧化的场景，其中的人物对我们来说也全是陌生人。除了是陌生人，还能是谁呢？没有给我们做任何交代。这个开头令人兴奋不已。它或许会很吸引人、令人兴奋，但之后故事陡然下沉，如其所需进入了交代阶段，因为我们需要了解人物和他们的世界。如果兴趣重新高涨，还算可以，但是交代似乎持续到了故事结尾，所有行动都放到了前面为数不多的几页上面。纠葛和高潮阶段在哪儿呢？这个故事似乎既没纠葛又没高潮；这个故事有着极具戏剧性和紧张感的开头，之后以极不相称的时间量来阐释这个开头。以如此扣人心弦的开头给出了虚假承诺，一直读到故事结尾，你会有多满意？

⊃ 试一试 ··

再思考下一幅图表体现了哪种故事类型？

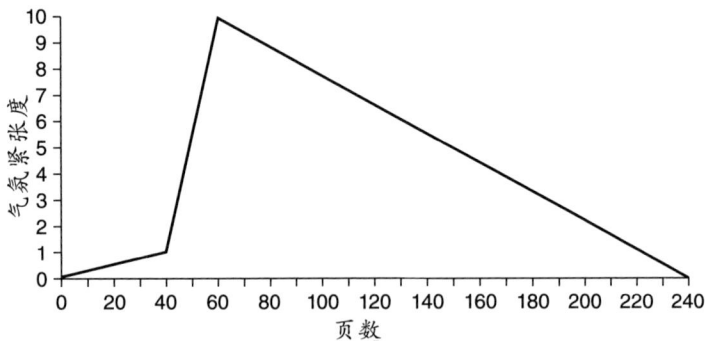

图表 12.6

进行与上述相同的练习——提问同样的问题，看看这次你想出了什么答案。

分　析

在图表 12.6 中，我们以很小篇幅的交代开始，这里我们结识了人物，经历了纠葛急剧上升到戏剧化的高潮。这些都发生在前四十至六十页，之后以跟交代阶段同样的节奏缓慢下降，再也没有回升到同样的高度。这告诉了我们什么？显然，在叙述中如此靠前的位置出现最高点或高潮，无论是什么样的故事，都会让读者或观众丧失兴趣。

⊃ 试一试

对下面的图表进行同样的练习 —— 提问同样的问题，看看这次你想出了什么答案。

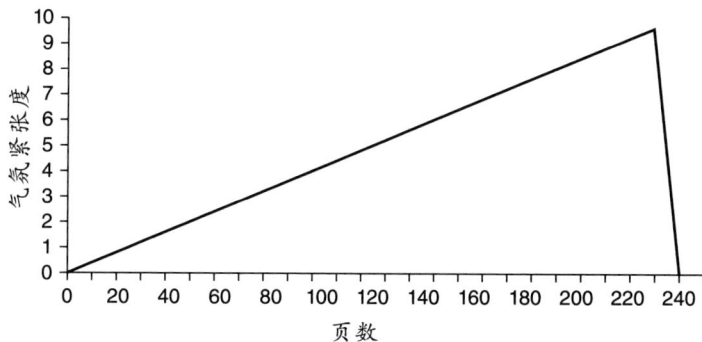

图表 12.7

分　析

　　这个图表中有一条明显的起始行动线。纠葛即刻开始，沿着一条毫不偏移的线朝着高潮持续进发。抵达高潮时，几乎已经是最后一页的最后一个词了，那么接下来呢？故事达到了巅峰，然后停下了。没有缓缓回落，到达了巅峰，然后……什么都没有。没有完成下降，没有下降行动，因此就没了实际的回落。这个故事是从梯子顶端摔下来的——一篇被突然打断的故事。实际上，这个故事的结尾令人沮丧。以这样的方式结束无法令人满意。读者会感到迷茫、失望，感觉遭到了背叛。你需要给读者或观众一个降落伞，让他们乘着平安下降。

✖ 请牢记

　　作家最好的公关就是他的作品。他必须用同等的谨慎来应对沉浮起落。把它们搞糟了，那么公众就会对你和你的写作失去信心。

　　先前的那个图表并不是好故事的模式，因为结尾太突然了。该故事没有完成下降行动，也没有解决冲突。你不能一通猛击之后就落幕了。

⊃ **试一试** ···

下面的这个故事模式会产生预期结果吗？

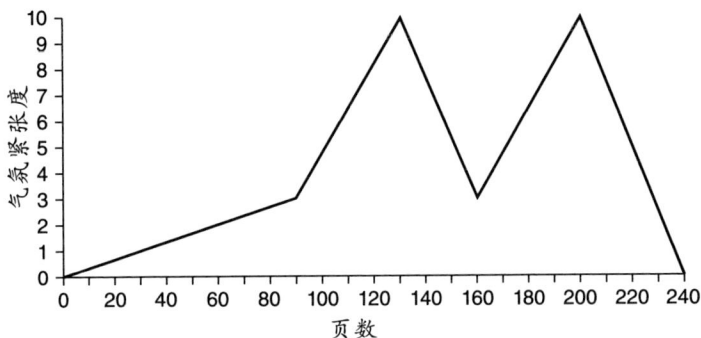

图表 12.8

进行如上练习——提问同样的问题，看看这次你想出了什么答案，然后读分析。

···

分　析

这个故事模式中有很好的交代和纠葛时期，起始行动清晰。有一个早期高峰跟在行动的下沉点之后，然后气氛紧张程度再次上升，最后一段下降行动将故事带到了终点。两个高潮的紧张程度相当，所以它们可以做如下调整，这使得第二个高潮成为主要高潮，出现在更接近故事结尾的地方。

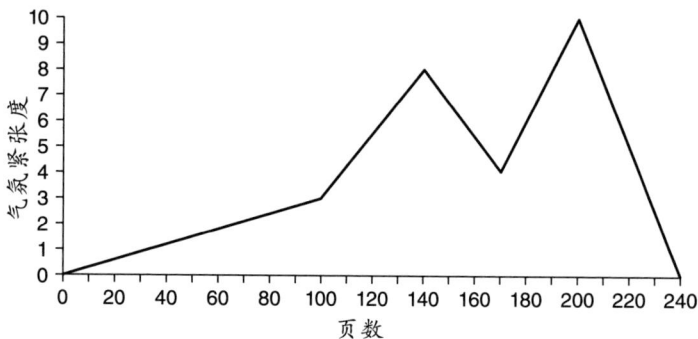

图表 12.9

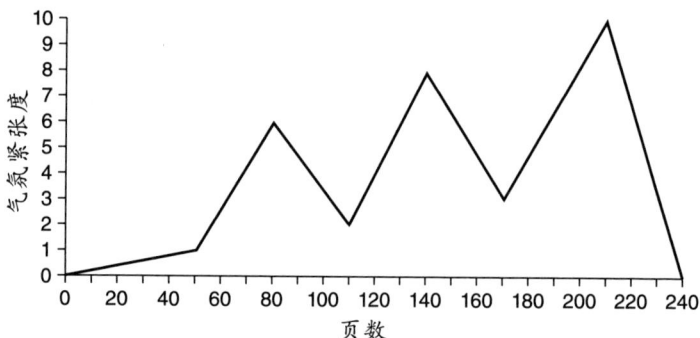

图表 12.10

　　图表 12.10 展现出的故事也有兴趣点，有三个大场面，最大的高潮同样趋近结尾，但是参差不齐的峰和谷相距过远，看起来更像是钝吻鳄的牙齿而非故事示意图。故事从高处往低处猛地一跃。要是在酒吧里勉强让你停下来听这个故事，很快你就会认为它处处令人疲惫、枯燥无味。从另一个角度看，接下来这个图表超出了范围：

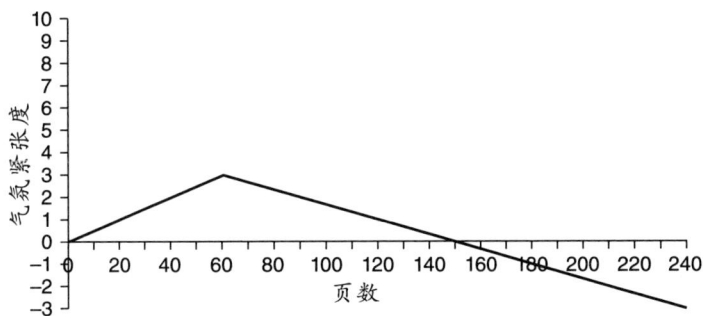

图表 12.11

　　它以交代作为开头是可以的，但是之后陡然而下，下降到零兴趣水平以下，而且再也没有回弹。这或许就是许多人对詹姆斯·乔伊斯的《芬尼根的守灵夜》（1939）的看法，这是一本必须写的书；这跟说必须去读它是不一样的。

　　一个能产生预期效果的故事会是这样的，有着明确的起始行动、完整的下降行动，将高潮向结尾进一步推进。我们一直寻找的故事如下所示：

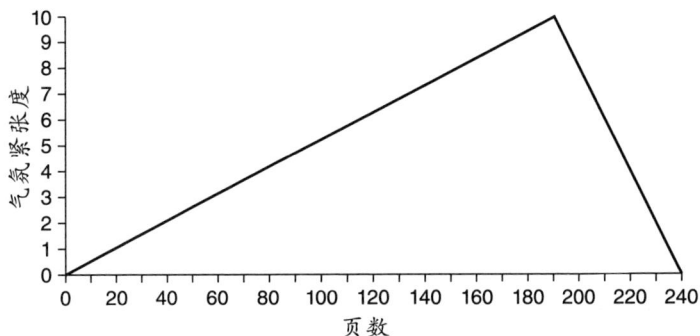

图表 12.12

　　在我们思考这幅图表之前，有一处更重要的点需要我们修改。写作相关的书籍讨论起始行动时，会提到行动的上升弧。弧表明行动线是沿着弧或曲线前进的。到目前为止，我们在思考的一直都是三角形的故事模式，有急转弯的线或者尖锐的角。我们要是给上幅图表添上曲线这一要素，将会得到如下模式：

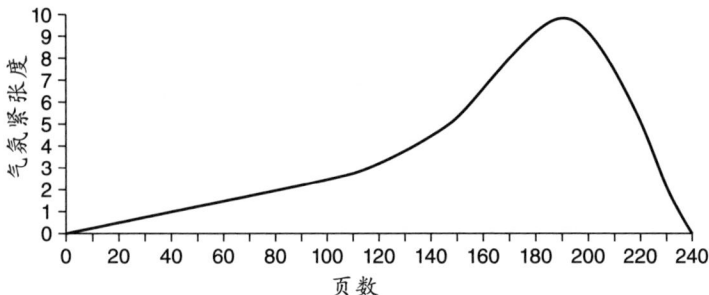

图表 12.13

⬠ 试一试

　　像前面那样，对上述图表进行同样的练习。提问同样的问题，看看这次你想出了什么答案。然后再读下面的分析。

分　　析

　　这里故事以交代开端，但曲线即刻便不断升高，而且体现出了起始行动的稳定度。纠葛早早地就开始发挥作用，因此使行动一直保持上升。紧张度的最高点——高潮——将近故事结尾时到来，但又非恰好在结尾，留了一小段下降行动来完结故事。冲突解开阶段从高潮而来，引领着故事迅速完满结束。这是理想的标准故事模式吗？

现在，就形状而言，它没有尖角，依旧可辨别出跟三角形模式相似，但现在有了自然的外形。它是否让你想起了一些自然的东西？它跟什么相像？它可否是风景——山坡或圆丘——的一部分？它可否是波浪？

波浪很有意思。波浪可理解为有点儿像一根平放在地面上的绳子。如果你拾起了一端，然后甩动它，动作沿着绳子呈波状起伏，使其余部分也动了起来。海中的波浪也是如此。让绳子和波浪动起来的都是能量。波浪和故事都跟能量有关。能量被施加在故事或波浪的一端，然后在另一端释放出来。这就是故事需要下降行动和冲突解开的原因。交代和设定引入了能量，冲突解开就是能量的释放口。故事若释放不了能量，那么不会令人满意。

想象风拂过水面，摩擦力使水起了涟漪，波形出现。波浪中的能量逐渐累积到顶峰，最后在海岸线上得以释放。

我们探讨过了故事和紧张度峰值；波浪也是有峰的。波浪大小取决于：

　　» 风吹的距离——这被称为"风区长度"。

　　» 风吹了多久。

》 风的速度。

最长的波浪形成于开阔的海洋上，随着从风里吸收能量，波浪持续增大。至于波浪大小的计算，波浪的高度即"波高"，波峰间的距离是可以测量的，而"波长"无法测量。

与我们有关的是，这种自然现象是可以测量的，测量依据是比例："波长"与"波高"的比例。

一旦"波高"达到了"波长"的七分之一，波浪就会摇摇坠落，形成白浪头。离海岸越来越近，多数大波浪会减小、速度减缓。波浪也有波峰和波谷；波峰是最高点，波谷是最低点。

↘ **关键点** ⋯⋯⋯⋯⋯⋯⋯⋯⋯⋯⋯⋯⋯⋯⋯⋯⋯⋯⋯⋯⋯⋯⋯⋯⋯⋯⋯⋯⋯⋯⋯⋯

　　波浪是能量，故事也是能量。

⋯⋯⋯⋯⋯⋯⋯⋯⋯⋯⋯⋯⋯⋯⋯⋯⋯⋯⋯⋯⋯⋯⋯⋯⋯⋯⋯⋯⋯⋯⋯⋯⋯⋯⋯⋯

我们在图表 12.13 探讨的故事示意图跟波浪曲线的起伏有同样的特点。我们很容易就可以断定，波浪从峰移动到谷的过程是由上升和下降构成的。我们选定的故事模式有着海浪一样的形式。

它看起来像是波浪，表现得也像是波浪。在海中，波浪随着风的作用而增强，直至最后不能再增长；它们在波峰破碎迸溅，而后翻滚；最终，拍在了海岸上。故事进行着同样的行为过程。它们在达到顶峰前逐渐增强；然后爆发，回落到冲突解开。

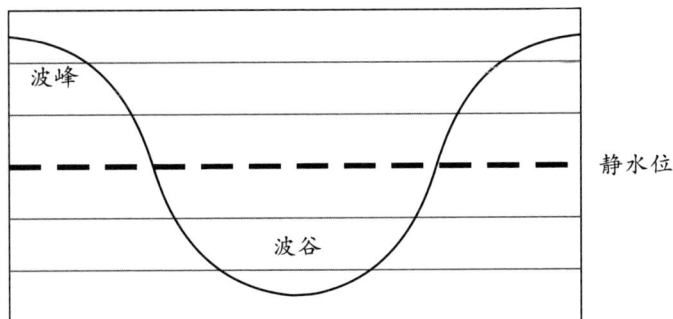

图表 12.14

此种故事模式自然得就像是海浪，是完全自然的形状，并不是强加于故事上的随意的结构，这一观点让人愉快而受启发。它意味着我们所发现的故事曲线就跟爬上山去而后从另一侧下山一般自然，就跟心跳一般自然。在我们的写作中，我们是在模拟自然。此形状在自然界中随处可见。这解释了为何从荷马到莎士比亚的故事中它都如此常见。该模式将赋予我们的写作自然的力量和持久性。

✕ **请牢记**

　　故事有自然的节奏——心跳。认真检查一下你的故事节奏以及它的心脏跳动。如果故事不如预期，那么对它进行诊断吧。寻找异常、疾病和阻塞的动脉等。

　　当然，没有图表能够真正描绘出任何一个故事，从来都不能，也不能展示出故事经历的所有波折，构成叙事的所有小起伏。我们一直在研究的不过是一个笼统而宽泛的轮廓。你需要刻画得再细致一些，才能展示出所有不规则的地方。约翰·加德纳在这种情况下提出了一个很好的想法。他提醒我们，当人物推高或推离阻碍和限制时，故事中还有其他力量压制着他们的努力。

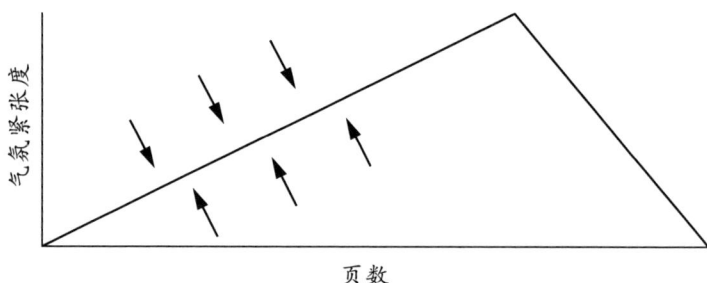

图表 12.15

　　这种力量是需要有的。对抗力量就像是重力作用。如果没有对抗力量的反推，那将会没有紧张气氛，人物也就没有了困难（就像水面的风一样）。对抗力量对故事外形的改变也有影响，因此跟下图相像。

图表 12.16　一系列波浪行动

比　　例

我们以对比例的探讨开启了本章。记住这一点，然后思考下面的图表：

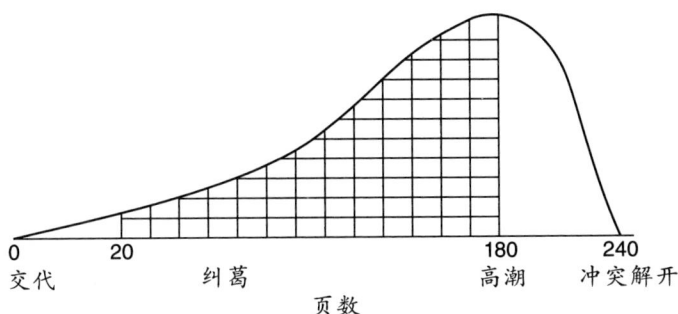

图表 12.17

我们可以从这个图表中看出，目前用于交代和高潮之间阶段（纠葛阶段）的故事量最大。这意味着纠葛场景将会多于交代或冲突解开。高潮在气氛紧张度的最高点来临，并且简短而激烈。之后，存在一个稳定但迅即发生的下降行动阶段，该阶段形成了冲突解开。但是纠葛占据了这幅图表的一半以上。如果纠葛在第二十页开始，高潮在第二百页来临，那么纠葛就是二百四十页故事中的一百八十页，占百分之七十五。

↘ 关键点 ···

到目前为止，故事的主体是纠葛。我们花费最多时间
来读或写的也是纠葛。

···

显然，故事各阶段之间的间隔并不清晰或干净利落。
加德纳提到了"时间上从一个事件到另一事件的连续行动
流"。例如，交代会持续到纠葛的前期，也可能贯穿整个纠
葛阶段，尽管关于人物和他们所在世界仍会有要了解的事
情，但当主角们在各式各样的纠葛中艰难前行时，行动会
持续上升。

↘ 关键点 ···

使行动和紧张度一直上升至高潮，使故事走向结尾，
这是纠葛的任务。

···

✘ 请牢记 ···

当你达到了故事结尾，请停下来。留给读者或观众或
多或少的遐想。

···

时间 / 气氛紧张度的关系

故事存在于时间 / 气氛紧张度的关系中。故事从开头走向结尾，在穿越时间线的过程中，气氛紧张水平也会或高或低，起伏变化。纠葛阶段是气氛紧张度和时间二者之间的平衡。故事也存在于这个时间的世界中，同样也被划分成时间单元。大致来说，在一个事件上所用时间越多，紧张度越低；紧张度越高，时间越短。

思考一下，下面的故事梗概对应的故事示意图会是什么样子？

> 人物开始时紧张度低。她母亲死了，将她抛给了继母和两个丑陋的姐姐。她经受着贫穷与悲惨。她遇到了仙女教母，仙女教母帮她到了一场舞会，舞会上她和王子跳了舞。后来，午夜降临，她必须跑回家，王子追寻她并找到了她，轻松地为她穿上了水晶鞋。他们结了婚，从此幸福地生活着。

这幅图并非紧张度示意图，而是心情示意图：从底层的贫穷、悲惨和卑微到触及顶层的财富、幸福和成功。将如下所示：

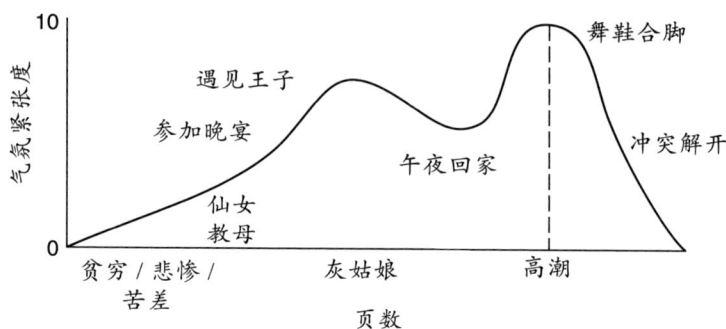

图表 12.18　《灰姑娘》——西方最受欢迎的童话故事之一——为言情小说家所青睐，完成了从贫穷到富有的完美转变历程

⊃ **试一试**

　　读一部你知道并且喜爱的故事。重读一次，这次要思考它的结构。看看你是否能够发现交代、纠葛、高潮和冲突解开这四个阶段。记录下它们出现在何处。留意每个阶段开始与结束的页码。然后制一幅图，用图表的形式描述这个故事。绘出交代转入纠葛之处、高潮出现之处以及冲突解开阶段。如果它没有这些阶段，看看它有什么样的结构，将其绘制出来。

　　本章中我们一直在探讨的故事示意图可以很好地替代书后简介。与其选择其他作者或评论家热情洋溢的评论，为什么不换成这么一个简单的表格——略微一瞥就能告诉我们这本书是否会吸引我们。我们生活在高度视觉化的世界中，这个想法或许会成真。

❤ **聚焦点**

　　1. 故事有模式。故事的平衡和比例对其意义以及对读者和观众的影响都至关重要。

　　2. 尽管交代贯穿整部故事，但它应尽快结束。交代应简单，否则故事进展会耗时过多。

　　3. 到目前为止，故事的主体是纠葛。因作者处理纠葛的能力以及使读者沉迷于书中或屏幕上的能力，故事或成功或失败。

　　4. 根据定义，高潮不会永久持续。高潮是巅峰，是激烈的，必须是短期的。

　　5. 冲突解开也不应占很大的故事量，否则故事就永远结束不了。作者为了告别用了太久。当你来到结尾时，停下来。

☞ **下一步**

　　我们将探讨这个理论在写故事时多么有用。然后我们将研究三幕结构以及最新的电影剧本创作理论。

第十三章

电影剧本创作理论：使用三幕结构

你将从本章学习以下内容：

- ➤ 电影剧本创作中的三幕结构法
- ➤ 如何使用情节点、关键时刻和转折来构造故事
- ➤ 如何识别不同作品中的结构和情节点
- ➤ 在视觉主导的世界中形象化写作的重要性

写作理论的价值

　　理论不仅可以有趣，一旦理解了，它还拥有力量，在整个职业生涯中都会给予作者优势。前几章中包含了许多理论。对学生来说，理论有时看起来抽象并且与讨论中的活动脱离。"为什么我们在学习理论？"他们问，"我们要做的不过是果断行动、提笔写作。为什么我们不能径直投入，开始尝试，然后看看我们能做什么呢？"在创意写作课程中，许多写作指导教师会采取这样的方式，让学生一头扎进去；这可能是入门以及拥有写作感的好方式。任何人都能潜入其中，写出不错甚至很好的作品。但一个人能走多远就是另一个问题了，他也可能会溺亡。

　　就拿开车来比喻这个问题吧。为了驾车你需要驾驶理论吗？可能不需要。假如你自己坐在车里看别人开车，你可以慢慢熟悉，最终成功掌握。但是这要依赖另一个假定，那就是你有时间去观察、了解汽车是什么以及它是如何运作的。要是你一无所知地来到一辆车前，这将会难上加难。

但即使观察极少，你能否立即操纵汽车，路上你会有多少
轻微撞车事故以及需要多少次的反复摸索，或许会取决于
周围环境以及你的能力。被人教如何驾驶很重要吗？或许
并非如此。这样做值得吗？值得。耐人寻味的是，驾驶的
实践层面以及理论要素——在英国被载入《公路法》——
关联密切。未证明你确实能开车，也未参加考试——让你
回答一些关于驾驶的理论、知识问题——的情况下，法律
上你是不能通过安全驾驶的。光做还不够，你还必须熟知
该怎么做并且表达清晰。汽车可以是致命武器，在不当的
人手里可以杀人。在教驾驶的过程中，任何不先对基础知
识做起码解释的教练都是玩忽职守。这样教创意写作的老
师也属于玩忽职守。

　　情况常常变得混乱，因为通常我们都会写作。我们在
学校都学习写作。但是并非所有写作都是创意写作：论文、
评论、书信、电子邮件、购物清单，我们写的大部分东西
都不能说明我们有写小说、故事、诗歌或者剧本的能力。

　　但观点已表明——尤其是关于结构和技巧理论的观
点，了解自己在做什么，能够在你写完一部作品之后帮到
你，但在写作过程中不能。这等于是说："当你最后开到树
篱中去了，才是思考自己该如何驾车的时候。"毫无疑问，
抽象理论并非故事的源泉，知道这些构造故事的"所谓规
则"并不会帮你写出一篇好故事，实际上可能会阻碍到你。

你不能仅根据一幅蓝图来写故事，除非你已将这些经验内化，否则过多地依赖理论很可能妨碍你的写作。但那并不意味着学习理论没用，并不意味着我们应把理论统统放在一边。那就太过了。本书认为恰恰相反。

↘ **关键点**

> 理论是学习写作以及教授创意写作的核心。学习理论能促进、提升你的写作。要想能以最高水平写作，理论必不可少。

写 作 过 程

所有富有创造力的艺术家都从黑暗神秘的地方发掘创意想法。他们经验越丰富，其作品就越具创造性。即使创作时，他们心中也有一定的目标——赋予作品模式与形式。他们会研究出一种专属的工作方式，也就是个人技巧。他们心中会有理论要素或有关形式和构成的想法，这些将通过他们的写作、阅读和学习等方式来获取。随着我们对自己的工作更加得心应手，技巧和理论知识——尽管我们自己不这么称呼——也在增长。每当我们一遍遍地做某件事，我们就会明白如何应对它，让它为我们服务。若我们要清楚阐释这种方式，可以美其名曰我们的"写作理论"。理论有助于所有作者的提升与发展，有助于他们理解自己在做什么、想做什么。理论化想法或许最初显得矫揉造作，甚至是公式化的，但是一旦运用起来，你就会开始理解它们，相应地，它们也会助你构造、塑造作品。你可以学习并且需要学习理论，同时也要练习，因为二者关系密切。比如说，你了解故事写作的传统理论，那么你就能更轻易地摆脱理论束缚，或者加以调整使其为自己所用。

↘ **关键点**

将写作从理论及其对作品的影响中分离出来是不可能的，否则只会误人子弟。

谋 篇 布 局

写作过程因人而异，但如果你想要用上前几章中我们研究的类似构思，最好的方法便是写之前做好布局构思，然后据构思来写，但可随意调整你的构思。例如写的过程中，可随时调整模式，对构成场景和章节的材料重新排序。新想法的涌现贯穿写作始终；你不可能在开始之前将它们全都构想出来。我们在这里谈论的是创作过程，它是一个过程。如果在下笔之前，你就能将自己想在剧本或小说中表达的一切陈述出来，那么小说、剧本或者创造性过程还有什么意义呢？写作既不是按计划工作，也不是全无计划。它并非如此泾渭分明。

最好的建议是，写作的时候要有计划，但写作过程中也要随时准备好修改计划。将计划作为指引，又不要拘泥于此。写作中许多最令人惊喜与愉悦的时刻都源于偏离路径的小小迂回；但是要尽可能快地回到主路上来，否则你选择的新路径将会变成主路。下笔写作之前规划好明确的主线，将会在你可能偏离之处、需要返回之时帮到你。千万不要为了偏离而偏离，而要灵活行事。

当你开始写诗时，胸中必须有模式。了解自己正在使用的这种形式。正如莎士比亚知道他何时在写十四行诗、何时在写戏剧一样，你知道自己在写小说、电影剧本、舞台剧、短篇故事或者诗歌。你会知道它是否是短篇、中篇小说或者十四行诗；你会知道自己需要遵循的"规则"；你会知道它会有一定的长度，或许会有字数或时间限制，很可能也会有其他特征要求。之后，写的过程中再调整，用上我们这里提出的计划。例如，思考你写出来的东西，看看纠葛部分是否开始得足够早；若没有，进行修改，再增加一段纠葛。随后，看看高潮是否在恰当的位置，是否渐进到了高潮；如果不是，调整一下，使其位置恰当、渐进到高潮。这意味着可能要写些新的素材或者来回移动素材。将此模板作为标准，来助你获得奏效的模式。

请牢记

下笔之前必须构思，但也必须在需要的地方做调整。

电影剧本创作

电影剧本创作——世界上最鲜活的写作形式，其中有着丰富的理论。对于电影剧本这种技术媒介，在写作时不可能碰不到编排和故事构建的问题；若是不考虑这些问题，你的剧本写作甚至开始不了。或许只是将字词写到纸上，你就能够顺利着手写故事或小说了（直到你卡在了如何展开故事上），但写不了舞台剧剧本或电影剧本。我们将探讨最新的电影剧本创作理论及其用法，我们将会看到电影剧本创作理论不仅限于电影剧本创作。

电影剧本创作理论

托尔斯泰从来不看电影，简·奥斯汀从来不坐在那里看她最爱的肥皂剧，狄更斯从来不写、不导演、也不制作迷你电视剧。但若是他们中的任何一位如今开始从事这一行业，都会被建议说要去展示而不是讲述，要做成一个场景。他们将会被告知要以场景开篇——以人物间对话的场景带我们径直投入到行为中，就像电影中一样，而非长篇散漫的或者描写性段落。许多人都认为，如果莎士比亚如今还在世，他将成为获奥斯卡奖的编剧。

很显然，整个二十世纪以及二十一世纪的开端，电影和电视对写作的影响举足轻重。尤其是虚构写作，一直受电影影响，至今仍在持续。伟大的小说家，如奥斯汀、狄更斯、陀思妥耶夫斯基、乔治·艾略特、亨利·詹姆斯、托尔斯泰或者特罗洛普以及近来许多作家，他们之间的对比将会证明，如今的小说起源和感染力上相较以往（比如说十九世纪）更加视觉化。当今，我们强调经历至上，尤其是我们看到了什么。许多当代作家的写作极其视觉化，就好像写书时电影已经浮现于脑海。詹姆斯·邦德和杰森·伯恩类型的动作惊险小说被强烈要求拍摄成电影。想必你能想到一些自己读过的书，恰好也是极佳例证。

↘ 关键点

无论何种情况下，视觉都是一种处于支配地位的感觉。我们每天从电视、电影、网络（尤其是我们的电脑屏幕上）获取海量的视觉信息。我们的世界受视觉支配，而这影响了故事构造和讲述的方式，同样也影响了我们所有人的生活方式。

....

形象化写作

　　形象化写作的另一个特点是，读者已习惯于此，并且现在有着期待。这是个问题吗？不，只是读者对此有期待。跟读书比起来，我们会看更多电影、更多可视化资料。任何关于写作的严肃书籍都需要将这一理解作为核心。电影是一个极具活力的行业。就新想法、新技术和新理论的产出，尤其是故事制作和故事结构而言，近来它一直是最为活跃的写作领域。

电影剧本结构

　　总的来说，电影剧本有四个主要方面：

　　» 想法 —— 有时称其为故事理念或主题。

　　» 里面有谁 —— 人物。

　　» 情节结构 —— 故事如何展开，故事如何讲述。

　　» 各个场景 —— 基本构成要素。

　　我们将聚焦于情节结构：故事如何讲述，故事如何构建。电影剧本创作理论及实践由三幕结构主导。现在我们来探究一下。

三 幕 结 构

三幕结构是电影剧本的核心。从某种意义上来说，你已经在使用三幕结构了，开头、中部和结尾就是一个三幕结构，交代、纠葛和冲突解开模型同样也是三幕结构。

悉德·菲尔德是作家、导演，也是教师，写过多本关于电影剧本创作的书，也曾给世界各地的电影剧本写作研讨班授课。他的书《电影剧本写作基础》（1979）以及《电影剧作问题攻略》（1998）——其中大多数素材都能在《电影剧本写作终极指南》（2003）中找到，对任何试图理解电影剧本创作理论的人来说都不可或缺（见更进一步）。《电影剧本写作基础》首次出版是在1979年，许多人都将其视为电影剧本作家的至交好友。

菲尔德认为三幕结构是两小时或一百二十页长的电影剧本的基本形式。第一幕是设定。菲尔德建议这部分长度约为三十页。在这个部分里，你开启故事，创设人物、前提以及戏剧化情境。我们知道这是关于谁的以及他们想要什么或其中牵涉到了什么。

第二幕是对峙。这部分约有六十页长，是设定的两倍，其中人物遇到且不得不克服一个个的阻碍。这是故事的重要部分，在这部分中，人物受到考验，为了追求目标经受磨炼。第三幕是冲突解开，从第二幕结尾起到剧本结尾止，大概有九十页。在电影的这个阶段，故事将圆满终结。

或许，规定这些阶段的实际页数看起来很公式化，但是跟我们前面探讨过的十四行诗的结构比，它还不是那么公式化，十四行诗给出的是规定的诗行数目，并且第九行还有"转折"；就像我们当时所看到的，拥有如此紧凑的结构，实际上能帮助作者顺利创作。如今的电影剧本有着同古代的十四行诗、六节诗和维拉内拉诗一样的技术性结构。十四行诗在当时的繁盛就如同电影剧本如今的蓬勃。从诗人到绅士再到君主，每个人都写十四行诗。在十七世纪的英国，詹姆斯一世就写十四行诗。今天，每个人都在写电影剧本。构造最为严格的写作形式变得最普遍、最流行，这是偶然吗？

并且，你即刻就会看到，这个从设定经对峙到冲突解开的渐变过程，跟我们一直在思考的故事模式和故事的不同阶段相似。将设定替换为交代，将对峙替换为纠葛，而冲突解开在两个模型中保持一致。

电影剧本有了这个基础模式，也能对其他重要问题有重大帮助，比如：

　　» 如何使主人公从开头走向结尾？

　　» 渐变一在哪里终止？渐变二从哪里开始？

　　» 渐变二在哪里终止？渐变三从哪里开始？

　　» 是什么迫使人物从渐变一的结尾到了渐变二？

　　» 是什么迫使人物从渐变二的结尾到了渐变三？

这些点在故事中都很重要，它们形成了叙事的主线，也推动了叙述的进展，或者促使叙述方向产生些许变化。它们因而有助于赋予故事结构和活跃的动态特征。

情　节　点

悉德·菲尔德对电影剧本创作领域的主要贡献跟过渡点有关。菲尔德说，为使故事从一幕转到下一幕，作者必须创设过渡点。他将这些过渡点称为情节点。其他人将它们称为"转折点"。引用菲尔德的话说，情节点是"任何'钩'住行动并绕它转到另一方向的附带事件、片段或事件"。绕它转到另一方向是情节点的关键。

菲尔德认为，打算写电影剧本之初，你需要了解四件事——结局、开头、第一幕结尾的情节点以及第二幕结尾的情节点。这些标志将会为你锚定剧本。

第一幕	第二幕	第三幕
设定 情节点一	对峙 情节点二	冲突解开

让我们详细探讨一下情节点。

情　节　点　一

情节点一不会使故事从交代转到纠葛。迫使主人公行为变化的必须是一个故事。到需要情节点时，你的主要人物以及故事已在遭受纠葛的影响。第一个情节点所做的是使故事转折，从一个方向转到另一个方向。迫使你的主人公跟意料之外的事对峙的必须是过渡时刻，该时刻使得故事转到了一个出人意料的方向。

✖ 请牢记

情节点或者转折点跟十四行诗中的转折一样：它标志着构想从一个阶段转入另一个。

📖 案例研究：《我的堂兄文尼》

1992 年的电影《我的堂兄文尼》中，当故事从两个男孩被控谋杀转到文尼成了一位成熟的律师，第一个情节点出现了。

设定给我们介绍了两位纽约的大学男生在假期里开着敞篷车穿越亚拉巴马州。他们停到便利店买食品杂货，之后不多时便被警察用枪指着拦了下来。他们还没明白怎么回事，就被关进了监狱，先被审问，然后被控谋杀了便利店老板——他们刚刚离开商店后发生的案件。他们的生活显然变得倍加复杂。他们需要一位律师。其中一个男孩有位来自布鲁克林的律师堂兄——文森特·拉瓜迪亚·"文尼"·甘比尼。他们给他打了电话。文尼和他的女友莫娜·莉萨·维托一起抵达现场。两个纽约人到了南方腹地，无论是着装还是做派上，都立即引人注目起来。故事中引入两人是个新的纠葛，但是引入本身不是情节点。将文尼和莉萨引入叙事中并不会改变电影本身的方向。他们是新人物，会给故事带来新维度，但此时故事仍沿着原来的方向，仍然跟两个被控谋杀的男孩有关。故事的问题是"他们会被判谋杀罪还是会离开，文尼会扮演什么角色"。文尼会促成这件事，但他的到来并未改变故事的方向。应该说，尚未改变。

转折

不久之后改变就出现了，文尼上了法庭去见审理这件案子的法官——法官张伯伦·哈勒。故事转折发生在这一场景的中间。哈勒问文尼过去处理过的案子。文尼是来自布鲁克林的人身损害律师，在数次努力之后刚刚获得律师专业资格，哈勒的法官办公室、哈佛法学文凭以及他显而易见的权威一下子使他胆怯了。文尼跟他撒谎，假装自己已经从业很长一段时间了。他还说，自己处理过的谋杀案"相当多"。当哈勒问他后续如何，文尼说"赢了一些，败了一些"。哈勒被文尼自以为是、满不在乎的举止冒犯了。哈勒潜心钻研法律，是个重视程序的人，他告诉文尼，他是个没耐心的人，当文尼上他的法庭时，需要知道"法律的准确表述"，而且若是文尼不懂法律，哈勒会毫不留情。导演借用音乐凸显了情节点，用文尼和法官的脸部特写镜头来进一步强调。哈勒将一本大部头的亚拉巴马州法条放到了文尼面前的桌子上，问他是否愿意接受这些条款。这完全是在挑战，文尼意识到了这个挑战，这也是此处为情节点的原因，但照他通常的行为，他想要一笑置之。"就这？"他说。但是威胁显而易见。该故事现在不再是关于两个被控谋杀的男孩；法官哈勒的问题是"你会来我的法庭跟我较量吗"。文尼的问题是"在想象得到的最有敌意的环境中，在攸关两个男孩生死的情况下，我能学着成为一名诉讼律师吗"。文尼能够成为一名律师吗？哈勒会打压他的信心吗？我们有了冲突和故事的设定。

在这个场景里，我们遇到了电影中第二重要的人物——法官。片刻之前，我们碰到了文尼。我们迅速断定他夸夸其谈、自以为是。他是那种认为自己无所不能的一类人，都市人的精明劲儿会帮他渡过难关。但是现在文尼有了一个不饶人的强劲对手。设定到此完全结束；我们有了主人公以及对立角色，深深陷入纠葛和对峙阶段，这个阶段里主人公及对立人物将会就故事的金子展开较量。这个金子不是男孩们的性命，而是文尼·甘比尼作为辩护律师的未来。如果他没能做到，男孩们将会上电椅，文尼成为律师（以及跟莉萨结婚）的梦想将会变得无望。这不再是一个单纯的案件。到"动点儿真格的，别光耍嘴皮子"的时候了，文尼的整个未来都扑朔迷离。这个故事更深刻了，方向也改变了。

✄ 请牢记

著名的剧院导演阿德里安·诺布尔说，当他导演戏剧中的场景时，他在寻找"关键时刻"。这些时刻是对话或场景中助他塑造行动的转折点。好作者会将这些转折点事先放到其中，让有才智的导演和演员们去发现。

📖 案例研究：《窈窕淑男》

在 1982 年的电影《窈窕淑男》中，当天资聪颖但"难对付"的演员、戏剧指导迈克尔·多尔西意识到东西海岸没有一个人愿意雇他工作时，首个情节点出现了。音乐响起，切到达斯廷·霍夫曼女装扮相走在繁忙的街道上。他变装成多萝西·迈克尔斯去试镜并且得到机会饰演日间医院肥皂剧的女主角。电影从一位演员、教师和好伙伴在纽约当演员挣扎着讨生活的故事，变成了一个男人的探索之旅，他探索在那个世界中作为女人生活是怎样的，这也将使他成为一个更好的男人。

📖 案例研究：《证人》(*Witness*)

  1985 年彼得·韦尔执导的电影《证人》常被当作结构清晰的剧本模型。在《证人》中，阿曼门诺教派男孩塞缪尔在费城第三十街火车站目睹了一场残忍的谋杀案，由哈里森·福特饰演的凶杀案侦探约翰·布克给他看犯罪嫌疑人的照片时，首个情节点出现了。这是个缓慢的过程，塞缪尔仍未能指出杀人者是谁。

  当布克打电话时，塞缪尔在警局的房间里闲逛。突然，他停在了奖杯柜前，被奖杯吸引。在荣获奖章的男女警察中间他认出了某个人，他眨了眨眼。他看看布克，然后把小小的手指指向陈列柜。布克看到了他手指的动作，放下电话冲了过来。他看到了塞缪尔指的是什么，这一刻他意识到了自己、那位警察以及这个男孩的结局。他轻柔地让男孩收起手指，所以其他人没能看到他认出了杀人凶手——一位荣获很多奖章的缉毒警察詹姆斯·麦克菲，由丹尼·格洛弗饰演。在这一刻，整个故事都变化了。它不再是关于破案的故事，而是保护小目击证人以及逃离贪腐警察的报复。

✄ 请牢记

  导演常用特写和音乐增加某一时刻的紧张度，以此来突出情节点。在那一刻，时间似乎慢了下来。无论方式为何，总之都使得这一时刻凸显了出来，毫无疑问地令它成为人物和故事的关键时刻。但是，如果你这位作者没有事先把这样的时刻放到电影剧本中去，导演也做不到这些。

⊃ 试一试

找来《窈窕淑男》《证人》和《我的堂兄文尼》这几部电影，看一看。在每部电影前二十至二十五分钟里寻找首个情节点。看看法官定下关乎文尼未来的挑战时，对文尼来说，时间是怎样看似停滞了的。摄影机好像使此刻定格，音乐进来，这一刻对人物来说更紧张了。看看在《证人》中，当小男孩认出了杀人凶手时，彼得·韦尔是如何处理这种时刻的。思考窈窕淑男这个人物诞生的那一时刻。

↘ 关键点

情节点可能是剧本中的小小插曲，它可能仅有一句台词或者一个简短的场景，但却是故事中的重大时刻。

情 节 点 二

第二个情节点——使电影转向冲突解开的情节点，通常较难发现。需要观看几遍才能发现。

《证人》中，当约翰·布克在镇中心打了吵吵嚷嚷的挑衅青年时，第二个情节点到了。那一刻，他装作阿曼门诺教徒的掩护身份被揭穿，狡诈的警察会再次获取他的行踪。从那一刻起，他们将会来到部落里，找到他并想尽办法杀了他。当布克准备好为自己的未来以及他渐渐在乎的阿曼门诺教派家庭而战时，电影就进入了最后的阶段——冲突解开。

对《窈窕淑男》里的多萝西·迈克尔斯来说，本是男人却要扮作女人的问题一直升级，直至将近失控。他一直被剧里的一位男演员求欢，而他自己也喜欢上了剧里的一位女演员朱莉·尼科尔斯，由杰茜卡·兰格饰演。而朱莉因为他想要亲自己，认为他是女同性恋。由于继续保持伪装对他来说如此困难，当电视公司决定将他的合同再延长一年时，关键时刻到来了。他意识到自己陷入困局。他不能继续假装成女人。这场骗局不再是自己说了算，他自己和其他人的真实感情牵涉到了其中，他想出来。为了能够追求他所爱的朱莉，他需要逃离，重新回到男人的身份。电影的最后一部分正是关于此的。

第二个情节点表明，随着将电影转向第三幕——冲突解开以及最后的归处，第二幕——对峙阶段及其所有令人不知所措的纠葛也正在告终。并非一切都轻而易举。在最后一幕中仍会有对峙和纠葛，但是电影现在有了一个新的方向，并且正迅速朝它发展。

⊃ 试一试

　　找来《窈窕淑男》《证人》和《我的堂兄文尼》这几部电影，看一看。在电影结尾前的二十至二十五分钟里寻找第二个情节点。看看为凸显画面，音乐的引入和灯光的使用方式。看看你能否准确定位和分析第二个情节点在另外两部电影中是如何处理的。请牢记电影需要在此点转折。

⊃ 试一试

　　自己选择一部电影，看一看并用三幕结构分析分析。做些笔记，留意何处、何时设定转入了对峙阶段。然后注意冲突解开于何处开始。留意这些阶段的实际时间。留意电影的总时长，然后看看用于故事各阶段的时间有多少。再看一遍电影，标记出情节点出现之处；首个情节点在第一幕结尾的地方，第二个情节点在第二幕结尾的地方。留意它们出现的时间，然后将其与电影总长度进行比较。留意导演是如何用音乐、镜头角度等凸显或者强调情节点的。

情节点和转折

电影剧本跟十四行诗一样有条理结构。不在于行数，而在于时长。使用此范例，你就获得了与十四行诗、六节诗和维拉内拉诗同样的可在其内写作的框架。我们看到十四行诗第九行有一个转折，诗歌于此处变换了方向。情节点的概念也正如此。你建立起了故事的理念或主张，然后将它转到了另一个方向上。之后的故事中，你又使用第二个情节点，再次转变了故事方向。你可以用这种办法塑造故事，赋予其结构和意义，就像写传统、古典的十四行诗时转折对作者的辅助一样。

↘ **关键点**

正如众多最精美的英文诗歌是借由结构严谨的诗歌形式创作出来的，许多最精彩的英文电影也是借由不同于此但是同样结构化的形式创作的；该种形式适合它们所诞生的时代。

中　　点

在我们结束对三幕结构模型的讨论前，需要提到故事中的另一个点——中点。中点就是故事或行程中途的一个点；在这一点无论返回还是前进，路途都同样远。抵达中点之前，总是会有一种想法，如果进展艰难、过于疲累或是主人公觉得他们已经走了够远了，他们总是能转身然后循着原路折返的。但是一旦达到了中点，这份安逸就会消失；要发起新的挑战，要做出新的承诺：主人公想要放弃追寻、原路返回到起点，还是会鼓起勇气继续下去？

当人物艰苦跋涉穿越荒漠、奋力挣扎着通过沼泽与丛林、乘一叶摇摇欲坠的扁舟搏斗着跨越海洋或者攀爬陡峭的山坡时，故事的中点常常出现。他们会被击败还是继续朝着胜利前进？在中点时，主人公返程跟继续下去一样费力，所以他们认为最好还是继续走下去，但是某件事的发生、一个意外的出现，其意图都是引导主人公对此做出评估。在故事中的这一点，主人公必须：

» 重新评估他们的追求。

» 考虑放弃。

» 下决心继续（他们不得不继续）。

» 提出新的目标或者新的更精准的聚焦点。

» 越过中点，全身心投入到下半段历程。

↳ 关键点

　　故事里的中点是真正的无路可退的点。

新信息常常在中点出现，或者在这里主人公才意识到真正在发生的事以及攸关成败的是什么。在电影《证人》中，中点出现在布克和雷切尔意识到他们相爱并且爱情会改变彼此的生活的时候。故事中的爱情跟生活中的爱情一样，总是能够改变生活。后来，当布克看到雷切尔在水池中半裸着洗澡，而且她允许他看到，这一刻，他们意识到他们必须决定是否要使爱情完满。如果这样做了，他将不得不留下来，而他不能留下来。他不属于阿曼门诺教派的世界，不属于他们的部落。她最终会被排挤出阿曼门诺教派的部落；他不得不放弃自己的生活，住在她的部落，但是这些结局都是不可能的，因此他们在走一条不归路。之后，电影讲述的是他返回家中，而她回到和阿曼门诺教派一起的生活。故事中爱情的确认常常表明无路可退。在《窈窕淑男》中有另一个陷入爱情的中点，是迈克尔和朱莉。这一点之后，若是他们要在一起，故事就走上了不归路。

⊃ **试一试**
看一看《我的堂兄文尼》，找找中点。

⊃ **试一试**
看看你最喜欢的电影，分析它的结构。你需要看两到三次。电影开始时用上你的手表或计时器，找出情节点

一、中点和情节点二。留意它们出现的时间。一直看到电影结束，你对时间有了准确把握，然后看看各种不同的点都出现在故事的何处。中点恰好位于中途，在开始和结尾的中间吗？试着将中点结构用于你正在写的小说或散文中。

有理论家认为，中点这一时刻在故事中是如此关键，标志着另外一个阶段。他们提出三幕模型实际上是四或五幕模型。如果你想了解更多这方面的信息，可以在克莉丝汀·汤普森的《好莱坞怎样讲故事》（1999）中找到相关的讨论。你也需要看看罗伯特·麦基1997年的一本详细介绍电影剧本创作中故事要素和故事设计的书，书名很简单——《故事》（见更进一步，了解这两本书的详情）。

♥ 聚焦点

1. 理论不会阻碍你，它对你的写作极其有帮助。

2. 学会一个公式，然后忘掉它。理论内化后再写作，你的写作水平将会提高。

3. 研究一下你的所读或所看，分析它是如何达到预期的（或没达到），这对提升你的写作极其重要。

4. 掌握你想要写的那种形式能够助你驾驭写作。

5. 如果你想要导演凸显你剧本中的一个重大时刻，

那么将这个时刻放到剧本里待其发现。

ꙮ 下一步

下一步将仔细探讨其他电影剧本创作理论，这些理论会给故事构造提供不同的方式。

第十四章

神话结构的运用

你将从本章学习以下内容：

- ➤ 在电影剧本创作中如何运用神话结构

- ➤ 神话、寓言以及故事类型的要素

- ➤ 如何将电影剧本创作结构引入其他写作和叙事类型

神 话 结 构

神话学者约瑟夫·坎贝尔颇负盛名的著作《千面英雄》于 1959 年在纽约首次出版。对不同文化中神话的广泛研究是坎贝尔此书的核心内容。他将《格林童话》《一千零一夜》与希腊神话和众多其他神话做了比较。坎贝尔这本书的核心宗旨是人类需要"在象征性的外衣下讲述真相",他论证了故事是如何建立在一系列叙事结构和人物原型上的,这些结构和原型都能在神话寓言中找到。书的第一部分讲"英雄的历险"。跟我们先前谈论过的三幕结构类似,他也将这部分划分为三个章节。第一章题为"启程",第二章题为"启蒙",第三章题为"回归"。

第一章：启程

这一阶段有五部分。

1. 历险的召唤

2. 拒绝召唤

3. 超自然的助力

4. 跨越第一道坎儿

5. 鲸鱼之腹

下面是对每个阶段和每个章节的必要简述。

历险的召唤

召唤来自命运之神。这召唤会使一位有意愿的英雄阔步而出，去寻求历险；在这里，英雄投入到历险中是出于自愿。也可以是一位不情愿做英雄的人误入了历险中或者被善意或恶意的力量拖入其中。《爱丽丝梦游仙境》（1865）中，爱丽丝掉到了兔子洞里，误入了奇幻的仙境。就如我们之前所见，希区柯克的电影《西北偏北》就是一个关于身份误解的例子，将罗杰·桑希尔召唤到了被误认为是间谍，被控谋杀的历险中。无论是以何种方式开端，都要走向下个阶段：

拒 绝 召 唤

英雄拒绝召唤。他或许一门心思只顾想着其他事，他或许只是没有听到召唤或者没认出它是召唤，他或许主观意愿上拒绝了它，他或许害怕或对责任望而生畏。无论他处于何种心态，他需要鼓励才能接受召唤。鼓励通常以下述形式出现：

超自然的助力

　　欧洲的民间传说里，助力常源于女神或仙女教母形象的保护人。《灰姑娘》中的仙女教母和《星球大战》里的欧比旺·肯诺比都是典型的导师形象；这类人物能够在途中给英雄提供保护，甚至帮助那些一开始拒绝召唤的人。他们通常也给予英雄神奇的力量或者装备——一柄剑、一个盾牌或者咒语。在关于珀修斯与蛇发女怪美杜莎的古希腊神话里，珀修斯收到了来自宙斯的超自然助力——坚韧的宝剑和"哈得斯的黑暗头盔"，其中头盔能让他隐形。女神雅典娜给了他一个锃亮的盾牌，这意味着他不必直视蛇发女怪就能看到她，在杀她时不必冒着被石化的风险。在詹姆斯·邦德系列故事中，你可以看到超自然形象Q——提供高科技魔法——的影子。Q总能给詹姆斯·邦德提供最新装备，比如一支其实是枪的笔或喷射神经性毒气的打火机，来帮助他战胜反面人物、避开危及生命的情况。有了这种保护力量引导，英雄继续前行，履行使命。

跨越第一道坎儿

　　这意味着英雄脱离已知跨入未知，脱离他熟悉的日常，跨入未知和陌生中。或许，他实际是从一片光明走入了黑暗，例如从日光下到了洞穴里。跨过了这道坎儿，就是他的敌人所在之处，但那里同时也有"金子"，获取金子是召唤英雄的目的。这些坎儿对英雄来说是不一样的全新地方——黑暗而危险的地方，那里有着力量强大而诡诈的东西。在神话和寓言中，它们常是通过黑暗的洞穴、荒漠、丛林、荒岛、海底陆地、山、太空来展现的，并且充斥着怪异的声音、梦以及生物，到处是蛇、食人恶魔、巨人、女巫、男巫以及各类威胁。当英雄在这些地方遇到了其他人时，他不知道自己能够信任谁。但坎儿本身不是结尾，坎儿只是一个出口、一个入口、一个通往别处的起始点。它通往：

鲸 鱼 之 腹

这一阶段，英雄远不能征服未知，而是会被其吞没；按字面意思理解，他进了鲸鱼腹中。约拿被鲸鱼吞下，但那个地方不需要是真正的鲸鱼之腹。《星球大战》中，卢克·天行者被吞到了死星腹中，那里潜伏着一头怪兽，似乎要杀死他。这个阶段里，英雄显而易见的死亡是故事的共有特征。许多民间传说里，英雄被怪兽或食人魔吞掉了，看似死了，但这种假死不是英雄的终结；相反，它将引出英雄的蜕变。他因这次经历而改变——常常是肉体连同感情上的改变，蜕变成了迥然不同的人。渡过了此次磨难，他更强大、更能适应前方的道路、更加具备进入接下来的阶段的能力，这些就在第二章中。

第二章：启蒙

该章节有六个阶段，坎贝尔称之为：

      1. 试炼之路

      2. 与女神相会

      3. 狐狸精女人

      4. 向父亲赎罪

      5. 神化

      6. 终极的恩赐

跨过了坎儿之后，英雄进入奇异之境，必须历经：

试 炼 之 路

途中，他很可能要遭受一连串试炼，而且被超自然力量、魔水或者别人赠予他的装备保护着。在这里，他或许也会遇到和善的力量，帮助与引导他通过艰难的试炼。试炼可能众多且形式多样，但当他越过所有障碍，英雄被带去：

与女神相会

这在故事中是紧要关头。与女神的会面发生在洞穴中最幽暗之处或者英雄所到的神秘之境中最深远、最偏僻的地方；发生在内心深处最重要的地方，是英雄的最后一道考验、是赢得爱情馈赠的最后一次机会，而爱是永生的关键。女人在这里象征着生，象征着生的赠予者。与女神的婚姻象征着英雄与生的结合。英雄经受的考验则是为结合所做的准备。他们结合在一起，但这一阶段并不持久，此时，英雄看到：

狐狸精女人

此阶段最弱时，英雄看到他不能跟他娶的这个女人厮守。仅仅和她厮守是不够的，他的目标还在前方等待。对于女主角也是同样的，她意识到必须离开自己嫁的这个男人，以应验宿命。许多情况下，英雄不得不迫使此次分离发生；这是又一个艰难的决定。此阶段最强时，对肉体的厌恶占据了上风，英雄意识到他被兽性的一面所捆缚。就像落入喀耳刻魔法的人，他冒着被幻化成猪的风险。最终，若是他想获得精神力，必须从此种状态中脱离。他不能停留在低等的肉欲状态，而且他离开了，从这种结合中离开去往下一个阶段：

向父亲赎罪

　　这是更深一步的试炼和启蒙，其间英雄学会了应对父亲食人魔的一面。它根源于古代对年轻人的精神指引、对他们进入部落的启蒙，与跟男性力量打交道有关。冥府的太阳或死之王都是令人害怕的类型，然而最终英雄能在这个阶段遇到并认识于其有益的父亲形象。达思·韦德——卢克·天行者的父亲，无疑是一位死之王。启蒙的痛苦与煎熬一旦告终，英雄便抵达了下面的阶段：

神　　化

　　这一阶段，他被推到了神的级别。他被奉为理想的英雄或是英雄特质的化身。他男性的一面和女性的一面同他的世界结合到了一起，他被公认为出类拔萃的人、天生的王，能够完成下个阶段：

终极的恩赐

　　英雄获取了"金子"。实际上，这并不会是真正的金子，因为金子只不过是物质，理解太过于表面了。更多时候，它是永恒之光或者神的灵丹妙药。通常用物质的东西来代表它，但其实它更像是神维持永恒之光的力量。有了终极的恩赐，英雄获得了神一般的力量，这就引出了历险的第三个也是最后的阶段，第三章：回归。

第三章：回归

跟第二章一样，这一章也有六个阶段，坎贝尔称之为：

1. 拒绝回归
2. 魔幻逃脱
3. 外来的救援
4. 跨越回归的坎儿
5. 两个世界的主人
6. 自在的生活

拒 绝 回 归

现在，英雄的任务是将他为了人类寻找的"金子"带回人类世界中。事实证明这并非易事，并且常常被拒绝，英雄想要留在神域。如果英雄虔诚的保卫者在他探险时支持他，那么他们将继续在他归途中保护和支持他。如果他所进行的探索有违神愿，如果神希望他留下而他决心回归人类世界，如果他偷了他们的"金子"，那么神将会动用一切力量追赶他。这常导致：

魔 幻 逃 脱

逃回途中常会伴随各式各样的阻碍和魔法骗局，其目的是阻止英雄逃离，也会出现许多插曲——英雄想方设法摆脱追赶着他的超自然力量。当珀修斯将美杜莎的头装进袋子迅速离开时，蛇发女怪的姐妹在追赶着他。伊阿宋出发去夺取金羊毛，回归途中他遇到了许多阻碍，之后他才带回了奖品。还有一个最为魔幻的逃脱——斯蒂芬·斯皮尔伯格的《E.T. 外星人》（1982）里的一段真正的电影魔法，政府人员和科学家一心要将外星人架上"刑具"，逼迫其回答他们的问题，使其屈从于科学测试，外星人及其伙伴为了逃离他们，骑自行车飞到了树上。

他靠自己就能完成返航，但是英雄的回归通常在下个阶段中完成：

外来的救援

如果英雄自己不能从超自然的世界中逃回自己的世界，他自己的世界就会赶来帮忙。帮助通常来自普通的人类世界，但是无论如何完成了，为了回归，英雄不得不完成这最为艰难的历程：

跨越回归的坎儿

跟这场历险中的其他事一样，这次跨越也不容易。当英雄跨过第一道坎儿进入充满奇异力量的黑暗、隐秘的世界中时，他一心沉浸在普通世界里。现在他设法回归，带着他获取的秘密。英雄的第一个问题是，为何他会为了平庸乏味的旧世界离开新世界？为什么回来？第二个问题是，这是一次危险的跨越，是一次冒险。没多少人能够成功跨越并活下来。他可能也不能幸免。

在电影《阿波罗 13 号》（1995）中，从阿波罗号飞船上返回地球的船员知道，从非凡的太空探险返回地球时，必须要跨越地球大气这一回归的坎儿，他们很可能在跨越时被烧为灰烬。但是他们不得不屈服于对他们的严酷考验。他们同休斯敦的地面控制人员失去了无线电联络，很长一段时间里，于他们的同事、妻子和其他家人而言，他们似乎已经死去，但他们奇迹般地生还了。无论是以何种方式实现回归，完成回归时，英雄变成：

两个世界的主人

现在，英雄回来了，他身上承载着两个世界的主旋律，且主旋律与他融为一体。他向人类证明了另一个精神世界的存在。他从一个世界穿越到了另一个世界。并不是所有人都能跟随他，但是其他人能够通过他的历程瞥见并且意识到另一个世界的神秘。就像《阿波罗 13 号》太空飞行任务中的英雄一样，他们是特殊的人。这些英雄现在重生为圣人或者触碰到永恒智慧的人。这一历程、通往另一个世界的神奇通道以及回归的结果使英雄有了：

自在的生活

他返回普通世界中生活，但跟开始历险时的那个人已有所不同。之前，他无足轻重；现在，他的内在更加完整。他无私、超脱凡俗、能洞察而且行动自由。他现在有了生的自由。

> **关键点**
>
> 从早期的故事到现代故事，都有着共同的结构和叙事模式。

> **请牢记**
>
> 上述是坎贝尔勾勒的结构中各个阶段和重要事件的必要简短概述。若是激起了你的兴趣而且有能帮到你写作的东西，那么读读原作。它包含的内容更为丰富。

作 家 之 旅

克里斯托弗·沃格勒阐述了好莱坞版本的英雄探索。沃格勒是一位故事分析家，他的《作家之旅：源自神话的写作要义》一书1992年于加利福尼亚出版（见更进一步），该书从坎贝尔的作品中汲取良多。他对坎贝尔作品的提炼对许多好莱坞电影都有显著的影响。

沃格勒的方式是带着英雄经历一系列阶段。你可以在《星球大战》系列电影中清晰地看到此种结构。《作家之旅》的故事梗概包括十二个阶段：

1. 普通世界。这个世界首先建立起来。这是人物居住的正常世界，遵循着他们平凡的日常，履行着他们的日常职责，然后到了第二个阶段：

2. 历险召唤。这一阶段，某件事碰巧扰乱了宁静。可能是一个事件或一位人物的到来——中了大奖，获赠遗产；获得了奖学金；打开了花棚的门，发现了狐狸和幼崽。起先，主人公：

3. 拒绝召唤。这是故事的下一个阶段。人物有疑虑和不安，感觉他们没有准备好，然后退缩。第四个阶段：

4. 遇见导师。这部分将某个人引入到了故事中，帮助主人公遵从故事安排。导师或许是一位有智慧的人、一位阅历丰富的长者，能够给出建议和帮助。他们或许可以训练一个人的新技能，比如《功夫梦》（2010）中的导师，他通过让主人公粉刷房子和围栏，开始训练主人公的空手道技巧。乌比·戈德堡在《人鬼情未了》（1990）里饰演的人物发挥了同样的作用。通过导师的加入，主人公完全进入故事、历程或探索中。这引领着他们前往下个阶段：

5. 跨越第一道坎儿。主人公在这个阶段进到了故事的特殊世界中。他们在探索，途中他们不得不经历下一个阶段，称为：

6. 考验、盟友和敌人。这一阶段，他们的技能遭到考验，还获取了新技能。他们也遇到了会帮助自己的盟友，结盟、遇敌并树敌。事件在升温。这个世界中有些人不想让主人公实现目标；他们想要的恰相反。但是主人公继续前行；他和他的盟友研究出了一个行动方案，包括：

7. 去往最隐秘洞穴的路径。在故事的这一阶段，主人公进入了黑暗之处——敌人的巢穴，他们一直寻找的宝藏将在这里被发现。这个地方并不友善，对他们来说极其危险，他们不得不面对：

8. 最严酷的考验。此时此刻的故事中，主人公需要调动他们所有的技能以及深层品质，从敌人力量的猛攻中幸存下来。他们可能看起来会失败，但确实成功了。他们紧紧抓住：

9. 回报，夺取了剑。剑，真正意义上可能是一把剑、一份文件、灵丹妙药或珠宝；它会是这次探索所要寻找的任何事物。主人公拿到了它，但他们接下来的任务是从黑暗之地返回光明中。便到了下面的阶段：

10. 归途。敌方想方设法要夺回他们丢失的宝藏，因此归途中会有重重挑战。故事到了此处，通常英雄似乎已被杀害。故事中会有这样一个时刻——主人公好像失败了，甚至是失去了性命。这是他们的至暗时刻，但下一个阶段来了：

11. 复活以及故事高潮。英雄幸免于难，能够进入历程的最后一个阶段：

12. 带着灵丹妙药回归。他们带着神的火焰欢欣鼓舞地归乡。

你可从中看到沃格勒是如何从坎贝尔的先驱作品中研究出了他的十二个阶段的。他将原始的十七个阶段简化成了十二个阶段，使其适用于电影。

《作家之旅》旨在成为作家、编辑、制片人和电影行业相关人员的工具，帮助他们工作。它能够帮助到你。有许多电影都跟这个模型吻合。下次你看电影时，看看是否能够找出这些要素。它们被有意地呈现在电影中，就如《星球大战》和《E.T.外星人》，但在其他电影中也能发现。

在这里，我们给出了坎贝尔的独创作品以及沃格勒的延伸发展的概览，但是如果你被神话原型吸引，读一读坎贝尔的原作，然后再读沃格勒的解读。

➷ 关键点

你或许觉得没有一种适合所有故事的梗概。最好的方法便是看看哪种适合你、适合任何一部你正在写的故事。尽管乍一看会觉得像，但神话结构和三幕结构这些概念并不对立，试着寻找两种理论的结合点，使其协力助你写作。

神话结构与三幕模型并不互斥。比如，将英雄之旅放到三幕结构中去，可能如下所示：

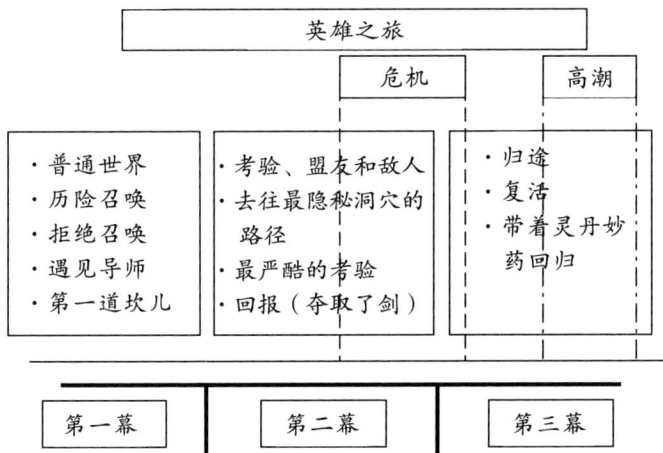

图表 14.1　英雄之旅

如果你采纳了所有机械性观点，比如因果关系、三幕结构和情节点，并将它们同神话以及古代寓言的结构混合起来，你就得到了一种特定类型的电影，如《异形》（1979）、《阿凡达》（2009）、《E.T. 外星人》（1982）、《侏罗纪公园》（1993）、《星球大战》（1977）、《超人》（1978）以及许多其他电影。这些寓言和奇幻电影都是通过所有必要的因果逻辑来构思的。

↘ **关键点** ⋯⋯⋯⋯⋯⋯⋯⋯⋯⋯⋯⋯⋯⋯⋯⋯⋯⋯⋯⋯⋯⋯⋯⋯⋯⋯⋯⋯⋯⋯⋯

在好莱坞，科学和神话并不相互抵触，而是共存关系。电影是古老的叙事方式同新的故事情节设计方法的交流阵地，神话、寓言、信仰和科学交织渗透。

⋯⋯⋯⋯⋯⋯⋯⋯⋯⋯⋯⋯⋯⋯⋯⋯⋯⋯⋯⋯⋯⋯⋯⋯⋯⋯⋯⋯⋯⋯⋯⋯⋯⋯⋯⋯⋯⋯⋯

科　　技

许多电影都是科学和神话的混合体，不单单是指计算机成像等新科技对电影视觉感官的影响，还有内容方面。《指环王》是通过科技呈现在屏幕上的神话和魔法故事。《阿凡达》里，科学能使人类转化成一种生物的形态，而这在神话和童话故事中顺理成章、运用自如。近来，由于科技的进步，有许多此种类型的电影被制作出来。过去，它们或许会被制作成动画，但是现在能通过科技实现了。

相比之下，1947 年的黑白电影《34 街奇缘》制作时人们想都没想过计算机成像。电影围绕克里斯·克林格是否是真的圣诞老人展开。克林格宣称他是名副其实的圣诞老人，然后被送进了精神病院。尽管在我们看来他是个好人，但这也在预料之中。一个理智的社会怎会容许很显然是精神错乱的人随意闲逛、自由地同这个社会尤其是孩子接触呢？他的荒谬挑战了社会赖以建立的基本原则。但是，他的说法自然得到了证实——他是圣诞老人。不管他是与不是，最终并不重要。社会不能于逻辑上证实圣诞老人存在与否，这也不重要；他存在，是因为我们需要他存在。我们需要他存在于我们的生活中和心里。最终归结为这么一个事实，我们需要逻辑，但更需要信念。很久之后的电影《终结者》（1984）是另一部混合型电影，它是有着紧凑的因果结构情节线的科幻动作故事，主题是关于人类与机器、科技的关系；归根结底，是对灵魂的需求。

这些电影的令人着迷之处在于，像美国这样物质至上、科技高度发达的社会，持续在大小银幕上制作出一系列最具神话色彩的作品。找到一个小银幕例子也很容易，故事背景是完美的加利福尼亚小镇，那里到处都是身形完美的人，通往地狱的一扇大门也正位于此地，吸血鬼猎人巴菲这位漂亮迷人的年轻女人在此努力拯救人类。这种神话和理性的结合体现出的不只是运用新科技讲述故事的渴望，利用电影呈现神话、魔法和奇迹已有相当长一段时间。在表达这份喜爱的过程中，好莱坞证实了需求的普遍性。

回到你的作品中对神话结构的运用，理解结构的一个关键点就是并非所有要素都会从始至终呈现出来，它们也不必按照固定的顺序发生；不同故事里发生的顺序可以不同。

📖 案例研究：《我的堂兄文尼》中的神话结构分析 ⋯⋯⋯⋯⋯

《我的堂兄文尼》没有以男主角——电影名来源——的故事为开端。它以两个男孩的故事开场并建立起他们的世界，但很快文尼就到了，（1）文尼的普通世界也娴熟地建立了起来——通过他的车、牛仔靴、太阳镜、皮夹克和有布鲁克林口音的女朋友，还有她对镇上没有中餐的评论。

这部电影中历险召唤的篇幅不长。文尼的堂弟说，他会"打电话"给文尼，然后文尼就来了。文尼的到达、身处此地表明他已经（2）回应了历险召唤。一位屡次未通过律师专业资格考试的人身损害律师，而且仍未有过法庭实战，一路开到亚拉巴马州，为堂弟的谋杀指控做辩护。他强烈的自信是其性格中令人难忘的一部分。

这不是一个拒人于千里之外的人，但法官问及他的经验时，他（3）拒绝召唤。他没有挺直腰杆承认他经验不足这一事实，而是撒了谎（5）。在我们描述过的法官办公室场景中，他跨越了第一道坎儿，英雄此时此地开始全身心投入历程中。我们看到了法官如何发起了挑战以及从此刻起，文尼怎样意识到他正处于严肃的竞赛中。这一场景结尾时，他跨过了坎儿，进入于他而言陌生的国境（6）。

之后，他来到考验、盟友和敌人这个阶段。在法庭上，他经受了严格的考验，都因他完全缺乏法庭程序的相关知识，并且最终导致他因藐视法庭而锒铛入狱（7）。在他去往最隐秘洞穴的路上，他遇到了敌人，也就是控方律师、控方证人还有法官。他的主要盟友莉萨再次帮他重拾信心（8）。

他在法庭上面临着最严酷的考验，但渐渐地，他却能将控方证人转变成盟友，因为在盘问期间，他将证人一个个地驳倒，并且（9）夺取了剑。他在法庭上表现相当出色，此刻看起来他已经赢了这桩案子，并且（10）走上了归途，但历程并未就此结束。他的敌人，就像是称职的敌人那样，不会让他轻易取胜。当天晚些时候，在文尼离胜利仅一步之遥时，控方带来了一位专家证人，他证实犯罪现场的轮胎印迹确实是两个男孩的车留下的；这项证据让人无从反驳。这让先前所有的证据都垮掉了，文尼想不出该如何提出异议。看来最终文尼还是要输掉案子；他心情低落，所有希望成了泡影。这一刻，英雄似乎战败了，甚至死去了。莉萨试着给他看他们停留期间她拍的照片，但是文尼对她爱搭不理。正当处于山穷水尽之时，他两眼凝视着一张照片，忽受启发，扭转败局。

莉萨拍的照片中有一两张是犯罪现场，文尼从其中一张里看到了一些东西，确实证明了男孩们的车没有留下车胎印记（11）。文尼抵达复活阶段。他叫莉萨上了证人席，就照片向她询问，她的证词起到了决定性作用。男孩们被无罪释放，真正的凶手在另一个县已被逮捕，文尼获得了胜利（12）。文尼带着灵丹妙药回归，他胜利了。

所有阶段都在这里了，连带着遇见导师（4）。这一阶段贯穿故事始终。导师这一角色由莉萨、控方律师和法官共同扮演，尽管文尼实际上有一个导师，并且在电影中多次提到，就是当初让他走上律师之路的那位法官。

⊃ 试一试

　　利用你心中对电影的了解，看看《证人》《窈窕淑男》或是自己选的电影是否也符合《作家之旅》里的模型。

✖ 请牢记

　　如果你发现某些模型十分刻板甚至是机械化，那么还有其他模型，可通过不同的方式应对故事结构。将这些模型找出来并加以利用。

....

英 雄 探 索

另一个重要且很受欢迎的模型是英雄探索模型。有时它也以图解形式呈现，这次是个圆形（图表 14.2）。

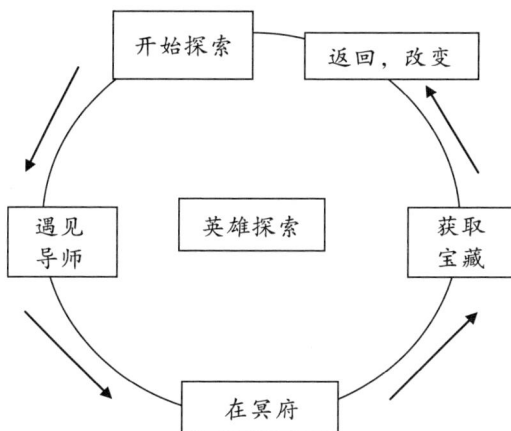

图表 14.2　英雄探索

英雄从接近圆环顶部的地方开始，通常他们是孤儿或者独自在世界上徘徊，需要一些朋友。有人对他们提出了挑战，他们拒绝了，因为感觉能力不足，但遇到了某个扮演导师角色的人，帮助他们开始探索。一旦走上探索之路，他们就需要获取新的技能；他们也会遇到新的朋友、盟友和敌人。之后他们下到了冥府中——他们最为恐惧的黑暗之处，这是他们生命中的最大威胁。在这里，他们必须跟死敌对峙、搏斗并战胜他们。这次遭遇中，或许他们看似会死去，但最终还是会胜利，之后必须一路拼杀，带着他们的回报——他们一直在寻找的宝藏——走出冥府。他们带着宝藏从探索之途回归，并且变得博学多识。探索途中存在诸多变数。

➲ 试一试

> 构思一个人物，他需要学习一系列技能，为他安排一位老师。选取两个人物，构思一篇关于他们的故事，例如导师和门生。

故 事 类 型

另一种写作方式是选取一种故事类型，菲尔·帕克2006年的书《电影剧本创作的艺术与科学》（见更进一步）中有一章写的就是故事类型。他说有十种故事类型并将它们列了出来，每种类型还列举了一两个极为现代的电影案例。

1. 爱情故事（《罗密欧与朱丽叶》）

2. 被忽视的美德（《窈窕淑女》《漂亮女人》）

3. 致命缺陷（《德古拉》《黑暗中的王子》）

4. 有债必偿（《天使之心》、歌德的《浮士德》）

5. 冤家路窄（《危险关系》）

6. 夺走的礼物（《索拉里斯》《德州巴黎》）

7. 探索（《俄狄浦斯王》《星球大战》）

8. 成人仪式（《伴我同行》《穆丽尔的婚礼》）

9. 流浪者（《末路狂花》《亡命天涯》）

10. 无法容忍轻辱的角色（《虎胆龙威》《勇闯夺命岛》）

帕克演示了如何从这些想法展开故事，要么发展成主故事、次要故事、三级故事，要么用于补白，也就是仅持续一两个场景的故事。如果你对此类想法感兴趣，去图书馆借来帕克的书吧。

童　话

因为童话和神话能给你提供精彩情节所需的基本框架，所以它们是很好的素材。一些故事情节相较于其他故事更为紧凑；一些故事更像是事件构成的，而非情节，但它们确实也有结构模式，你可据此来展开故事。其中许多要素也能通过有趣的方法变成事件丰富的当代故事，而当代故事是我们可接受、理解和产生共鸣的。许多作家将童话作为创作的结构基础。据说，芭芭拉·卡特兰大部分极为畅销的作品都改写自《灰姑娘》。安吉拉·卡特通过取材于童话并改写童话而声名大噪。好莱坞将莎士比亚的《驯悍记》翻拍成青少年电影《我恨你的十件事》（1999），用了《驯悍记》中基本的故事和情节，尽管莎士比亚也是从别处借来的，这一类型的作品有着相同的传统。

⊃ 试一试 ···

找一篇你了解而且喜欢的童话故事、神话故事或寓言，比如《小红帽》《灰姑娘》《睡美人》《美女与野兽》等。通读一遍，列出故事中发生的事件。将它们一个个地写下来。将事件用十二至十五行总结出来，以便你对所发生的事有确切的把握。将其改写为当代故事。紧紧贴合情节；试着将一切都用上，然后为故事中发生的事找到当代等价物。

···

电影剧本创作理论的意义

因为相对来说是新出现的写作形式，所以电影剧本创作理论近来对写作形式影响重大，这一点不足为奇。几乎没有什么能与电影剧本创作领域的成就相媲美，例如虚构或诗歌。为了能够和电影剧本创作理论及理论家匹敌，如何构思和创作一部小说、一首诗歌，在过去的三十年里一直在散播，但并没有什么重要理论。针对作家开设的、专注于写作和小说构思的重要研讨会或大师课屈指可数；但大批初出茅庐的编剧却能接触到电影编剧大师的大量研讨班和大师课。电影是当今活跃的写作领域。

　　谁知道写作中的最新进展会将我们带到何处，最新的文化进展将通往何处，因为视觉化的发展并非阅读和写作领域特有。并不是只有电影变得视觉化了，我们的整个世界也是如此，小说作家们也成了其中一部分，能够而且确实在他们的领域中运用了这些新的工具。

⊃ 试一试

　　如果你是一位小说家，试着使用结构和神话的概念为你正在创作的作品构思出一个结构吧。采用英雄探索或者沃格勒的十二阶段法，看看你能否利用它们勾勒出想写的整部故事。

❤ 聚焦点

　　1. 神话结构能为当代故事创作提供很好的模板。

2. 不要满足于他人对一个独创概念的评论。追根溯源，读读原版。

3. 从一个理论建构中摘取一些要素，将它们与另外的建构混合，看看你能想出来什么。

4. 神话和寓言并未死亡；它们仍然存在于世间，在洛杉矶过得很好。

5. 除了电影编剧，虚构作家、小说家都可以利用电影剧本创作理论。

⇘ 下一步

下一章中，我们将进一步探讨其他结构和可能的故事模式。

第十五章

其他故事模型

你将从本章学习以下内容：

> 其他故事模型

> 其他故事模型的使用技巧和叙事方式

> 故事模式形象化的重要性

变革与传统

电脑、互联网、电子书——所有这些发展变化都改变了我们的写作方式、阅读方式，当然还有我们彼此交流的方式。它们似乎还影响了我们的思维方式。写作不能免除这样的科技和文化进步的影响，实际上，写作通常是社会和文化变革的载体，甚至是新思想的发源地。

如果我们将早先的创世神话跟情节紧凑的惊险小说做对比，会看到现在的故事充满逻辑、因果和疑问，而非以前的接纳和信仰。我们的信仰体系和故事的背景均已发生改变，因为在我们这个时代，科学是信仰体系最重要的竞争者。科学——信仰的敌人——已将我们所有人转变为怀疑论者。除了在不知如何理解其自身存在，而需要人类智慧替代全视全知造物者的神圣智慧的世界里，侦探小说这种体裁还能在何处开花结果呢？先前，上帝在解释这个世界并赋予它秩序；现在，虚构的侦探将片段拼凑到了一起。整个凶杀疑案题材都是围绕将行为和事件联系起来的需要扩展开来的。这些故事的一部分吸引力在于：处在无神论的宇宙中，观察人物利用他敏捷的头脑将看似无关联的事件联系起来，或者在看似随意的系列离奇死亡中找到模式。模式在故事中和生活中同等重要。

　　在围绕逻辑、因果和疑问展开的惊险小说里，个人的智慧面临着似乎无穷无尽、源源不断的问题，如果要弄懂这个支离破碎的世界并重新使其完整，这些问题需要解答出来。而以前的故事都是基于已知、公认的故事、神话和信仰，人们的共识是既定的，在现代故事中，疑惑和怀疑是如今的秩序，而人们的意见分歧是既定的。在疑惑和混乱统治的世界中，原因、合理性和逻辑都是我们用来尝试回答无尽问题的工具。

　　尽管我们曾以为我们的世界是静止的，宇宙其余部分绕其运动，但科学告诉我们，我们处在永不停歇的运动之中。我们生活的社会也是一个持续运动、充满能量与变化的世界。变化的动力活跃在我们对世界理解的核心，在一切事物中都起着作用。然而就历史而言，过去艺术形式更为固定，传统极为重要，如今我们觉得没有什么艺术形式是保持不变的，它持续不断地发展，如果停滞不前，它就死了。通常，我们的的确确也接受了这一点，我们渴望的不是传统、稳定和已知的，而是动态、独创的，尤其是要新。穿着古装表演的传统版本的莎士比亚戏剧不被人期待，而且过时。每一部新的作品都必须是现代的，必须跟上一部不同。一位导演不能重复另一位导演做过的东西，以免被人批评缺乏创意。他们必须想出一些新的东西。在我们所有的创意领域里，都要求始终保持创新和原创，要求永远不要重复。有时，这有种为了不同而不同的意味，但它证实的是我们社会和文化生活中持续不断的思索（科学的一个特点），也从许多方面证实了传统的消亡。

我们生活的时代，在信仰和创造力方面没有普遍的正统观念，而是有点儿像民主无政府状态。这既令人痛苦又费解，但也可以成果丰硕。我们有一大批各色各样的写作模式，比如小说、故事、戏剧、电影剧本、诗歌、传记、自传、杂文以及新闻报道。这些形式表面上看来是独立、恒定不变的，实际上却在改变立场，逐步演变。每种模式都有其发展技巧和前行方式。例如，小说利用倒叙和独白，电影剧本运用情节点和特写镜头。但是这些形式在演变、在变化、在杂糅，顺应我们所处的这个科学支配的时代并反映着这个时代。作家表现得就像是科学调查者，始终在延展着边界。因为边界不是恒定不变的，一个领域的思想不受约束地流向另一个领域并创造出新的形式，这不只会使我们不知所措，还滋养着我们的创造力。因此我们有了在网络上发表作品的作家，我们有了所写博客被拍成电影的作家，我们有了纪实影片。小说家运用跳跃剪辑，电影运用倒叙。领域和形式的交叉区域常常硕果累累，然而这在一成不变的正统思维下是不会发生的。尽管小说家的方法和工具或许不能为电影编剧所用，但思想和技巧的交换还是可以存在的。彼此之间能够互相给予和索取，带来互惠的戏剧性转变。源自一个领域的思想、技巧和程序，能够有差别且有效地运用于另一个领域。比如，传记作家和其他非虚构类的作家正越来越多地运用讲故事的工具和技巧，给他们的非虚构主题增添色彩和维度。小说家正如同电影那样从视觉上讲述故事。随着形式为适应新思想逐渐演变，这种变革的氛围扩展到了故事的形式。

其他故事模型

大量的变化始于十九世纪末二十世纪初，社会的剧烈变革是该时期的特点。艺术普遍都是当时社会动荡的一部分，尤其是写作。这一时期值得注意的是，许多著名小说家开始反对因果结构这一机械范式。这些作家发现对公式的过度依赖太死板，对时代新思想的反映以及其实际作用机制都与"线性"写作渐行渐远。线性叙事是一种故事模式，此模式中，故事从 A 点开始，故事情节——涉及一个主要人物——按时间顺序沿着直线到达 B 点。

从那时起到今天，作家们尝试了许多"非线性"叙事技巧，即模仿人们所认为的人类记忆的结构，事件描写不遵循时间顺序；试图更真实地反映我们的思维方式，还反映对时间流逝的新思考。非线性叙事的小说例子有詹姆斯·乔伊斯的《尤利西斯》（1922）和《芬尼根的守灵夜》（1939）、缪丽尔·斯帕克的《布罗迪小姐的青春》（1961）、欧文·威尔士的《猜火车》（1993）和库尔特·冯内古特的《五号屠场》（1969），后者的叙事支离破碎，不是以线性方式连接起来的。威廉·福克纳几乎为他写的每一部小说都创造了一种新的结构。《我弥留之际》（1930）运用了意识流法，十五位叙述者用五十九个内心独白片段讲述了这个故事。

在"非线性"的作品中，情节一段段展开，没有次序；或许还会使用预叙，将叙事从当前的故事阶段向前推。这些等同于未来将会或可能发生的预期事件、想象事件，是倒叙的对立面。

📖 案例研究：《记忆碎片》（*Memento*）⋯⋯⋯⋯⋯⋯

《记忆碎片》（2000）是二十一世纪初最受赞誉的著名电影之一。该电影的结构源自一组按先后次序展示的黑白图片以及一组按相反次序展示的彩色图片。两组镜头交替，直至电影结尾相遇，创造出一个完整的故事。这种结构跟电影的主题有关，主题是有关记忆的，我们如何使用它、需要用它来理解这个世界。电影开头是彩色画面，这一段的故事实际上是反向进行的；我们看到子弹壳从地板上离开，回到枪里面，枪的后部开火了；血液顺着墙向上流淌而不是向下，一个男人被射中之后没有倒向地面，而是变成直立状态，然后我们看到了在枪响之前仍活着的他。

之后会以为拍摄成彩色的故事是倒叙，实际上彩色的镜头并非后退，而是按照正常的时间顺序向前推进的。所以，尽管我们知道它在故事中的位置在我们刚刚看到的片段之后，我们知道整个故事是在倒退的，每个片段又跟平常按时间记叙的故事一样是前进的。如果跟首个场景一样，让观众观看实际上在后退的镜头，对坐到电影结束的他们来说过于花哨或令人厌烦，然后转向通俗易懂的线性叙事模型，作者兼导演克里斯托弗·诺兰是否在担心这一点？或者可以使一组动作镜头倒着进行，但包含行动和对话的场景却不行，仅仅如此。如果人物倒着说话，观众们就像听天书。

无论出于何种原因，它都有力地证明了，如果想要我们的世界和艺术仍然可信，事件的线性发展还是不容易被人摒弃的。毕竟，这是我们日常世界的运作方式。

> **↳ 关键点** ···
>
> 如今仍有"令人生厌的老掉牙线性叙事模型"这样的评论，然而远离这种模型并不容易。如我们所见，这种模型是极其自然的。其核心也是因果关系，而因果关系根深蒂固得就像是主导当今时代的科学思维一样，拥有力量。有关线性模型已死的谣言过分夸大了。
>
> ···

倒　　叙

以倒叙开篇、从中间开始叙事也已被广泛运用，提供了可替代线性模型的选择，这都不是新的技巧了——荷马的《伊利亚特》早已用过。倒叙也有着悠久历史——在印度史诗《摩诃婆罗多》和《一千零一夜》的几篇故事中（如水手辛巴达），它就已出现。其他作家为避免"线性"模型也做了不同的尝试。有许多故事都是从高潮开始倒着讲述的。因为我们知道了结尾，就对即将发生什么不那么感兴趣了，能够对作者想写的问题更感兴趣。伊丽莎白·简·霍华德的小说《远见》（1956）就是其中一例，通过时间回流一篇篇地讲述故事。哈罗德·品特的舞台剧及后来的电影《危险女人心》（1978）也是从私通关系的结束至开始倒叙的故事。

法国小说家阿兰·罗伯-格里耶写了数部小说，这些小说都需要读者根据重复描述的物品、怪异的细节以及重复中的间断将故事拼凑起来。昆汀·塔伦蒂诺在其电影中采用的是简单易懂的线性故事线，然后在不寻常的地方随意切断，故事混乱地堆作一团。他讲得颠三倒四，观众看到的叙事杂乱无章，然而理解起来并不难。

➲ 试一试

拿来一篇你自己的故事，读一读，标出交代、纠葛、高潮和冲突解开阶段；然后将这些片段重新排序，以一个不同的方式讲述这个故事。以纠葛作为开始，然后将部分交代插入到故事中，看看你是否喜欢最后的结构，如果你不喜欢，恢复到原样。

📖 案例研究：非线性情节

作家们也写过围绕"重复"展开的故事；选取事件，使其每次以不同的形式重复，直至冲突解开。在电影《土拨鼠之日》（1993）中，同一天重复了一遍又一遍，每次又有些微改变，这是因为主人公学会了爱、学会了接受爱以及成为一个更好的人。一旦人物习得了经验教训，他心理上和情绪上便不再"困顿"了，故事继续推进，这一天最终停止重复了。在第二遍、第三遍观看时，这部电影中的时间概念或许会令人疑惑，但它仍然成功地以一种非比寻常的方式运用时间讲述了故事。

迈克尔·弗雷恩的舞台闹剧《大人别出声》将同一个场景——虚构闹剧《一丝不挂》的开场——重复了三次。《大人别出声》的第一幕是《一丝不挂》的一次带妆彩排，演员台词支吾，导演指导无方。第二幕是从后台看到的同一幕戏一个月之后的一次表演，我们对演员和他们的关系有了了解。《大人别出声》的第三幕是从观众视角看到的之后巡演中的一次表演，而观众已从先前两幕中对人物知悉。幽默源自对同一事件不同视角的运用，源自不同角度下的微妙差异。弗雷恩大获成功的戏剧《哥本哈根》同样将时间和记忆作为主题，系统地、近乎科学地分析了时间上的一个小瞬间。

✘ 请牢记

我们已经熟悉了小说，其中的人物从不同角度审视故事。像是交通事故的目击者，他们以不同方式见证同一事件。在审视极细微的时刻时，作者与科学家产生了共鸣，像是要触及事物的本质。

环形或螺旋形故事

《北回归线》（1934）和《南回归线》（1938）的作

者——美国作家亨利·米勒写的若干文章收在《亨利·米勒论写作》（1964）一书中。在一篇题名为"我一直想写的一本书——性的世界"的文章中提到，他发现时间顺序法"造作、不自然、呆板"而且不"逼真"，所以转而计划采用一种环形或螺旋形的故事形式。他说在寻求一种会解释"事件的内在模式"的形式。将这一想法形象地展现出来会使人想到旋涡或者石头掷入水中产生的同心波纹。

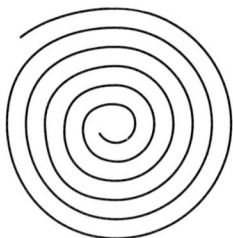

图表 15.1

故事会像掷入小溪中的鹅卵石一样从正中心开始向外扩散吗？会从外围开始，沿着渐渐缩小的圈环向里进展，像是卷入旋涡一样把事件和人物卷入其中吗？可以是像情节梯一样朝上去的螺旋梯，做环形运动——不那么直接、更加迂回吗？若是如此，对你来说这会是对时间运作方式更准确的表达吗？

现在的评论员将我们前几章讨论过的结构模型称为"令人生厌的线性模型"，如今的评论还会跟性别相关。该模型线性的、目标导向的本质被视为"男性"思想观念，同"女性"思想观念有着本质上的不同。争论认为，"目标导向"的男性思想建立起了沿直线从 A 点到达 B 点的模型。据说，这适合男性，因为这就是男性的思考方式。争论的必然结论是，这模型自然不适合女性的思维，女性的思维是非线性的。他们提出的另一种表现形式更像是我们刚刚一直在描述的圆环形。

科学的方法、因果关系的原则及其对故事结构的影响，才是这里真正要瞄准的目标，而不是受性别影响的思维方式；除非科学的方法也被视为男性思维的产物。这里我们既没有时间、空间，也没有意向展开性别讨论，但如果不同思维的组织方式不同（无论男女），本能地以环形方式思考的思维会想出怎样的故事呢？

组合式方法

另一个可供选择的故事模型是"组合式"模型。组合式故事是由独立的几篇作品组合成的一个更大的整体。除非它们彼此独立、互无关联以至无法连贯起来，否则这样的一篇作品需用某种东西 —— 一股线或一个线索 —— 连缀起来，使它们形成某种式样，近乎珠宝或者花朵。

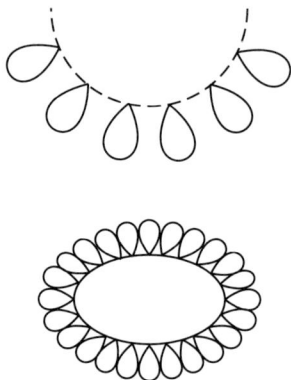

图表 15.2

📖 案例研究:《恰似水之于巧克力》
(*Like Water for Chocolate*) ⸱⸱⸱⸱⸱⸱⸱⸱⸱⸱⸱⸱⸱⸱⸱⸱⸱⸱⸱⸱⸱⸱⸱⸱⸱⸱⸱⸱⸱⸱⸱⸱⸱

　　无疑,组合式方法避免了想方设法以目的、阻碍和行为作为核心构建场景。没有必要持续不断地朝着金子向前推进。故事可以悄无声息地围绕一连串想法或主题联合起来。比如说,在劳拉·埃斯基韦尔的小说《恰似水之于巧克力》(1989)中,主要人物蒂塔被家族传统和墨西哥文化阻碍着不能结婚,作为最小的孩子,她必须照顾母亲至终老。她很沮丧,只能通过烹饪表达自己。这部小说由十二个部分构成,每部分均由一道墨西哥菜的烹饪法开头。它从一月份开始写,每个部分都是以月份命名的。

⊃ 试一试

篇章标题能够有效地助你构造故事。它们组成了一个跟目录差不多的列表，列出了作者希望在小说中集中关注的想法。它们给出了一则标语，围绕这个标语创作本章节，之后继续前行到下一个故事主题或层面。

思考你想要围绕着进行创作的构思；它或许是一系列地点或者设定，也可能是一系列人物。写下章节标题目录，每个标题都是一个新的地点或人物；写故事时，让它们作为向导和菜单服务于你吧。

鱼　骨　图

下面的鱼骨图也是这类构思的有效表现形式。其中鱼头和鱼尾通过故事情节的脊骨连接起来。叉骨以固定的间隔排列，形成独立的篇章。有趣的是，商业中分析因和果时也将这种模式作为问题解决的图表。

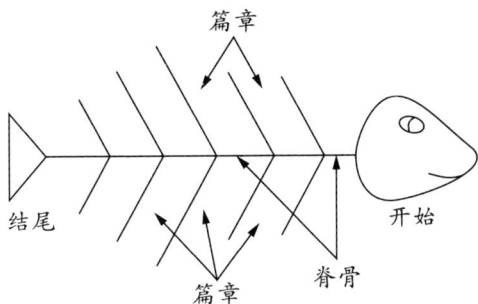

图表 15.3

⊃ 试一试

　　找一篇你写的故事，也可拿一篇出版过的故事或者你想写而至今未写的故事。

　　读一读，然后从头到尾或自尾至头写下主要故事情节；找出故事的主要部分，将其作为骨头添加到脊骨上，角度倾斜。做完之后，开始补充更微小的细节；继续这一过程，骨头小之又小，细节多之又多，直至将这条鱼完整地画出来。加上外层皮肤，你就得到了鱼的形状。等到写完了整个故事，你将拥有这条完整的鱼，鱼鳞和鱼鳍都完整无缺。

图表 15.4

　　如果这次练习中你使用的是一篇现有的故事，现在选取一篇你想写的故事，看看用此方法设计故事是否有效。

金　字　塔

另一种构思故事的可能方法是金字塔。

这样的故事开幕方式涉及形形色色的人物以及丰富多样的信息——全体人物以及各色情节背景，并且随着叙事的进展，它将聚焦范围缩小到一个或两个人物和情境上。整个故事进展过程就是聚焦点缩小到选定的情节和人物的过程。凶杀疑案小说或许适合这种方法，侦探引领着调查从一个大问题和大量的嫌疑人开始，逐渐缩小问题范围及嫌疑人的数量，最终发现真正的杀人犯。故事也会有另外两个侧面，因为它是金字塔，这些侧面也需要在讲述中呈现出来。有三个主要人物或主要部分的故事可以通过这种方式构思，每个人的故事在不同的地点开启，有着各自的目标，为了能在同一地点和时间汇合而缩小范围，达到高潮和冲突解开。

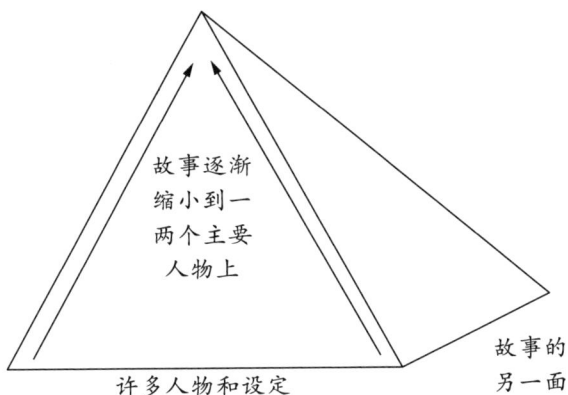

故事逐渐
缩小到一
两个主要
人物上

故事的
另一面

许多人物和设定

图表 15.5

叉或三叉戟

叉或者三叉戟形状能否作为故事模式为你效劳呢？

这种模式的故事会以三个独立的故事开始，起先互不关联，之后随其进展而联系起来，直至聚焦点汇聚到一个主要分支、躯干或支流上。当然，故事也可以颠倒过来讲，作为躯干的主故事分叉成独立的故事。

图表 15.6

✖ **请牢记**

无论是树、河流、花、金字塔、波浪还是其他什么，你选择什么样的故事模式并不重要；只要它能够于你、你的故事和读者（永远不要忘了读者）有效果。

形 象 化

你能否将故事想象成一座迷宫，它有着错综复杂的小

径和堵上的出口？你能否将故事想象成一栋有许多楼层和
房间的房子？无论你偏好何种构思故事的方式，总体上将
故事模式形象化，将任何你正创作的独特故事模式形象化，
甚至是将它画到纸上、摆到自己面前，这都是有帮助的。
像这样使故事模式形象化能让你从写作中独立出来，不至
于迷失在将文字写到纸上并从中催生意义这一纯粹的任
务中。

➤ **关键点** ....

　　模式是生活中一切事物所固有的。每一篇作品都有一
　种形式。你对自己正在写的故事的模式和形式理解、掌
　握得越多，它本质上就会变得越好，就会在你的读者心
　目中找到一个更加温暖的位置。

....

结　尾

　　作家马丁·埃米斯将自己写进了他 1984 年的小说《金
钱》，他是在回应科学家出现在实验中所产生的影响，即
"观测者效应"，是说某些现象在不影响其表现的情况下无
法度量；例如，为了看到微粒在何处，你必须投射一束光，
而光扰乱了微粒。文学的最新进展同科学认识的最新进展

相呼应。

观测者效应不同于海森堡于 1927 年提出的不确定性原理，即你无法同时精确地测量微粒的速度和位置。但这样的想法对理解我们所生活的宇宙来说也同样是挑战。科学中，经典的牛顿学说——事件接续发生——仍然在物理学中占据核心地位。写作中，事件接续发生的经典观念依旧是情节设计的核心；它还未被摒弃，尽管在虚构文学领域它正遭受有些粗暴的对待。

现在，我们似乎有这样一个世界——经典牛顿物理学定律对地面上的大部分人都是行得通的，在我们的日常生活中发挥着作用。但在诺贝尔物理学奖得主探索的领域它就不奏效了，因为当进行科学实验的行为影响了所研究的现象时，这就完全挑战了科学大肆吹嘘的客观性。"我相信，他（上帝）不玩骰子"，这是爱因斯坦有名的一句话，他驳斥宇宙是随意的、随机的。如今，像斯蒂芬·霍金博士这样的科学家则认为与此相反，宇宙中存在吸噬物质的"黑洞"，其实上帝确实玩骰子，宇宙不是确定性的，未来也不可预见、不是由科学定律决定的。

在写作中，我们也有分歧。分歧产生于一般体裁作家（乐意创作有情节的东西、信任机械的模型并在其作品中运用情节"讲好故事"）以及文学作家、布克奖和普利策奖获得者之间，后者试图探索可替代"令人生厌的线性模型"

的其他选择。前者认为通过高度机械化情节的使用吸引读者极为重要，后者想要找到其他讲述故事的方式，通过倒叙、支离破碎的片段或者平行的方式构思故事，通过不可靠的叙述者扰乱叙事或者通过其他方法找到新的形式，突破界限。

公众好像更喜欢传统的东西。否则为何类型小说一如既往地卖得比纯文学小说好呢？写给孩子们的书近些年来一直畅销，J.K. 罗琳和菲利普·普尔曼的受欢迎度即可证实。故事的力量是儿童文学在成人群体中受欢迎度高涨的主要原因。每个人，无论老少，都喜欢读好故事。皮克斯工作室是如今最成功的故事创作者之一，作品有《玩具总动员》系列和动画片《海底总动员》等，皮克斯工作室从根本上强调了人物和故事的首要地位。创作者知道他们必须讲出一个好故事，计算机成像和特效只能帮那么多；他们知道没有好的人物和有力的故事，作品不会如此卖座。

"令人生厌的线性模型"讲述了好故事，尽管评论家对其持批判态度，但几乎没有人能提供一个持久的、成功的可替代选择。这跟批判生命并无不同。生命是我们当前唯一拥有的，它或许不完美，但其他选择也没那么吸引人。取代老式情节的故事就跟量子力学一样具有挑战性和试验性。它们是试验性的，并且处于"开发中"。如今所做的工作还不够。随着越来越多的故事被运用不同的形式制作出来，一个故事模型毫无疑问将会浮现，以有意思的方式对线性模型发出挑战或者推动其发展。

  无论是《千面英雄》结尾时约瑟夫·坎贝尔宣布已死的众神，还是已被科学思维驱逐了的神话和象征，都将会重生，由于我们对世界认知的改变，我们的信仰体系也将会变化，这是确定无疑的。因为它们的变化，我们讲述故事的方式也将随之而变。我们的希望是，如果你对本书中这些概念深入探究，你就拥有足够的传统形式感和结构感，要是你想，可以采用已知的形式很好地写作；若你愿意，也可寻找新形式。无论那里存在什么新模型，找出它们并将其转化为完美的情节和结构，都将是你面临的挑战。希望书中的一些想法对你的历程会有帮助。

术 语 汇 编

因果关系法（Causal method） 叙事方法的一种，其中，行为和附带事件经逻辑紧密联系在一起，所以彼此逻辑上相互衔接。

时间顺序法（Chronological method） 叙事方法的一种，其中，事件在时间上接续发生。它是传统的叙事方法。

环形或螺旋形故事（Circular or Spiral story） 时间顺序法的替代方法。故事的讲述一圈圈进行；少些直接，多些迂回。将这个概念形象地展现出来，会使人想到石头掷入水中时的同心波纹。

高潮（Climax） 在气氛紧张度的最高点来临，简短而激烈。

纠葛（Complication） 故事的第二个阶段，是引发起始行动的冲突稳步发展的阶段。它持续到故事高潮，开始于交代之后不久或者期间。

冲突（Conflict） 不同目的间的矛盾、利益冲突、意见分歧等。生活中我们想避免冲突，但写作时则对它欢迎

之至。从冲突中生出活力、渴望和问题；而问题正是
我们想要以及需要笔下人物去面对的。

交代（Exposition） 故事开头部分的一个现代词汇表达。
交代这一术语描述的是故事的某一部分，该部分为故
事开启提供足够信息，介绍主要人物和戏剧化情境。

下降行动（Falling action） 这是故事中的下降阶段，跟在
以起始行动为典型特征的上升阶段之后。下降行动自
故事达到高潮、巅峰开始走上下行的路。

形式（Form） 事物的组织方式。一种艺术表现类型，如
绘画、雕塑、小说或诗歌。

**弗赖塔格三角或弗赖塔格金字塔（Freytag's triangle or
Freytag's pyramid）** 故事模式和结构的最早图式之
一，是由德国十九世纪的小说家和剧作家古斯塔
夫·弗赖塔格想出来的。

体裁（Genre） 法语词，意思是"种类"或"类别"。故事
体裁是指某个特定种类或类型，所以当问到故事的体
裁是什么，其实就是问它是何种类型，比如爱情故事、
爱情喜剧、凶杀疑案故事、历史故事、战争故事或者
儿童故事。

目的/阻碍/行为（GOA Goal/obstacle/action） 构思场景
或检查场景结构的工具。人物是否有目的，有梦寐以
求的东西？他们实现目的是否存在障碍？为实现目的

他们做出了什么行为？

金子（Gold） 故事中的"大"场面是追求"金子"的主要人物之间的对峙。"金子"并非真正的金子，也不一定是指钱，尽管通常跟钱有关联。金子不是故事的主题。"金子"得是有形的、具体的、容易识别的，它必须是某个可以争夺的东西。故事中的金子对叙事来说有极其重要的价值。

引子或转折（Hook or Turn） 故事中的"转折"激发我们（也就是读者）的兴趣，引人入胜，让人欲罢不能。"转折"是出乎意料的事件，它提出问题，吸引我们。

触发事件（Inciting incident） 需要引入一个问题，这样故事才能从交代阶段过渡到纠葛阶段。触发事件为人物和情境点燃了火光。它煽动人物对某个事物的渴望或者需要，让其开始行动。

中点（Mid-point） 故事或行程中途的一个点。中点时，主人公返程跟继续下去一样费力。但是一旦达到了中点，安逸就会消失，会有新的挑战和承诺：主人公想要放弃追寻、原路返回到起点，还是会鼓起勇气继续下去？

组合式故事（Modular story） 由独立的几篇文章组成的故事，一起组合成一个更大的整体。

叙事（Narrative） 吸引读者的一系列口头讲述或者文字形

式的故事。

情节（Plot）　故事中相关联的行为和事件。

情节漏洞（Plot hole）　破坏情节逻辑连贯性的缺口或矛盾之处。

情节梯（Plot ladder）　组织故事中事件的谋篇布局工具，使故事沿着一系列阶梯渐进或攀升到高潮。

情节点（Plot point）　故事中的某一个点，在这一点上，作者已经建立起了故事的构想，然后使故事转向另一个方向。

冲突解开（Resolution）　交代和设定引入了能量，冲突解开就是能量的释放。释放不了能量的故事不会是令人满意的故事。

修改（Revision）　对一篇作品彻底检查；再构想。

增加风险（Raising the stakes）　通过使主角的抗争更为艰难、更具考验，实现情节和故事的向上攀升。从小处着手，开始时步伐要小，随着故事进展，你的主角必须变得比之前更深入、更具创造力、更勇敢或者更坚定。

起始行动（Rising action）　故事发展和渐进到高潮的过程。

分场大纲（Step-outline）　也称为节拍表（beat sheet），在电影剧本创作中用来表示详细故事大纲。它将故事"逐步"分解、详细阐述，使作家将一个故事改编为电影剧本成为可能。尽管它是电影剧本创作中使用的工具，但对小说作家来说也很实用。

故事（Story）　对一件事或系列事件的文字描述或口头讲述，可以是真实的，也可以是虚构的。一则谎言。

结构（Structure）　使作品处于恰当位置，处在自身位置上。

主题（Theme）　是故事的意图、要旨或者寓意。简而言之，就是故事讲了什么。

时间 / 气氛紧张度的关系（Time/tension relationship）　故事存在于时间 / 气氛紧张度的关系中。随着故事穿越时间线从开头走向结尾，气氛紧张水平也会或高或低，起伏变化。大致来说，在一个事件上所用时间越多，紧张度越低；紧张度越高，时间越短。

视角（Viewpoint）　通过该人物的视角，我们——读者或观众经历这个故事。

更 进 一 步

《诗学》（*Poetics*）（亚里士多德，1996，伦敦：企鹅）

《千面英雄》（*The Hero with a Thousand Faces*）（约瑟夫·坎贝尔，1949，伦敦：哈珀柯林斯）

《编剧的艺术》（*The Art of Dramatic Writing*）（拉约什·埃格里，1960，纽约：试金石）

《如何写得出类拔萃》（*How to Write a Million*）（奥森·斯科特·卡德、安森·狄贝尔、刘易斯·特科，1995，伦敦：鲁宾孙图书）

《电影剧本写作基础》（*Screenplay*）（悉德·菲尔德，1979，纽约：戴尔出版）；《电影剧作问题攻略》（*The Screenwriter's Problem Solver*）（1998，纽约：戴尔出版）；《电影剧本写作终极指南》（*The Definitive Guide to Screenwriting*）（2003，伦敦：伊伯里出版社）

《小说面面观》（*Aspects of the Novel*）（爱德华·摩根·福斯特，2000，伦敦：企鹅图书）

《戏剧技巧》（*Technik des Drama*）（古斯塔夫·弗赖

塔格，1863，英文版由伊莱亚斯·J. 麦克尤恩翻译，1863
和 1968，纽约和伦敦：本杰明·布卢姆）

《小说的艺术》（*The Art of Fiction*）（约翰·加德纳，
1991，纽约：古典书局）

《戏剧构造》（*Dramatic Construction*）（爱德华·马布
利，1972，费城：奇尔顿图书公司）

《电影导演大师课》（*On Film Making*）（亚历山大·麦
肯德里克，2004，纽约：费伯 - 费伯出版社）

《故事》（*Story*）（罗伯特·麦基，1998，伦敦：梅休因）

《电影剧本创作的艺术与科学》（*The Art & Science of
Screenwriting*）（菲尔·帕克，2006，布里斯托尔：智力
图书）

《俄狄浦斯王》（*Oedipus Rex*）（索福克勒斯，1985，
伦敦：企鹅）

《电影剧本创作》（*Film Scriptwriting*）（德怀特·V.
斯温，1988，波士顿：焦点出版社）

《写作者的资料书》（*The Writer's Source Book*）（克里
斯·赛克斯，2011 自学图书，伦敦：霍德教育）

《好莱坞怎样讲故事》（*Storytelling in the New Hollywood*）
（克莉丝汀·汤普森，1999，伦敦：哈佛大学出版社）

《作家之旅：源自神话的写作要义》（*The Writer's Journey:
Mythic Structure for Storytellers and Screenwriters*）（克里

斯托弗·沃格勒，1992，加利福尼亚：迈克尔·威斯出品）

电影

以下电影在书中讨论过：

《海底总动员》（*Finding Nemo*）（2003）

《我的堂兄文尼》（*My Cousin Vinny*）（1992）

《西北偏北》（*North by Northwest*）（1959）

《窈窕淑男》（*Tootsie*）（1982）

《玩具总动员》（*Toy Story*）（1995）

《证人》（*Witness*）（1985）

索　引

后　记

　　如果你已读完此书，想必对创意写作起了兴趣，很多人都对此有兴趣。但你是否想过，为何创意写作相关书籍如此之多？这些书似乎只是商业化写作学校的广告，你在报纸和杂志上看到的这些广告问："想成为作家吗？为什么不成为一位作家呢？"为什么我们没看到过这样叫喊的广告——"想成为作曲家吗？""想成为艺术家吗？"我们是否认为任何人都能写作，但是并非任何人都能作曲、画画或者雕刻呢？我们是否认为教人写作是可能的，但是教人成为作曲家或者画家是不可能的呢？显然，我们认为教音乐和艺术是可能的，而且教的时间已经不算短了。或许这就是教写作的广告众多的原因。

　　许多有声望的艺术学校和音乐学院早已为想成为作曲家、音乐家和艺术家的人提供了很棒的项目和渠道。英国也有教授音乐和艺术的久享盛誉的学院，如皇家音乐学院、伦敦大学皇家音乐学院、皇家艺术学院、皇家美术学院大都建立于十九世纪。长久以来，音乐和美术研究都是公认的值得教授的学科。但是对想要成为作家的人来说呢？如果他们想要学习写作技巧，又该去哪里呢？

在美国，大学里、作家学院或在作家居所教授创意写作的传统更久。在英国，每年只有为数不多的几位作家开启他们在东英吉利大学赫赫有名的创意写作硕士学位，该专业在 1970 至 1971 年间才成立起来。慢慢地，英国其他大学也开始提供创意写作方面的硕士学位，然而这些课程在大学活动中似乎时常显得格格不入，通常要求大量批判性、分析性的纯理论，而这并不是总能帮到学生写作，实际上有时可能会扭曲写作这项活动。

关于创意写作的教学需求显而易见——人们想要并且时常需要写作。很多人有动人心弦的故事要去讲述，然而对绝大多数想要成为作家的人来说，只有为初学者和中等程度的学生设计的课程可供选择；包括（英国）地方教育部门、（英国）工人教育协会、阿冯基金会或（英格兰）艺术委员会的资助项目，它们出资支持新作家和新作品以及商务函授课程。目前，通过这些组织，通过有胆识的出版机构发行此类书籍，创意写作的教学和学习需求正在得到满足。

它们所做的专业工作很出色，争议也是存在的，有人认为大学提供的这类系统性研究没有必要。而且，机构的规范化实际上可能扼杀创造力和创意写作。过去，作家们通过阅读和写作找到自己的路、自学成才，他们边写边学。有人担忧，创意写作技巧的体系化反而会扼杀它。这确实有道理。所有未来的作家们都需要找到自己的路、自己的声音，但这并不意味着他们不能获取帮助。所有作家都需要拜倒在某人的门下学习，这个人是能够充当导师的人。无论他们自学还是有经验丰富的专业指导者——此人到过此地、了解地形——的帮助，没有人一出生就是完全成熟的天才。有一条铺展好的小径，有一个成就卓著的中心可以作为目标，将会给众多初出茅庐的作家带来很大的帮助，也会使写作的地位呈指数级提高。所有作家写作时都需要提高技能、磨炼技巧。作家既是天生的，又是造就的。

　　虽然此类书籍致力于帮助大家提高写作水平，然而奇怪的是，二十一世纪关于创意写作的正式研究依然全无章法、随心所欲。文学界有影响力、有见识的人才和政府工作人员合作，建立起皇家特许的卓越中心，为想要成为作家的人提供一个可当作目标的英国公认的创意写作中心，现在还不是时候吗？有人要问了，为什么到现在还没有皇家写作学院呢？到那时，创意写作才能蓬勃生长。